ROBERT
MAXIMILIAM

ROMAX

MARIPOSAS DE PAPEL

Edición 2018 – Amazon.

ROMAX «MARIPOSAS DE PEPEL»

ISBN 978-1-988475-67-7

Romax

es

Una historia de amor

"Los sueños nunca mueren, quizás duermen o se esconden pero al final despiertan y comienzan a volar. El amor de un sueño...es eterno."

Robert Maximiliam

Esta obra está dedicada con mucho cariño a:

Daysi J. Lemus Rivera, mi hermana menor a quien quiero tanto;
Haydee Lemus Rivera, mi hermana mayor a quien respeto mucho;
Walter Lemus Rivera, mi hermano y compañero de fútbol;
Max Lemus Rivera, mi hermano menor a quien admiro por su talento creador.

Nota importante:

Robert Maximiliam

INDICE

*" Un poema no es más que una canción que
duerme en el silencio de una melodía,
Una canción no es más que un poema
que despertó de un largo día"*

MARIPOSAS DE PAPEL

*"Son aquellas espinas del alma
que salen a volar un día cualquiera y, al volar,
encuentran su tan ansiada libertad"*

Prólogo de la segunda parte

Romax había quedado destrozado tanto física como moralmente. No lograba digerir la muerte de sus padres, la situación en la que habían quedado sus hermanos le hacía apretar los puños y poner un corazón duro para poder seguir adelante. De los cinco hermanos, él era el único que estaba fuera del hospital, los cuatro restantes seguían ahí. Los dos más pequeños luchaban entre la vida y la muerte, a tal grado que en el pueblo a cada rato llegaban los rumores de que habían fallecido y comenzaban los llantos de los familiares.

El funeral de los padres de Romax fue algo fuera de lo común en ese pueblo: jamás en las cercanías se había reunido tanta gente para rendir tributo de despedida a alguien. Las calles estaban abarrotadas como si fuera una fiesta. En la casa solamente se encontraba Romax y se había encerrado en un cuarto porque no quería hablar con nadie. Al momento de cargar los ataúdes, alguien le dijo que no era conveniente que acompañara a sus padres porque le haría mucho daño, que mejor se quedara en casa. Sin decir palabra, éste aceptó. Desde la puerta de su casa, parado como un zombi, como alguien ido de su realidad, se quedó observando cómo, los ataúdes, se hacían camino entre la multitud. Ambos iban lado a lado balanceándose como navegando en aguas turbias.

Romax comprendió en ese momento el gran amor que la gente tenía por sus progenitores; eso demostraba que ellos habían sido buenas personas. En ese instante, vinieron a su mente las palabras de su padre que se hacían realidad: "las acciones del hombre son las que marcan su vida; el hombre es el reflejo de su caminar y sus huellas son la prueba de su camino". Sus padres habían hecho mucho bien y, por esa razón, el pueblo les rendía reconocimiento acompañándolos hasta la tumba.

Como de costumbre, los comentarios fuera de contexto y los chisme salieron a la luz entre el velorio y el entierro. Muchos decían que fue el padre quien iba manejando el vehículo, esta teoría fue utilizada para desvincular al verdadero culpable. Otros decían que la familia estaba en tan mala situación que decidieron suicidarse. Habían quienes decían que el mismo diablo se les había atravesado en el camino y llegaron hasta decir que el padre antes de llegar a la fiesta, había pasado pidiendo, en un bar, una canción que se llamaba: "que nos entierren juntos".

Después del entierro, Romax no tuvo mucho tiempo para lamentar su situación porque tuvo que ocuparse de la casa y ver cómo ayudaba a sus hermanos. Los familiares de parte del padre se habían hecho presentes en el hospital para llevarse a la prima afectada y para ver cómo se repartían a los huérfanos. Se los estaban rifando según sus conveniencias. El chico logró escuchar algunos comentarios al respecto y se indignó mucho con ellos. Se recordaba la historia de su abuela y cómo habían robado la fortuna a sus tías. En sus comentarios los familiares los veían como una carga y deseaban tenerlos según la utilidad que podrían darles. Él se imaginaba a sus hermanos como los sirvientes de éstos porque él jamás se iría con alguno de ellos.

De la nada, apareció un primo que, según decía él, quería mucho a su tío muerto. Él era médico y trabajaba en la ciudad de Ahuachapán. Éste habló con Romax para exponerle la situación de sus hermanos y su deseo de ayudarlos. Él le pidió el permiso para trasladarlos al hospital donde ejercía porque no podía estar viajando todos los días. Este traslado se haría cuando los dos menores se recuperaran ya que en ese momento su estado de salud era crítico. Romax, que deseaba de todo corazón que sus hermanos se salvaran, no dudó en aceptar el ofrecimiento del primo.

Romax se recordaba que sus hermanos venían a los costados de sus padres y entonces comprendió que sus padres al protegerlos con sus cuerpos se sacrificaron por ellos en el momento del accidente. Por esta razón, creía firmemente que no los dejarían morir, ya que habían dado sus vidas por ellos.

Antes de tomar la decisión final, el joven consultó con su hermana mayor la propuesta del primo y ésta le dio la luz verde para que se los llevara. La vida de sus hermanos estaba en juego. Además, le hizo ver lo que querían hacer sus tías y que en ningún momento él iba a permitir que los separaran. La hermana le explicó que todos eran menores de edad y que por lo tanto, ellos no podían hacer gran cosa para impedirlo, que llegado el momento se tenía que escoger un tutor de menores y él tomaría la decisión definitiva. Romax se enojó mucho y dijo que él no se iría con nadie. La hermana, por su parte, también dijo que haría lo mismo. De ahí surgió la idea de que pasara lo que pasara, ellos dos se irían a vivir juntos y si sus hermanos los querían seguir, ellos serían bienvenidos.

2.1 La unión hace la fuerza

La vida dio su apoyo a los dos menores y éstos salieron del coma, comenzaron a recuperarse favorablemente y luego se los llevaron a la ciudad de Ahuachapán. Ahí el primo se encargó de cuidarlos. Mientras tanto, a la hermana menor se la llevó una tía que vivía en la ciudad de Santa Ana sin consultar con nadie. Romax tomó muy mal esa decisión porque ni siquiera le había preguntado a la interesada su opinión. Por su parte, el chico se quedó viviendo solo en el campo y desde ahí viajaba a la ciudad a visitar a sus hermanos. La mayor comenzó a trabajar de nuevo en la capital sin tener mucho tiempo de recuperación física ni sicológica. Los fines de semana todos se reunían en la casa del primo médico.

Romax sufrió mucho con sus hermanos menores porque éstos cuando lograron recuperar la razón, la primera cosa que pidieron fue ver a sus padres. Ellos no se explicaban por qué sus padres no llegaban a verlos y suponían que estaban enfermos o muy graves en otro hospital. Ese fue el primer argumento que el chico utilizó, pero no pudo sostener esa tesis cuando uno de sus hermanos llorando le ordenó que le dijera la verdad y le preguntó: "¿Verdad que mi papi y mi mami están muertos?" Ellos nunca nos abandonarían. Con las lágrimas en los ojos les respondió la verdad y ésta cayó como daga en el corazón de los pequeños que cayeron en un mar inmenso de dolor que ninguna palabra era capaz de calmar.

Ese día todos lloraron a corazón abierto y consolándose mutuamente lograron tomar fuerzas para calmar ese sufrimiento. Una energía positiva bañó a cada uno de ellos y tomando las cosas con calma levantaron el rostro para seguir adelante. Se secaron el rostro y aceptando lo inaceptable, decidieron continuar; cada uno sabía la cruz que llevaba por dentro, pero no deseaba ser causa de problema para sus hermanos. Desde ese día, el tema de sus padres y el accidente no se volvió a tocar entre ellos.

Cuando llegó el momento de nombrar al tutor, ellos no habían encontrado a nadie que en verdad les diera mucha confianza. El primo médico en un arranque de cariño se ofreció a acogerlos a todos en su hogar, aunque él ya tenía tres hijos varones de edades muy pequeñas. La esposa, por lógica, no estaba de acuerdo al principio, pero al ver la decisión del esposo la aceptó. Romax y la hermana mayor, al ver tan lindo gesto le propusieron un arreglo a la amigable: que él se convirtiera en su tutor, pero que los dejara vivir solos por un año y si no funcionaba, accedían a que los separaran. Este trato fue aceptado por todas las partes involucradas, salvo por las tías de parte de papá. Ellas tenían sus propios planes y, en cierta manera, querían repetir su misma historia.

Romax les anunció la decisión que habían tomado sin darles mayores explicaciones. Ellas, que se habían quedado con los colochos hechos, se enojaron con el chico por hacerlo responsable de la decisión y en su cólera le dijeron que él y sus hermanos se convertirían en gente de mala reputación: maleantes, ladrones, vagos y prostitutas. El chico, que no estaba acostumbrado a aguantar ningún insulto, sintió que se le subió el indio por las venas y les gritó de mala manera que esas palabras caerían en saco roto porque sus ojos jamás verían esos deseos convertidos en realidad. Él mismo se prometió demostrarles que no necesitaban de ellas para salir adelante en la vida. Al escuchar lo acontecido, los hermanos lo apoyaron y todos estuvieron de acuerdo en que desde ese día lucharían por estar siempre unidos y harían todo lo que estuviera en sus manos por ser gente de bien.

A los hermanos menores, que se quedaron en la ciudad de Ahuachapán, no les fue muy bien, porque cuando los pusieron a estudiar, un mes más tarde, en un colegio privado, sus compañeros y sus profesores se burlaban de ellos. Fueron días muy duros para ellos porque además de superar su duelo personal, tenían que luchar contra las barreras sociales ante las cuales se encontraban. Ellos fueron los que hablaron con sus hermanos mayores para que se los llevaran de ese lugar. Romax y su hermana mayor hablaron con su primo y éste les prometió dejarlos marchar en cuanto los pequeños estuvieran en condiciones de hacerlo.

A los tres meses, los cinco hermanos estaban de nuevo reunidos en la casa del campo. Todos se habían propuesto seguir estudiando y, a la vez, tomar ciertas obligaciones en el hogar. Así, Romax había tomado las riendas de la administración; la hermana mayor, el rol de madre; la hermana menor, la encargada del hogar cuando la mayor no estaba, y los hermanos menores, eran los ayudantes de la menor. El abuelo fue el único de los familiares cercanos que se sumó al hogar con el beneplácito de los huérfanos.

En ellos se estaba haciendo realidad el deseo del padre, aquel que decía: "juntos saldrán siempre adelante". Los conejos, las palomas y los pollos de engorde habían desaparecido como por arte de magia; a muchos se los comieron los animales, otros sirvieron para mantener a los familiares y amigos que llegaron para la ocasión y, la mayor parte, se los robaron. El padre había escrito en la hoja de un libro de poemas una reflexión sobre la vida que decía así:

"Me gustaría mañana"

Cuando las hojas de los árboles hayan caído,
cuando el final del día se haya ido,
cuando mi corazón no cante más,
y el sonido de mis hijos no pueda escuchar,
me gustaría mañana que fueran un solo corazón,
una sola esperanza, una sola ilusión.
Que al verlos caminando juntos
me sienta orgulloso de su caminar,
que sus retoños sean retoños dignos de admirar;
que la unión los una siempre,
que el amor les dé unidad,
que la fe los fortalezca
y que la paz esté en su hogar.

2.2 Continuar a pesar del dolor

El año escolar había comenzado y después de un mes, Romax no se había presentado a su colegio por diversas razones: los asuntos administrativos de la familia, la enfermedad de sus hermanos y la falta de dinero para sufragar los gastos. La directora, sabedora de la situación del joven, le envió un mensaje con sus amigos para conocer sus intenciones con respecto a la continuidad de sus estudios. Ella le había reservado su cupo en el grado, pero específicamente le mandó a decir que deseaba hablar con él.

La situación de los huérfanos en ese momento era incierta, solamente la hermana mayor estaba trabajando y aún no sabían como iban a hacer para sostenerse. Sabían que el padre, por ser maestro, tenía derecho a un seguro de vida. Romax se decía así mismo: "yo le prometí a mi padre que seguiría estudiando y trataré de cumplir esa promesa, aunque con ello deje mi pellejo. Si algo aprendí de él fue que un hombre siempre debe de hacer hasta lo imposible por cumplir su palabra". Él no sabía cómo haría para lograrlo y la situación no pintaba nada bueno; los ingresos eran muy pocos y las necesidades muy grandes. Las necesidades básicas y salvar la casa era lo primero en su lista de prioridades porque al tener el estómago lleno y un techo donde dormir, el resto llega por añadidura. Es decir que los estudios pasaban a segundo plano en ese momento.

Cuando Romax se entrevistó con la directora se llevó una gran sorpresa, ésta después de escuchar al muchacho y sus preocupaciones le dio un regalo: una beca que consistía en el pago de la mitad de sus estudios. Según sus comentarios, ésta decisión fue tomada porque el chico no había dejado ninguna materia y solamente tres personas de los cien inscritos lo habían logrado. Esta noticia también fue inesperada porque la señora no había sido muy amable con él en sus inicios y durante el primer año cada vez que le daba las calificaciones lo miraba con ojos de pocos amigos. Esta beca le cambió sus planes porque había llegado con la intención de confirmar que no seguiría estudiando, al menos por el momento.

Los problemas para Romax se acumulaban poco a poco, la vida se le había convertido en un rompecabezas y no tenía ninguna idea por dónde comenzar. Primeramente, ya no podía estar con sus antiguos compañeros, porque éstos habían conseguido otro para compartir el cuarto, creyeron que él no continuaría estudiando después de lo ocurrido; segundo, le hacía falta conseguir la otra mitad del dinero para pagar sus estudios, y, como postre, la pregunta: ¿Cómo hacer para sostenerme en cuanto a comida y transporte?

Un día, por la tarde, cuando la brisa del mar llegaba con mucha intensidad y las copas de los árboles bailaban suaves al compás de su cantar, Romax, que estaba en un período muy crítico de soledad y sobre todo que tenía que tomar muchas decisiones importantes, decidió hacer lo que hacía cuando pequeño: tomar una puñada de sal y subirse al árbol de mango más alto para comerse sus frutos dejándose acariciar por la brisa.

Ahí estaba, como un mono, bien agarrado de la rama comiendo mangos, cerraba los ojos cuando sentía la brisa en su rostro. Su corazón decía: "¡Papi!, tu me dijiste un día que nunca me dejarías solo; ahora me siento solo y confundido; necesito tu compañía, necesito tus consejos, necesito saberte cerca. Tengo que tomar decisiones y no sé cuales son las correctas". De repente, una lágrima se deslizó dulcemente por su cara y, como una caricia de la mano, el viento se la robaba calladamente.

Él tenía cerrados los ojos y de repente sintió una extraña sensación en su cuerpo, un calor suave iba subiendo como mil hormigas caminando a paso lento. Parecía que su padre lo abrazaba tiernamente y en el silenció, escuchó una voz clara y lejana que pronunciaba su nombre: "Romax". La impresión fue tan fuerte que el chico abrió los ojos creyendo que alguien lo buscaba, luego se puso a recapacitar y tratar de reconocer la voz que lo llamaba. Fue su corazón quien le dio la respuesta: "¡Fue mi padre quien me habló!".

Al principio tuvo miedo porque creyó que quizás se estaba volviendo loco, pero en el fondo sintió una paz interior que le hacía estar seguro de la presencia de su padre en su vida. Una frase de su abuelo le ayudó a convencerse de ello: " Dios nos habla a través de señales y cuando tenemos necesidad de Él, nunca nos desampara, solamente hay que tratar de escucharlo".

Entonces, éste volvió a cerrar los ojos con la intención de volver a escucharlo, su deseo era tan fuerte que intentaba agudizar sus sentidos, pero la voz nunca apareció. Al final, fue él quien dejó una frase en el aire para que su padre la escuchara: " ¡Papi!, no sabes cuanto deseo sentir tu presencia, me siento perdido y desamparado. Te ruego me ilumines el camino y me enseñes a reconocer tu voz". Desde ese día, Romax nunca se sintió solo.

Al mes y medio se presentó al colegio, los compañeros del año anterior se pusieron muy contentos; todos estaban enterados de la situación por la que había pasado y estaba pasando. Inclusive tuvieron la gentileza de no preguntarle sobre el accidente y sus pormenores. Romax había llegado con la intención de viajar todos los días porque no tenía dónde quedarse.

Ese año se habían cambiado al colegio dos compañeros de Romax que venían de la misma zona, uno de san Francisco Menéndez y el otro de la Hachadura. Éstos, al enterarse de que él no tenía donde quedarse, le invitaron a que se les uniera y él aceptó porque en verdad no tenía otra salida; sabía por experiencia propia que era muy difícil estudiar viajando desde lejos. Sus nuevos compañeros de cuarto, inclusive, le dijeron que no colaborara los primeros meses hasta que se normalizara su situación económica.

La primera semana de colegio fue muy difícil porque tenía que recuperar clases, estudiar para los exámenes, presentar trabajos y tratar de estar pendiente de la recuperación de sus hermanos menores. Algunos de sus profesores se comportaron muy bien con él, permitiéndole duplicar la nota del examen siguiente, y otros le propusieron que les presentara un resumen de lo visto hasta la fecha. Los compañeros le pasaron todas las notas necesarias e inclusive unas chicas le ayudaron a pasar las clases anteriores.

Esa misma semana, un día que estaba en el parque central `"Rafael Campos" de la ciudad preguntándose como haría para conseguir la otra parte del dinero, vio una propaganda política del alcalde que había ganado las elecciones y que decía: "juntos saldremos adelante, yo les prometo que estaré siempre al servicio de mi pueblo cuando éste me necesite". Los ojos se le iluminaron al chico y una idea apareció como por arte de magia. Se subió al árbol de almendro en donde estaba pegado el cartel y lo arrancó. "La alcaldía no está lejos —se dijo— con intentarlo no pierdo nada" y sonrió. El edificio estaba enfrente del parque, en el lado opuesto de la catedral "Santísima trinidad". Caminando firme en dirección del lugar, se dijo: "niño que no llora, no mama: y yo necesito mamar."

Muy decidido y con la frente en alto se dirigió a las oficinas municipales, se acomodó la camisa del uniforme del colegio, con saliva se limpió los zapatos y se arregló su cabello que estaba un poco despeinado. En el camino trató de arreglar el discurso que deseaba exponer, él se decía: "tengo que buscar una manera de conquistar el corazón de este señor, de él depende mi continuidad en el colegio." Instintivamente hizo la señal de la cruz e invocó la presencia de su padre.

Al entrar a la alcaldía, se fue directo hacia la secretaria y le dijo muy amablemente: "¡Señorita, me gustaría hablar con el alcalde cinco minutos de algo personal y muy importante!". Lo dijo tan serio que la secretaria se quedó un poco asombrada, le sonrió y le contestó: "qué cosa tan importante puede necesitar un jovencito", lo dijo con una pequeña mueca burlona.

A Romax le pareció un poco de mal gusto el comentario y le respondió firmemente: "para comenzar, no soy tan jovencito; Acabo de cumplir quince, y para terminar, no creo que esa sea la manera de responder de una chica tan linda como usted".

Al escucharlo se quedó un poco sorprendida y recapacitó de inmediato. "Perdóname, es verdad; no debí contestarte de esa manera". Éste cambió de actitud y sonriendo le dijo: " ¡No importa!, la cuestión es que necesito hablar con el alcalde porque quiero pedirle un favor personal."

Ella sonrió a su vez y le dijo: "espérame aquí que voy a ver si le quiere recibir". La secretaria salió casi de inmediato y le dijo que estaba muy ocupado, que volviera otro día, pero el chico le insistió que era urgente y que prefería esperarlo hasta que él se desocupara.

Lo esperó por más de cuatro horas, casi hasta la hora de salida. Durante ese tiempo, la secretaria al ver la insistencia del chico, le entró curiosidad, como a la mayoría de las mujeres, y trató de averiguar más sobre el asunto. Romax, ni lerdo ni perezoso, a sabiendas que las secretarias tienen mucho poder sobre los jefes, le soltó todo el rollo con todos los pormenores necesarios e inclusive con ciertos matices de dramatismo. Ésta, al darse cuenta de la historia y el deseo de salir adelante, a pesar de todos los problemas que vivía en ese momento, pasó a formar parte de sus admiradoras.

Al final de la tarde, cuando el alcalde se disponía a irse, la secretaria le habló sobre el muchacho y su propósito, preparando con ello el camino. Cuando ésta salió de la oficina, lo llamó y le guiñó el ojo en señal que lo recibiría. Al entrar, Romax lo saludó muy respetuoso y le presentó su pedido. El alcalde, como ya estaba más o menos al tanto de la situación, lo escuchó con mucha atención y le sorprendió la determinación de éste. Al final, le preguntó cuánto necesitaba y al constatar la cantidad se puso a reír porque era verdaderamente mínima. Eran siete colones mensuales, lo equivalente a tres dólares. El alcalde aceptó ayudarlo poniéndole dos condiciones: primero, la ayuda estaba relacionada con sus resultados; si dejaba una materia ésta era retirada; por esa razón cada trimestre tenía que llegar a mostrarle las notas; segundo, que prometiera que no descuidaría a sus hermanos por más problemas que tuviera.

Romax aceptó muy complacido, porque no le era nada difícil cumplir lo pedido. Durante ese año fue católicamente a mostrar orgulloso sus calificaciones y a traer el dinero del próximo trimestre, sin dejar de llevar una flor para la secretaria y una tarjeta de agradecimiento al alcalde en cada visita, esto teniendo presente las palabras del padre. "Nunca dejes de agradecer a las personas que te hacen algún favor, porque éstas no tienen ninguna obligación de ayudarte. Además, los pequeños gestos siempre hacen historia en los corazones."

Mientras tanto, los hermanos menores regresaron a la casa del campo a los tres meses, después del accidente. Ellos habían sufrido muchas situaciones difíciles de carácter emotivo porque el ambiente en el cual vivían era completamente opuesto al que estaban acostumbrados. Muchas injusticias y gestos malsanos en su contra los hicieron precipitar el regreso a casa. Su tutor legal había aceptado un trato con ellos para que vivieran juntos un año como prueba. Poco a poco, los chicos se habían ido ganando el cariño y el respeto de él por lo que ya no estaba seguro de querer que se marcharan. Él ya los consideraba como parte de su familia.

Romax se adaptó muy bien con sus nuevos compañeros de cuarto. El hecho de estar en el mismo salón les permitía estudiar juntos y planificarse mejor. Ellos llegaban los domingos y se regresaban los viernes. Éste, en cambio, debía hacerlo los lunes y viernes porque se ahorraba una cena y un desayuno; además, pasaba más tiempo con sus hermanos menores para tratar de planificar la semana. Cada miembro respetaba sus obligaciones al pie de la letra y trataba de no ocasionar problemas en el hogar.

Ese año, el chico se centró tanto en sus estudios que sus amigos casi lo obligaban a salir del cuarto; él siempre les respondía: "yo no puedo darme el lujo de dejar una materia, de ello depende mi futuro". Ellos comprendían, pero no aceptaban que alguien perdiera la juventud de esa manera y, en el fondo, lo admiraban porque ellos mismos se daban cuenta de que no hubieran reaccionado de la misma manera si les hubiera ocurrido algo parecido.

Sus amigos siempre le andaban consiguiendo pareja pero éste se negaba a toda relación, porque según él, no podía darse el lujo de descuidar sus metas. En el comedor donde comían a diario, una chica que trabajaba como sirvienta, de más o menos la misma edad que ellos, se había enamorado de él, según ella. Los amigos de Romax se aprovechaban de ella para obtener mejores platos de comida porque le prometían que intervendrían para que el joven le pusiera atención. Como decía un primo de él, "las mujeres son seres muy raros, más las ignoras y más se interesan en ti. Más andas detrás de ellas y más te desprecian; es difícil comprenderlas".

Esta jovencita le coqueteaba abiertamente, pero él muy cortésmente se negaba a seguirle el juego. No era fea pero según él se pintaba demasiado y eso la hacia verse un poco vulgar. La otra cosa que no le gustaba era que hiciera tanto alboroto para llamar la atención. Sólo le faltaba salir con un megáfono a la calle y gritar sus sentimientos. Esa actitud iba en contra de la manera de pensar del joven, él creía firmemente en la confidencialidad de una relación. Ella era una joven muy alegre y coqueta, muchos hombres que visitaban el comedor querían conquistarla pero ésta los ignoraba. Según Romax, ésta tenía miedo a entablar alguna relación seria con un hombre mayor y buscaba una relación para practicar en el campo del amor sin tener muchas complicaciones. Hablando con ella se dio cuenta que no era tonta ni vulgar, eso le hizo tener una nueva imagen y la comenzó a ver con otros ojos. Además, algo que le llamó la atención fue que al salir de trabajar siempre andaba con un libro en la mano, esto era signo de cultura.

Sus amigos, para picarle el orgullo, lo comenzaron a molestar insinuándole que a lo mejor era homosexual. Al inicio no les dio importancia, pero luego esa cantaleta le colmó la paciencia. Un día les aceptó el reto y decidió salir con la chica a condición de que le sirvieran de guardaespaldas porque la situación política no estaba para andar jugando al enamorado nocturno. Ellos aceptaron voluntariosos el reto. En ese momento, el gobierno había declarado "estado de sitio nacional", es decir que hasta las diez de la noche era permitido caminar por las calles; después de eso, no se andaba con cuentos: primero se disparaba y luego se averiguaba.

Romax tenía muy claro sus intenciones: acompañarla hasta su casa y regresar sabiamente a su apartamento, los cuadernos le esperaban despiertos. Pero como dice el adagio: "del dicho al hecho, hay mucho trecho". El chico no pretendía profundizar mucho en esa relación para no caer en la trampa del enamoramiento. Según sus planes, hablaría de cosas sin importancia y quizás, si la oportunidad se presentaba, le robaría un beso. Él sabía muy bien que ella buscaba algo más que un beso porque se le veía el deseo de profundizar en el arte de amar. "Si me lo permite, me aprovechó", se lo dijo con una sonrisa de sinvergüenza. Esto le hizo pensar en su madre al recordar sus palabras: "tu eres el caite de judas". Eso le hizo cambiar de parecer y se prometió respetarla.

Ella salía a las nueve de la noche y caminaba diez cuadras para llegar a su casa, ese trayecto lo hacía, a paso lento, en media hora. Ese día, ella estaba preparada. Había soñado con ese momento muchas veces e imaginado como iría vestida. Por esa razón, se había vestido con una blusa de tela suave de algodón con flores en su estampado; un escote mediano que le hacía resaltar sus pechos. Se había puesto unos zapatos de tacón para estar a la misma altura que él y, como era de noche, un chal de lana de color negro que le cubría los hombros. No se había puesto mucho maquillaje en el rostro, pero el perfume de rosas que se había colocado era demasiado dulce para el gusto del muchacho. La situación exigía tener pantalones de lona por si se necesitaba correr o arrastrarse. Ella se veía muy linda cuando apareció frente a él, tanto así que al verla se dijo: "¿Cómo es posible que se haya fijado en mi? ¡Es muy bella!"

Fue curioso como cambio de parecer cuando la vio delante de él. Estaba bellísima, como una princesa de la calle. Simple, elegante y divina. Todos sus pensamientos se cayeron al agua e inclusive un nerviosismo le invadió el cuerpo. Ésta lo recibió con una sonrisa que le bajó todas las guardias y defensas que se había fabricado de antemano, lo trató con tanto cariño y respeto que lo hizo sentir mal por los malos pensamientos que se le atravesaron en la cabeza. La charla se hizo interesante y entretenida, ella sabía más de él que lo que éste sospechaba. Lo admiraba tanto que cuando hablaba de su persona parecía que hablaba de alguien más. Romax la escuchaba y su admiración por ella iba creciendo como la espuma. Ella le contó su vida y sus sueños de mujer, a pesar de que era muy joven. El muchacho sintió una dualidad de sentimientos en su ser: por un lado, le atraía la mujer que deseaba superarse y, por el otro, veía la inocencia de una mujer por lo que deseaba protegerla para que nadie se aprovechara de ella.

La conversación se volvió interesante y el trayecto muy corto. Sus amigos los seguían a cierta distancia con la consigna de protegerlos si alguna pandilla de maleantes les salía al camino. Como a la media hora de camino llegaron a la puerta de su casa, ésta tenía en su entrada un pequeño jardín. Los vigilantes se habían quedado a dos cuadras de distancia en una cafetería.

Esa noche, ella al despedirse le agradeció la compañía y le dijo: "¡Yo sabía que tú eras especial y por eso me gustas! Él se sintió cohibido y le respondió: "¡No sabes lo que dices! No soy tan buena persona como piensas, hoy tenía la intención de robarte un beso. Me gustó conocerte porque te había juzgado mal. Te pido perdón por mis malos pensamientos." Ella lo escuchó atentamente y pareció pensar su respuesta. En ese momento le brillaron los ojos en la oscuridad y se acercó a él, y sin dejarle decir nada, lo besó muy apasionadamente. Luego se apartó y le dijo: "yo tampoco soy una santa y también deseaba robarte un beso. Además no tengo nada que perdonarte."

Romax le tomó sus manos y mirándola fijamente a los ojos le dijo: "yo te pido perdón porque sin conocerte te juzgué mal; ahora que te conozco me avergüenzo de que me beses porque no te merezco. Luego agregó: en este momento yo no puedo ofrecerte nada porque no tengo nada. No puedo prometerte nada porque tengo metas que cumplir y tengo que poner de lado mis sentimientos para poder alcanzarlas. Mis hermanos me necesitan y son más importantes que lo que yo siento".

La muchacha le tapó con su mano la boca y le dijo: "yo nunca te pedí nada ni te pediré nada. Me gustas por lo que eres y me siento contenta con sólo el hecho de que sepas que te quiero." Luego lo besó cariñosamente. —Un rubor tembloroso subió por el cuerpo del joven. Éste le metió los brazos debajo de los suyos y la atrajo hacia su cuerpo; ésta se dejó atrapar y con sus manos le comenzó a acariciar el cabello mientras se besaban. Después, ella lo miró y le dijo sonriendo: "espero que no sea la última vez que me vengas a dejar. Yo creo en Dios y creo en el amor. No te pido nada que no desees darme." Éste le sonrió y le dijo: "¿Te puedo pedir algo?" Ella lo vio y dijo que si con su cabeza. "¡Por favor, no comentes con los chicos que te gusto mucho. Eso déjalo para cuando estemos cerca!" Ella le guiñó el ojo y se metió a su casa. Romax pensó: "si creemos en el mismo Dios, ese no me quiere a mi", lo decía con mucha tristeza en su alma.

Ese beso que se dieron había dejado al joven en un rincón del paraíso, pero unos disparos lo trajeron de inmediato a la realidad. Salió del jardín y buscó en la calle a sus amigos, la ciudad estaba desierta. Al sentir que estaba en una situación muy delicada, se dijo: "¡Estos cobardes me abandonaron!" y empezó a caminar a paso veloz rumbo a su apartamento porque pronto darían las diez de la noche. Sus camaradas, quienes estaban platicando sentados en una acera, al escuchar los disparos se escondieron y no se dieron cuenta de que éste se había marchado. Éstos se afligieron porque su amigo había desaparecido y al percatarse de la hora, comenzaron a correr con la esperanza de encontrarlo en el camino. Todos llegaron con cinco minutos de diferencia y desde ese día dejaron de molestarlo, pero la relación con la joven no prosperó como noviazgo sino como amistad. La chica a los meses se fue rumbo a los Estados Unidos en busca de mejores fortunas.

En esos días, la guerra se había acentuado en la zona de la costa; se había convertido en una guerra sucia y traicionera. Casi siempre llegaban a sacar por las noches a las personas que se creía estaban involucradas de algún modo con la guerrilla. Muchos sacerdotes, maestros, visitadores médicos y sindicalistas desaparecieron de la noche a la mañana. Era normal, en esa época, encontrar montañas de cadáveres en los costados de la carretera, muchos de ellos torturados y mutilados. Familias enteras desaparecían sin importar que fueran niños, mujeres o ancianos; los jóvenes estaban marcados de antemano, más si eran estudiantes, porque sin necesidad de defender una bandera, derecha o izquierda, eran catalogados como una amenaza probable para el gobierno en el poder; por eso, muchos, con o sin ayuda, buscaron otro porvenir en el exterior, los países vecinos y el norte eran la salida más fácil.

Un viernes por la tarde, la noticia de que habían atacado todos los poblados cerca del lugar donde estaban sus hermanos menores llegó al colegio. Como de costumbre, Romax y los compañeros de cuarto, llevaban sus maletines al colegio para salir después de clases rumbo a su hogar. Al escuchar lo acontecido, éstos se apresuraron para abordar el último bus que los llevaría hasta sus casas. En esa ocasión, los dueños de los buses, por temor a perder sus unidades, anularon la salida hacia la frontera "Puente Arce". Había una quincena de personas que se habían quedado sin transporte, estaban preocupadas y querían saber sobre la situación de sus familiares. Entre ellas habían ocho estudiantes; los amigos de Romax estaban divididos entre irse o quedarse. Él, por su parte, prefería estar con sus hermanos porque éstos estaban solos; además, había prometido a sus padres que los protegería siempre. Un pensamiento le rebotaba en el alma al muchacho: "¿Qué voy a ser si a mis hermanos les pasa algo?"

Estaban en la discusión de si se iban o se quedaban cuando un joven que tenía un vehículo se ofreció para hacerles el viaje si le pagaban cierta cantidad de dinero. Era normal que en estas situaciones siempre apareciera alguien para aprovechar la necesidad que se abría, la oportunidad económica no se podía desaprovechar. Entre todos reunieron la suma solicitada y se dispusieron a realizar el trayecto en la oscuridad de la noche. Dos horas de camino que se hicieron eternas y un mal presagio que comenzó a invadir el espíritu del muchacho; pero su promesa le obligaba a afrontar el peligro, fuese lo que fuese.

Todo iba muy bien hasta que llegaron a un lugar llamado "Cara Sucia" que estaba como a veinte kilómetros de la frontera. La primera impresión, cuando llegaron al lugar, fue que algo no andaba bien porque todas las luces del pueblo estaban apagadas; el conductor se dio cuenta de inmediato y disminuyó la velocidad drásticamente. Este acto provocó sospecha en los soldados que vigilaban el lugar.

Al entrar al pueblo, el conductor, por ir nervioso, no se fijó que habían levantado unos túmulos, una especie de bordo en medio de la calle, para que los carros se detuvieran o disminuyeran la velocidad. El vehículo al chocar con el primero, saltó provocando que todos los ocupantes se asustaran y gritaran. En ese mismo momento, se oyó un grito muy fuerte que decía: "¡ALTO AHÍ, O MUEREN!". El ruido de los fusiles preparándose para disparar se escuchó por todos lados en la oscuridad. Los ocupantes del vehículo en un acto instintivo de protección se agacharon y se protegieron la cabeza. Unos soldados se pusieron delante del carro y el resto se acercaron por los costados de éste para encañonar a todos. La punta helada de los fusiles G-3 se instaló en la cabeza, las costillas y la espalda de todos los ocupantes. Los bajaron a patadas del vehículo, los pusieron de espaldas mirando el carro y los comenzaron a registrar para saber si llevaban armas. Cuando el soldado se ponía detrás del individuo, el militar le abría las piernas a golpes para poder revisarlo mejor; pero aquellos que se adelantaban al hecho, les golpeaban las costillas con la parte trasera del fusil como respuesta a la subordinación. Después de revisarlos, les exigieron los papeles de identificación personal, es decir: "la cédula de identidad o la partida de nacimiento."

Cuando llegaron a donde estaba Romax, el soldado dijo: "¡Aquí está uno! ¡Este nos las va a pagar por los otros!" Él se refería a los subversivos que habían atacado el pueblo y matado a sus compañeros militares. De inmediato lo tomó por atrás y lo hizo que se acostara en el suelo viendo la tierra. El cañón del fusil estaba colocado al inicio de la cabeza, donde terminaba el cuello. El chico no comprendía nada de lo que estaba sucediendo y se mantenía sereno, lo único que le inconfortaba era lo helado del metal en su cuerpo.

La razón de esa actitud era que el muchacho había olvidado su cartera en su cuarto donde tenía la partida de nacimiento porque era menor de edad. En ese momento, la única identidad era su cartilla de estudiante de bachillerato y lejos de ser algo positivo lo culpabilizaba aún más porque éstos no eran muy bien vistos por la armada por considerarlos revolucionarios.

El resto de los ocupantes del vehículo estaban limpios porque tenían sus papeles en regla. Les dieron la orden de subir de nuevo al transporte y que se marcharan del lugar. Los amigos de Romax, al verlo en el suelo, preguntaron: "¿Nuestro amigo también puede subir?" El soldado poniendo la bota en la espalda del muchacho dijo: "éste se queda con nosotros porque es un subversivo". En la oscuridad del carro unas voces dijeron: " ¡No! Él es un buen muchacho. Nosotros lo conocemos. Él vive en la frontera y no tiene padres", eran sus compañeros que rogaban perdón.

El chico, que se mantenía acostado, escuchaba las voces que hablaban en su favor. Por una extraña razón, él no tenía miedo y, en cierto modo, aceptaba la muerte con beneplácito. Quizás la posibilidad de unirse con su padre le atraía.

El vehículo encendió el motor y se dispuso a marcharse. Los amigos del chico protestaron con más énfasis, golpearon con la mano la capota del vehículo para que no dejara el lugar y alzaron un poco más el tono. Uno de los soldados al oír las protestas, tomó del pelo al acusado y levantándole la cabeza, le preguntó enojado: "¿Cómo te llamas?". El joven, que había escuchado todo el drama de su juicio, había llegado a la conclusión que ahí moriría. En ese momento, los únicos pensamientos que le vinieron a la mente fueron las imágenes de sus hermanos. Éste se dijo así mismo: "¡Pobres! Este golpe los destruirá aún más. Se quedarán más solos." En cierto modo había aceptado su suerte y sin mucho esfuerzo dijo su nombre con una voz suave y serena. Lo dijo tan bajo que el soldado encolerizado le repitió: "¡Habla más fuerte! ¡Cómo un hombre!"

El joven levantó un poco su rostro y con la luz de la lámpara en su rostro, respondió firmemente: "mi nombre es Romax y soy hijo del profesor Max que trabajaba en escuela de la Hachadura." El solo hecho de decir esa frase hizo que una fuerza interior creciera como una ola gigantesca, recuperó su deseo de vivir.

Un silencio se instaló en el ambiente y luego de unos segundos, se escuchó una voz muy varonil que venía de unos diez metros de distancia que preguntaba: "¿Quién dices que es tu padre?" Esa pregunta sacudió a todos y el soldado tomando del cuello al chico lo medio levantó bruscamente para ponerlo de rodillas. Romax repitió con mucha valentía el nombre completo de su progenitor y sintió una fuerza espiritual que lo sostenía.

Se escucharon unos pasos firmes que se acercaban a la escena principal. Al llegar al lugar, apartó al soldado y levantó al chico tomándolo del brazo. Éste individuo era el comandante del batallón. Le puso la luz de una lámpara de mano en la cara y le preguntó: "¿Tú eres el hijo del profesor Max?"

Romax un poco cegatón por la luz respondió: "sí, pero él está muerto." El comandante guardó unos segundos de silencio y luego agregó: "lo sé. Tienes suerte; hoy te íbamos a matar para vengar a nuestros hermanos que murieron en combate. Luego agregó: tu padre fue mi profesor y yo le tuve mucho cariño porque siempre fue muy bueno conmigo. Toma tus cosas y súbete al vehículo. Espero hayas aprendido la lección, jamás vuelvas a andar sin documentos de identificación personal, hoy te salvaste pero otro día quizás no."

Los amigos de Romax, al escuchar las palabras del comandante dejando en libertad al chico, se bajaron de inmediato y le ayudaron a recoger todos los cuadernos y libros que estaban tirados sobre el pavimento. Se subieron de inmediato y se marcharon del lugar. En el camino, nadie hizo mención de lo ocurrido y al llegar a la frontera se dieron cuenta de que ahí no había pasado nada, de que todo estaba normal.

A Romax al principio le dio coraje porque había arriesgado su vida por una estupidez. Cuando se bajó del vehículo, le entró un enojo muy grande y una cólera contra sí mismo que lo hizo agacharse y sentarse al borde de una acera. Luego, cuando ya se había calmado quiso levantarse y sus piernas no le respondieron, le temblaban mucho. Era la emoción retenida que comenzaba a salir; tuvo que esperar algunos minutos más para incorporarse e irse al fin para su casa. Ese episodio no lo dio a conocer a sus hermanos para que no se asustaran y no se dieran cuenta de la torpeza que había cometido. Todo esto fue porque reaccionó siguiendo los impulsos de su corazón. Ahí se cumplía en él la frase que decía su abuelo: "tú eres un cipote de corazón".

La experiencia de ver otra vez la muerte de cerca provocó en Romax un cambio de visión de la vida y quiso transmitirla a través de su escritura. El PEDO renacía de las cenizas como el ave fénix en el tema "un canto a la vida" y éste decía así:

¡Hoy me desperté con el deseo de ser alguien! ¡Hoy me di cuenta de que estoy vivo! y el estar vivo implica que soy presente. Pareciera que he estado muerto en vida, que la vida no era otra cosa que una pesadilla. ¡He resucitado amigos míos! para bien o para mal, he resucitado y estoy de nuevo con ustedes.

En este mundo, donde para muchos la vida no vale nada y quieren vivir sólo el presente; es decir, el instante mismo de estar vivos; que quieren hacer todo lo que no han sido capaces de hacer durante toda una vida en este último segundo que tienen en su poder. Es duro ver cómo muchos deciden fácilmente quién vive y quién muere, con un simple razonamiento inventado. ¿Quién les ha dado ese poder de decidir sobre los demás? Yo no. La religión, no lo creo, porque en su mayoría busca proteger la vida, pero si acepta esa decisión, ésta tiene como rey la muerte; el poder, ¡tal vez! porque aquel que tiene poder, pero no tiene sabiduría para utilizarlo es como un niño a quien le dan un vehículo a conducir o un arma para jugar. Con esto no quiero decir que los que están en el poder son tontos; al contrario, son inteligentes para su conveniencia. Lo que pasa es que la cara no les ayuda.

Es triste ver correr la sangre de inocentes que siguiendo una bandera sin colores ni escudos han tirado por el borde toda una vida. Pero es más triste ver como dos hermanos se pelean a muerte por las ideas de un desconocido. ¡Cuántas familias se han dividido! ¡Cuántos hogares se han desmoronado! ¡Cuántos niños han quedado en el olvido! ¡Cuánta maldad en los corazones! ¿A quién siguen? ¿Quién es su Dios? Son dos preguntas que todos debemos respondernos para saber a dónde vamos y por qué vamos. Hoy comprendo por qué tantos hermanos escogen el camino del norte por estar hostigados de ser el sándwich de una situación a la cual no se le ve final cercano. Hoy toma vida y esperanza la frase celebre "Yo no quiero ser la próxima victima de esta guerra sin final, me voy para el norte y no vuelvo más".

Pero poniendo punto y aparte a esta pequeña reflexión personal, me da gusto saber que la Cobra ha cambiado de peinado, que la Víbora aún se maneja buenas pantorrillas, que el Profe de inglés se compró nuevos jeans, pero sigue con las mismas mañas, que la Julieta con sus trenzas a la chilindrina dejó su pose de niña y se ha convertido en una mujer hecha y derecha, que el flaco Guzmán anda estrenando novia del Guadalupano, que Doble Hamburguesa anda con nuevos lentes, que el hierbas sigue buscando la formula mágica de una nueva sustancia, que el Patas Chuecas de Carlos se ha esmerado por la taquigrafía, que el Máximo siempre anda "on the top", que la Pechos Calientes sigue más caliente que nunca, pero que se ve más señorita, que la Nalgas Pachas de Dora sigue sacando su hermosos pechos, que la profesora de biología y sus escotes siguen robando suspiros, que hasta me da gusto ver al mister Federico limpiando los basureros con condones que deja el Mata Pulgas para dársela de actual y gigoló, pobre morirá engañado.

En verdad, amigos, es hermoso estar vivo para respirar el aire que tocan estos árboles de aguacate que nunca les he visto una fruta, para sentir el sol de mediodía y su sofocante brisa caliente que nos llega desde el pacífico, para ver al majestuoso Izalco mantenerse firme al paso del tiempo y para apreciar las noches estrelladas que nos recuerdan que nunca estamos solos.

No sé si sigo siendo el mismo; lo que si sé es que traigo nuevas mañas para compartir, nuevas experiencias que han hecho de mi un hombre más sabio, pero que en el fondo sigo siendo el niño inocente que cree que el amor existe. Ya sé que Don Juan de Izalco no me dará la razón porque ya tiene más de veinte en su colección, pero entre ustedes y yo, me niego a comprender que el simple hecho de hacer el amor sea todo lo que nos ofrece esa linda palabra que está en la esperanza de cada uno de nosotros. Y no sé si mi amigo tiene la razón cuando dice: "morir intentándolo, es mejor que morir esperándolo."

Hoy he visto las curvas de Magdalena y me transportaron al deseo de tomar una refrescante coca cola para darle chispa a la vida, me enamoré de los ojos de Maritza desde el primer día que la vi porque en ellos descubrí que se anidan armoniosos los cafetos de mis queridas montañas, me robé por un instante los labios de Rubí porque alguna vez fueron como el bálsamo de mis noches de lluvia mojada, atravesé profano la blusa transparente de milagros para resucitar victorioso en el néctar del oasis del botón negro de sus pechos, me sentí indigno de clavar mis lentes en la punta de la minifalda de Magdalena, pero fue más fuerte mi debilidad y me liberé gustoso a la práctica de escalador de una piel canela.

¡Que bien hizo Dios al crear a la mujer! Es el ser más perfecto y hermoso de este mundo. Lástima que algunas no se han dado cuenta de ello y lanzan a los cerdos la comida de los príncipes. He oído decir que en ellas está el futuro de la humanidad, pero con tanto aborto y tanto descuido espiritual, qué futuro espera a los hijos de mis hijos si es que un día nacerán.

Quiero también plasmar que al ver el pecho pelón del Cara de Mango, me recordé que por mis venas corre sangre indígena que hace tiempo me olvidé de resucitar; al oír a Musculito, hablando de mujeres, me di cuenta del machismo encarnado y descarado que traemos los hombres; al descubrir el poder de seducción del Tres Patas puedo decir con certeza que las mujeres caen primero por la vista y luego mueren en las palabras, dejando su orgullo en el umbral de cualquier cama; al observar al Max me doy cuenta de que la inteligencia no se vende en la vuelta de la esquina, pero inteligencia sin deseo es como agua sin azúcar.

No quiero dejar de expresar mis agradecimientos a los pechos de Azucena porque me resucitan cada mañana cuando se balancean frente a mí, a la escultural Magdalena porque me hace llorar de alegría al saber que existen ángeles que caminan en la tierra. Sé que soy capaz de poder alcanzarla, aunque me faltaría mucha plata para poder hacerla bailar a mi ritmo. Me lleno de gozo cuando los ojos de Heidi se clavan en mí y deliciosamente me dice ¡Hola!, aunque esa palabra la repite a medio mundo.

Así es, amigos y amigas, estoy de vuelta. Vivito y coleando dispuesto a dar batalla hasta que el aliento aguante o hasta que me corten la cuerda. Dicen que andan tras de mí, pero no se dan cuenta de que yo estoy detrás de ellos. Recuerden, más vale estar que estuve; por eso, yo de aquí ya me fui.

Cariñosamente EL PEDO.

PD.

En el próximo número les hablaré un poco sobre la vida amorosa que se vive en el colegio.

EL PEDO con su nueva aparición comenzó otra vez a resucitar muertos y a conseguir nuevos adeptos que querían crucificarlo vivo en pleno centro de la cancha de básquetbol del colegio. Era curioso cómo los mismos que lo aclamaban un día lo crucificaban al día siguiente. "La gente nuestra no cambia nunca", pensaba Romax.

La recompensa parecía más generosa, pero el secreto era la única defensa del imberbe periódico estudiantil. Los estudiantes estaban necesitados de un vehículo comunicativo que pudiera ser la bandera de muchas voces que morían de ansiedad en el silencio al verse impotentes frente al monstruo de las estructuras sociales.

Romax no pretendía crear un arma social ni mucho menos que sus balas literarias dañaran de muerte a alguien. El hecho de decir muchas cosas que no estaban bien, desde su punto de vista, no quería decir que esas cosas eran malas; era una simple opinión lanzada al aire. El problema fue que muchos se identificaron con sus palabras y las tomaron al pie de la letra, como sucede muchas veces con la Biblia. Desde ese contexto, EL PEDO fue cayendo en su propia trampa. La popularidad le dio notoriedad y esto a su vez se convirtió en un cuchillo porque llegó a ser considerado como un periódico subversivo y a su cabeza, por lo consiguiente, le colocaron un precio.

El joven aprovechaba los chismes para obtener verdades y mentiras para confirmar hechos. Su actitud de escucha se desarrolló de manera exponencial, muy pocos saben que esa es la cualidad más importante en la comunicación. Solamente aquel que sabe escuchar es capaz de comprender y descubrir entre líneas lo que el mensaje tiene escondido. Resultaba fácil lanzar un chisme al aire para que una verdad saliera a la luz con pelos y dientes. Dicen que la verdad es verdad de cualquier ángulo que se le vea; pero Romax se dio cuenta de que la verdad a medias era igual que una mentira a medias. Lo cierto era que la confirmación de un chisme dolía más cuando éste llegaba después de dar la vuelta al mundo. El muchacho confirmó que la gente prefería muchas veces la mentira bien vestida que la verdad descosida.

Muchos de los grados mal cotizados sufrieron los castigos de la Víbora porque según ella, el autor sólo podía venir de una persona que no tenía tiempo para estudiar, sólo podía ser obra de un mal estudiante que estaba frustrado. Hubieron muchos que se autoproclamaban los autores intelectuales, pero que a la hora de la verdad sólo era fanfarronería para llamar la atención de las chicas.

Romax comenzaba a descubrir el poder de la palabra porque con ella se podía, un día, elevar a la gloria a una persona y al otro día, mandarla al infierno. La palabra se convertía en un cuchillo de doble filo con el cual se tenía que trabajar muy cuidadosamente. Por esta razón, la precaución, en todos los sentidos, se hizo imperativa en él porque si lo atrapaban allí quedarían truncados muchos objetivos. Sin saber por qué, nuestro héroe se negó a renunciar al periódico; lo más fácil era hacer porque de lo contrario implicaba: sacrificio, peligro y, quizás, muerte.

El PEDO era algo que había nacido como una simple distracción, pero que había tomado cuerpo de ladrón de ideas, algo así como el "Robin Hood" del colegio. Entonces, Romax tuvo que ingeniarse nuevas estrategias para evitar ser señalado. De esta manera tuvo que ponerse y poner a sus amigos en ciertos ejemplares con la idea de despistar aún más a sus lectores. Aprendió a vestir diferentes personajes y a escribir según el rol que estaba viviendo, podríamos decir un actor en desarrollo. Él se enojaba mucho y juraba a todos los vientos que el autor se las pagaría muy caro. Además, él se había inventado varios apodos: "el Meñique" "Chepe Toño" y "Uñas" porque él era el más pequeño de la clase, delgado y orejón.

Sus amigos utilizaban más a menudo el sobrenombre de "Chepe Toño" por parecerse a un muñeco que servía de logotipo de una bebida alcohólica llamada "Espíritu de caña". También, en algunos números comenzó a escribir desde el punto de vista de las mujeres, de los homosexuales y de los sacerdotes. Con esto, los lectores quedaron completamente confundidos y él mismo comenzó a insinuar que podría tratarse de un grupo de personas, tesis que la mayoría aceptó de inmediato .

Algo particular en Romax, fue que cuando comenzó a estudiar era el más pequeño de la clase, con su metro y cincuenta centímetros de altura y sus ciento diez libras de peso; parecía un niño en medio de jóvenes. Las chicas, inclusive, lo habían adoptado como el bebé de la clase y jugaban con él con mucha confianza. Para el desfile del quince de septiembre, fecha de la independencia patria, iba en la cola del mismo porque se comenzaba con los más altos.

A pesar de su tamaño, éste no se dejaba intimidar de nadie y se había ganado el respeto de los más grandes. También, como era muy dedicado para el estudio, a la hora de los exámenes siempre tenía dos compañeras que se le colocaban a sus extremos para copiarle. Él se la llevaba de honesto y siempre les decía que no les daría copia, pero al final terminaba pasándoles las preguntas o simplemente haciéndose el del ojo pacho. Éste prefería que ellas tuvieran buen ojo para copiar desde sus pupitres, y para facilitarles la operación; siempre escribía con letra de molde y de tamaño regular, teniendo cuidado con dejar su examen a descubierto el tiempo necesario; nunca se levantaba antes de que ellas no hubieran terminado el ochenta por ciento de su examen, así evitaba que obtuvieran la misma nota.

Solamente en pequeñas ocasiones superó al mejor de la clase, Máximo. Este triunfo sólo lo disfrutaba interiormente porque sabía que su amigo se enojaba cuando alguien lo superaba, siempre le decía: "no te enfades, es sólo suerte de principiante."

En ese tiempo, cerca de la Semana Santa, ocurrió un acontecimiento que conmovió a todo el país. Asesinaron al arzobispo del país, Monseñor Romero. Para Romax no significaba gran cosa su muerte, otro más a la larga cuenta de asesinatos anónimos, decía. Pero para mucha gente, ese asesinato significaba el comienzo de algo muy grande y feo que se aproximaba; muchas mujeres y hombres lloraron su muerte.

En verdad, desde ahí la guerra se encrudeció más y la inseguridad reinó por todos lados, la gente se veía intranquila y las murmuraciones se hacían más secretas. Nadie se acreditó el asesinato, pero los rumores más persistentes decían que había sido el famoso escuadrón de la muerte. Pero en verdad nadie lo sabía porque esa muerte sirvió de trampolín internacional para la izquierda, quien tomó más fuerza política y militar por lo que también se creía que ellos podían haber estado involucrados.

La Semana Santa en Sonsonate, famosa por sus alfombras de aserrín que cubren todo lo ancho y largo de las calles de la ciudad, estuvo muy cargada de emoción y con signos de indignación por la muerte del Monseñor.

Ese año, Romax se la pasó muy ocupado porque tuvo que encargarse de la administración de la casa, que entre otras cosas recibieron cada uno una suma de dinero porque el padre había tenido la sabiduría de dejar establecido cuanto recibiría cada hijo, incluyendo la hija que había nacido antes del matrimonio. Con ese dinero, Romax abrió una cuenta de ahorro a plazo fijo para recibir cada mes una cantidad de dinero por los intereses que junto con el sueldo de la hermana, les ayudaba a sufragar todos los gastos de la casa. El chico renunció a trabajar de electricista para dedicarse por completo a sus estudios, su promesa estaba primero.

El tiempo pareció deslizarse suavemente en las manos de los chicos. Cada uno metido en sus deberes y obligaciones que se habían impuesto para salir adelante. Romax, por su parte, se había vuelto muy pensativo y hasta algo huraño con la gente. Apenas bromeaba con sus hermanos para guardar entre ellos un respeto y mantener la casa un equilibrio funcional. La gente del pueblo y los familiares comenzaron a darse cuenta de que los chicos eran especiales. Estaban dando un ejemplo de vida, superación y unión familiar muy lejos de lo que muchas familias bien constituidas tenían. Ellos eran una fuente de inspiración para muchos, aunque no se los dijeran abiertamente.

La luna blanca rodeada de una infinidad de estrellas cubría la casa de los huérfanos que de alguna manera eran reconfortados por la presencia espiritual de sus padres. Romax comenzaba a acomodarse a su rol de guía, padre y hermano; sin embargo, sentía que la camisa le quedaba grande y pesada. Su actitud hacia los otros cambió de manera radical y, a pesar de que no le gustaba ser de esa manera, indirectamente se sentía obligado a actuar así; nadie le había enseñado cómo comportarse en esa situación.

¡Cómo callar un dolor que grita dentro!,
¡Cómo sofocar un fuego que no se apaga con el llanto!,
¡Cómo inventar una respuesta que no se muestra!,
¡Cómo olvidar lo que no se desea olvidar!
Hay dolores que no callan,
fuegos que no se apagan,
respuestas que no se hallan
ni olvidos que se olvidan.
La vida continúa con sus segundos, horas y años.

2.3 Mariposas de papel.

Desde que Romax había vuelto al colegio, después de su tragedia familiar, se le veía muy solo y pensativo. Sus compañeros de clase trataban de tomarlo en cuenta en sus actividades, pero siempre encontraba una razón o motivo para no asistir. Hasta las chicas, sus compañeras de clases, trataban de motivarlo e inclusive lo piropeaban, pero parecía que no daban efectos en él.

Cuando podía, prefería escaparse a algún lugar aislado como deseando apartarse del mundo. Parecía una pequeña plantita que se secaba en la soledad. Se había hecho adepto de los cafés y de los sitios tranquilos. Sus amigos muchas veces lo descubrieron hablando a solas, pero no se atrevían a preguntar nada por temor a molestarlo; preferían hacerse los desentendidos. Ellos creían que se estaba volviendo loco. En el colegio se comenzaba a rumorar eso.

Romax parecía estar en otro mundo, como buscando respuestas a un rompecabezas muy difícil de descifrar. De la noche a la mañana, se había convertido en un hombre que llevaba una carga difícil a soportar, hasta su manera de responder era diferente porque lo pensaba mucho antes de hacerlo.

Sin saberlo, él andaba en busca de una salida para sus problemas. Dicen que Dios nunca deja solos a sus hijos. Y en ese meditar, el joven recordó la historia de las mariposas de papel. Ese cuento hablaba de un niño que deseaba comunicarse con su padre y que utilizó la escritura de poemas para entrar en comunicación con él.

El chico pensó que podía hacer la misma cosa y desde ese momento trató de buscar la forma de escribirle a su padre. Esta historia se convertiría en la puerta de salida para sus problemas.

Un día que fue a una pequeña cafetería, tomó una servilleta que tenía a su lado y comenzó a escribir, siguió con la segunda y así sucesivamente hasta que llenó unas diez. Al terminar de escribir todo lo que su corazón le dictaba se sintió tranquilizado, como si se hubiera quitado todo un peso de encima. Las arrugó entre sus manos y las lanzó al basurero, como desprendiéndose de algo que le estaba haciendo mal. Pagó la cuenta y se marchó contento con la sonrisa en los labios por haber encontrado un camino que le daba una luz en su búsqueda personal. A los pocos metros de haber salido, pensó: "si alguien las lee me sentiré mal, no me gustaría que anduvieran en manos extrañas; mejor me regreso por ellas."

Cuando llegó al lugar, la muchacha que trabajaba ahí las había sacado del basurero y había comenzado a tratar de extenderlas para luego leerlas. Él, muy serio, se acercó y le dijo: "¡Perdóname, pero esas servilletas son mías! ¿Me las puedes regresar por favor? Son algo personal". La chica lo miró y se las dio sin decir nada.

Desde ese día, Romax comenzó a escribir en forma de prosa y verso todos sus sentimientos. Luego guardaba sus espinas, como las llamaba, entre las hojas de sus cuadernos porque no sabía como echarlas a volar.

También a partir de ese día comenzó a escribirle cartas a su padre comentándole todo lo que le pasaba y estaba viviendo. Claro que estas cartas nacían y morían al mismo tiempo porque las destruía quemándolas al terminar de escribirlas. La primera carta que escribió decía así:

¡Hola, papi! —Como le decía de cariño.

Espero que estés bien donde quiera que te encuentres. Deseo de corazón que estés cerca de Dios porque es lo menos que te mereces. Sabes, tenías razón. A pesar de haber muerto, tu presencia sigue latente en mi vida y cada vez que veo la estrella del sur brillando majestuosa en el cielo, mi corazón se llena de sentimiento y apareces tú como una luz en la oscuridad de mi vida.

¡Tengo tantas cosas que contarte!, y si no lo he hecho es porque, como sabes, el mundo se nos vino encima; no es fácil perder a un padre y mucho menos a los dos de un sopapo sin salir moribundo del combate. Te cuento que solamente seis meses después de lo ocurrido en ese fatídico sábado de enero, comienzo a tomar conciencia de mi realidad, de mi presente. En estos días anteriores, he caminado como una máquina; muchas veces me pregunté si no era más que un fantasma deambulando por las calles, porque muchas cosas que pasaban a mí alrededor carecían de emoción. Estuve a punto de morir atropellado y nunca me preocupe por sobrevivir; es más, creo que quería que me mataran. Quizás sin quererlo, había renunciado a vivir y todo lo que hacía era por monotonía. La gente de nuestro alrededor todavía no deja de sorprenderse por la manera como nos hemos comportado; estarías orgulloso de cada uno de mis hermanos, como yo lo estoy de ellos. Aunque como ya me conoces, creo que me he encerrado más en mi caparazón, para protegerme. En verdad casi no he sonreído últimamente, pero he cambiado mucho, tanto así que hasta yo me he sorprendido de mi manera de actuar. Muchos dicen que pienso mucho antes de decir las cosas. Ya no peleo con mis hermanos y no les he puesto la mano encima en ningún momento. Mi madre estará muy contenta porque siempre decía que al morir ella, yo mataría a mis hermanos y, como ves, no ha sucedido.

Comenzaré poniéndote al día de los sucedido. Tus hermanas me tiraron una canastada de insultos al expresarles la decisión de vivir juntos. Creo que se desilusionaron o vieron a sus sirvientes desaparecer de inmediato. Tú me conoces muy bien, yo no iba a permitir eso. Quien nos cayó del cielo, dale las gracias a Diosito, fue el doctorcito. En verdad, él es un pan de Dios, un digno sobrino tuyo, aunque de los hermanos sólo me queda el sentimiento de falsedad, materialismo y mucho egoísmo. De la familia de mi madre, bueno, creo que viendo las circunstancias, ninguno se atrevió a levantar la mano para expresar el deseo de acogernos en su hogar. Creo que de todos tus hijos al que menos hubieran querido hubiera sido a tu servidor; mi reputación de revoltoso y bueno para nada me precede. Mi abuelo aún sigue con nosotros, creo que lo hace más por solidaridad que por deseo. De vez en cuando, se va para donde una de sus hijas, pero no tarda mucho en regresar. Me parece que es él a quien le afectó más la muerte de ustedes dos. Ya no cuenta cuentos y se la pasa todo el día renegando por todo. A veces, lo he pillado secándose las lágrimas.

Te cuento que sufrimos mucho con los hermanos menores porque tuvieron que operarlos de la cabeza, los doctores tenían miedo de que quedaran con alguna secuela o incapacidad. Por el momento, creo que no hay nada que temer. El hecho de volver a casa y estar de nuevo juntos nos ha ayudado mucho ya que en la escuela en donde los tenían, en la ciudad de Ahuachapán, era exclusiva para niños ricos y ahí nunca los hicieron sentirse muy bien que digamos. Fíjate que una de las maestras llegó al extremo de sentenciar al más pequeño con pegarle en la cicatriz de la cabeza si no hacia bien los deberes. Sólo espero un día no encontrármela en mi camino porque le soltaré algunas verdades de cómo debe enseñar a los alumnos.

¡Papi! no te preocupes por nosotros porque, a pesar de todo, estamos bien. Los extrañamos enormemente pero sabemos que están en espíritu con nosotros. La gente siempre nos pregunta si no nos da miedo quedarnos en la casa, ya que podrían aparecer los fantasmas de ustedes. Yo les digo que desearía verte de nuevo aunque sea como fantasma, ¡no sabes como me haces falta!

Se despide tu hijo que te lleva en el centro de su corazón. Dale un beso a mi madre.

Romax.

PD.

Las mariposas de papel todavía no han soltado vuelo porque no he encontrado la manera de dejarlas en libertad; por el momento siguen en el nido de mis libros, pero su alma llega directo hasta ti.

Después de la primera carta siguieron muchas más, porque cada vez la necesidad de hablar y contarle a alguien lo que estaba viviendo se volvía imperioso, pero esto trajo un efecto dominó en Romax; el deseo por escribir se extendió a los poemas, cuentos, fábulas y cartas públicas. Todos los géneros literarios que descubría tenían que ver con su vida; éstos no eran más que mecanismos de defensa para sacar todo lo que su alma y su corazón sentían. Por ejemplo, el cuento del reparador de corazones se le ocurrió cuando descubrió que a él se acercaban muchos amigos a contarle sus penas y, sin decir nada, sólo escuchándolos, les ayudaba a encontrar por sí mismos la respuesta que buscaban. Lo contrario era difícil de realizar porque su carácter introvertido le ponía una gran barrera para abrirse ante los demás. El cuento decía así:

"Juan era un hombre que amaba mucho los animales, pájaros y plantas. Le gustaba sobre todo observarlos, se sentía feliz viéndolos alegres y contentos. En su caminar encontraba toda clase de corazones: de pájaros, peces, animales, y hasta humanos.

Él se preguntaba por qué existían tantos corazones dañados. Encontraba corazones con rasguños, con heridas leves y otros que estaban totalmente destrozados, pero a todos sin excepción los recogía y los curaba.

Primeramente, los miraba con cuidado; los observaba con sumo detalle porque él sabía que todo corazón era muy delicado; un mal movimiento, una mala palabra o, inclusive, una mala mirada podría arruinarlo todo y ponerlo en peligro de muerte.

Siempre cargaba con él un par de guantes de seda. Por lo general no hablaba, sólo escuchaba. Él sabía muy bien que al principio todo corazón no dice la verdad sobre quien lo ha dañado, pero al final todos terminaban exponiendo los hechos reales. El dolor era tan inmenso que no eran capaces de mantener el secreto.

Lo primero que hacía era ganarse la confianza para tener la oportunidad de conocer el verdadero motivo de la enfermedad. Nunca daba recetas ni medicinas, simplemente escuchaba atento, miraba y los trataba con mucho amor. La receta era simple. Al final, el resultado era el mismo. Los corazones se curaban, las heridas cicatrizaban y se volvían fuertes. Su pago era la belleza de ver un corazón en buen estado, feliz y contento.

El problema, para el reparador, era que después de cierto tiempo nadie se quedaba junto a él, todos se iban sin darse cuenta que cada herida, pequeña o grande, quedaba en el corazón del médico; es decir, que cada vez se enfermaba más. En otras palabras, el curandero se sacrificaba para salvarlos.

Un día de tantos, éste cayó gravemente enfermo sin tener a su disposición alguien que le diera la mano. Lo curioso era que él mismo no se podía aplicar el procedimiento. Su enfermedad llegó a tal gravedad que su corazón no resistió y cayó en coma.

Entonces, estando en ese estado, comenzó a hablar consigo mismo y sintió lástima porque se decía que él había ayudado a muchos corazones a curarse y a él nadie le ayudaba. Fue entonces cuando escuchó una voz que le dijo: "lo que sucede, hijo, es que para curar tu corazón era necesario que tú te dieras cuenta de que estabas enfermo, que quisieras hablar, que contaras lo que te sucedía. Acuérdate que para curar un corazón es necesario que éste se libere por sí mismo, que se quiera curar; es necesario que tenga confianza para contar sus males. A lo mejor, tú no te has dado cuenta, pero yo he estado contigo siempre, te he escuchado sin hablarte, te he tratado con mucha dulzura y además, he hecho mías tus heridas pero sólo te has dado cuenta hasta que me buscaste."

Juan despertó, abrió los ojos, sonrió y se marchó alegre. Su vida había tomado otro rumbo, más confiado en el amor del padre y con el deseo de encontrar más corazones rotos que ayudar."

También salieron algunas fábulas, como: "la hormiga y el elefante" que se le ocurrió cuando escuchaba a sus amigos opinar sobre cómo debía resolverse el conflicto armado que estaba azotando al país. Según ellos, si se enfrentaban a cielo abierto los dos ejércitos y se mataban ellos mismos, la guerra se terminaría ahí y sobre todo no habría tanto inocente muerto. Esta decía así:

"Una vez, una hormiguita encontró un pedazo de espejo en el suelo. Este espejo aumentaba el tamaño de cien por uno. La hormiguita, al verse en él, se vio gigante, muy grande, inmensa y sintió en el alma una sensación de poder y se dijo: "¡No pensé que fuera tan grande!" Y su ego creció igualmente al cien por uno.

Por el espejo, divisó en la distancia la presencia de un elefante y, por estar muy lejos, se veía muy pequeño comparado con la hormiguita. Ésta se dijo con aires de grandeza: "¡Vamos a ver si este pequeñín no me quiere hacer caso!"

Se paró en medio del camino frente al elefante, hizo la señal de alto con su mano, gritó con todas sus fuerzas y cerró sus ojos para que su fe hablara por ella. Cuando el elefante estaba listo a poner su gran pata sobre la hormiga, se detuvo. Luego se quedó en silencio como escuchando al viento, comenzó a ver para los costados, vio unos árboles apetitosos y sin más, cambió de rumbo.

Cuando la hormiguita abrió sus ojos, el elefante ya había avanzado bastante pero aún era lo suficiente grande para impresionarla. Esta dijo entonces: "¡No sé si fue mi fe la que me salvó, pero sólo sé que no fue por mi grandeza!".

La moraleja que trataba de hacer pasar el chico era que nuestra necesidad de grandeza acompañada con nuestro ego pueden hacernos ver falsas verdades."

Con EL PEDO aprovechó para dar rienda suelta a todas las opiniones que sus compañeros emitían cuando se reunían a estudiar en su apartamento. Siempre después de cada dos horas se tomaban de quince a treinta minutos como pausa y era el momento de chismear o de tratar asuntos de mucha importancia. De una de esas tertulias de estudiantes salió la carta abierta a Dios que decía así:

¡Querido Dios!

Te saludo cariñosamente esperando te encuentres bien de salud. Aquí en la tierra seguimos pasándola muy bien, pero algunos de nuestros hermanos se complican la vida complicándola a los otros. Tengo tantas preguntas que hacerte y tengo miedo a las respuestas que puedas darme. Sé que no puedo medir tu amor con el poco amor que puede tener mi corazón. No comprendo y no entiendo muchas cosas que tendrían que ser sencillas, pero parece que el hombre no conoce la sencillez, le gusta complicar las cosas.

Primero, ¿Por qué tantas leyes, Señor? Si parece que sólo los tontos e ingenuos las cumplen; en mi país todos tratamos de esquivarlas. ¿Por qué existe la propiedad privada? Si con ello la gente se mata todo el tiempo por hacerse de algo que al final queda en manos de otro. ¿Por qué los hombres se creen superiores cuando tienen algún tipo de poder? Son como los borrachos, se transforman y de un día para otro, dejan las lindas palabras y se convierten en los cabrones que se escondían bajo su piel de oveja. ¿Por qué existe la riqueza? Si todos fuéramos pobres no habría tanta injusticia porque ésta nace de la avaricia de los unos contra los otros. ¿Por qué la gente no pone a disposición de los otros todas las bondades que tú le has regalado? De ese modo, no hubiera tanta necesidad porque lo que le faltara a uno, le sobraría al otro y todos nos ayudaríamos mutuamente. ¿Por qué permitiste que nacieran las armas? Desde que nacieron sólo han traído desolación y muerte. ¿Por qué es tan difícil estar en armonía con la naturaleza? Pareciera que el hombre es un devorador incansable, un destructor sin medidas.

¡Mira como este planeta!, poco a poco, se va deteriorando y no es por las plantas y los animales. ¿Por qué la gente buena se muere primero? Tanta gente de mal corazón anda sembrando su odio y aquellos que tienen gestos buenos se van apagando como las luces de las velas en la oscuridad. Si no ayudas a éstos, nos quedaremos en completa oscuridad. ¿Será que el mal triunfará en este mundo? Por como van las cosas, sólo se espera que algún loco de esos países que se dicen "potencias" apriete un botón y las luces se apagarán de a de veras. ¿Por qué las mujeres son tan complicadas, y los hombres tan pendejos? Pareciera que es una lucha de quién conquista a quién, de quién se aprovecha primero, de quién tiene el mango del sartén. ¿Qué es el amor? Mis amigos dicen que es una mentira que las mujeres inventan para atontarnos y darnos a beber de su sopa; y mis amigas, que es la palabra que utilizan los hombres para endulzarle los oídos a las mujeres para llevárselas a la cama y después decirles "adiós" que no me acuerdo de ti.

¡Señor! No te pido que nos envíes a tu hijo de nuevo, porque como dice Arjona "tantos por pensar como él hoy están boca arriba llenando los cementerios"; en otras palabras, se lo volverán a tronar. Pero si es posible, manda un ejército de corazones buenos, entre ellos algunas angelitas, para tratar de enderezar tanto corazón torcido. Si supieras cuántos andamos sediento de una luz y un poco de agua de vida nueva en nuestro camino. Si puedes darnos un poco de paz, te lo agradeceríamos mucho porque con tanta bomba, disparos, muertes y sangre están haciendo de nuestra vida un infierno. ¡Ah!, sobre todo no envíes palomas blancas porque se las vuelan. La vida se nos está convirtiendo en una pesadilla de nunca acabar. Estoy convencido de que aún existe gente buena en mi pequeño pulgarcito de América, a pesar de que la mayoría desertó para ir a formar otro meñique bajo los pantalones estrellados del tío Sam.

Se despide cariñosamente desde el ombligo del mundo.

Tu hijo, EL PEDO.

Romax, poco a poco, se fue sintiendo como pez en el agua en el rol de hermano mayor-guía; sus propias terapias le permitían ir superando sus problemas, especialmente el relacionado con la muerte de sus padres. Hasta comenzó a realizar algunos deportes; entre ellos quiso aprender a jugar básquetbol, pero sólo quedó en debut y despedida. Comenzó practicando todos los recreos con sus camaradas de clase y luego le fue tomándole gusto a la canasta. En ese momento, se comenzaba a ver su estiramiento corporal. Para el primer partido oficial de Romax, todo estaba listo para su debut. Comenzaron calentando los músculos y utilizando algunos ejercicios con el balón; en eso estaban, cuando los pechos de una chica de las animadoras lo desconcentraron. Eran tan hermosos y vivos que lo sedujeron por completo, uno de sus compañeros de equipo se dio cuenta y en son de broma quiso jugarle una pasada; le lanzó el balón en dirección de su rostro y le habló diciéndole su nombre. En un gesto de protección, este metió su mano abierta entre su cara y la pelota. El resultado fue que el dedo anular derecho se quebró y ahí mismo terminó su participación en el torneo. Nunca llegó a convertirse en un jugador de básquetbol.

El cambió en el chico se fue notando porque comenzó a bromear y a integrarse a su clase, sobre todo a los más jodones, es decir los alumnos que se portaban mal. Siempre se ponían en la parte trasera del salón, los avioncitos y los mensajes en bolitas eran muy comunes a media clase. Hubo hasta una guerra de semillas de sandía y jocotes, que incluyó a toda la clase.

Esa fue una estrategia del muchacho para que no lo tomaran muy en serio las chicas, ellas decían que se estaba transformando en un bueno para nada al juntarse con los más pícaros. Él sabía muy bien que corría el riesgo de atrapar malas mañas, pero estaba consciente de ello y ponía mucho cuidado para evitar esa trampa. Ese ejercicio le permitió comprender a los jóvenes que según la gente "normal" son inconformes sociales. Según su opinión, en la mayoría son muchachos que tienen un gran corazón y ven la vida desde otro punto de vista; que quizás por eso, no quieren someterse a las reglas rígidas que la sociedad impone. De ellos aprendió a no juzgar a los demás por su manera de actuar ni de vestir, mucha verdad había detrás de una ilusión.

Las chicas nunca pasaron de moda en los ojos del muchacho, pero sabía que tenía que mantenerse alejado de ellas si quería alcanzar sus metas. Su mismo cuerpo se lo exigía cuando se fijaba en las cualidades de éstas. En el colegio habían varias candidatas que le sacaban suspiros en la distancia, pero la misma vida le daba la razón al descubrir que eran tan mujeres como las otras y caían como moscas en la miel. Sus amigos se daban el lujo de coleccionar historias con ellas y contaban con lujo de detalles sus aventuras. Al principio, la decepción fue grande; pero luego se fue acostumbrando. De entre todas las chicas, dos se escaparon de los amigos, al menos eso se creía.

Durante ese período se propuso no meterse en faldas de mujeres y se dedicó por completo a sus cuadernos, sus mariposas se acumulaban en las hojas de sus libros. La experiencia con la joven del comedor le ayudó a superar su timidez y puso un alto al ataque de sus amigos, él les puso claro las reglas del juego y sus objetivos. Éstos comprendieron y dejaron de molestarlo.

De alguna manera, nunca buscó una relación seria y se limitó a utilizar las relaciones que sabía no lo llevarían a ningún lado en el futuro. Con sus amigos, aprendió a relacionarse con las chicas "fáciles" que tampoco querían complicarse la vida en relaciones serias; de ellas también aprendió a no juzgarlas. Muchas de estas eran más sabias que aquellas que se enorgullecían y se creían casi santas. A muchas mojigatas y escrupulosas las descubrieron haciendo acciones no muy católicas y en posiciones muy comprometidas.

Sus aventuras amorosas salieron por casualidad y la mayoría de veces sin querer queriendo, casi siempre eran las chicas que deseaban poner en práctica sus conocimientos o aprender lo que se sentía estar con un hombre joven. La cualidad de escuchar y ser reservado le ayudó mucho con las mujeres porque varias de sus compañeras se convirtieron en sus confidentes. Esto no mucho le gustaba, pero a la postre le dio buenos dividendos.

Con sus amigas comenzó a poner en práctica un método de enamoramiento que le dio buenos resultados, él descubrió que las mujeres tienen un lado vanidoso muy desarrollado y una autoestima muy baja. Entonces, aprendió a decir expresiones agradables al oído femenino haciendo resaltar sus cualidades físicas y espirituales. Siempre que podía les hacía ver el lado hermoso de su cuerpo y las motivaba haciéndolas descubrir su potencial intelectual. De esa manera, se acercó a las intocables y se ganó su confianza.

Al conocer muchas intimidades de las mujeres, se le ocurrió la idea de entrar en sus corazones por su lado más débil, sus heridas. Al darse cuenta que alguna de ellas estaba de capa caída por algún motivo, le escribía un lindo poema sin poner su firma, solamente colocó las letras "E. A." que para el joven significaba en ausencia, pero que las chicas tradujeron en el "Enamorado Anónimo". La joven descubría el poema y su curiosidad le hacía olvidar su sufrimiento.

El primer poema apareció en un salón de clase de un año superior porque él se dio cuenta que a una de sus preferidas, el novio la traicionó. Este secreto lo supo por uno de sus compañeros que lo contó al grupo. La joven en cuestión lo leyó detenidamente una vez y lo metió a su cuaderno, pero en sus recreos lo sacaba para releerlo. Ella no pudo mantener el secreto y lo divulgó a una de sus amigas y ésta se encargó de divulgarlo al resto de la clase.

El poeta aparecía cuando menos se lo esperaban y con la que menos lo buscaba. Siempre que se descubría un poema no tardaba en salir a la luz del mundo su noticia. Las jóvenes se sentían importantes al saber que un desconocido las trataba con tanto cariño y romanticismo.

Los poemas fueron llenando los libros de las divas y esto provocó un remolino de celos en las clases porque las que no habían recibido se sentían abandonadas. Éstas llegaron a escribir en los pizarrones su deseo de recibir un poema y se dirigían al destinatario con el nombre de "EA". Claro que nunca se supo y, por lo dires, nunca estuvieron cerca del autor de la obra.

Romax aprovechó esta ocasión para desahogar todo el sentimiento que su corazón albergaba y que no podía hacer realidad. Todo aquello que hubiera deseado decirle a una chica viéndole a los ojos y tomándole las manos. Uno de sus poemas más conocidos era: "Completamente tuyo" que decía así:

Toma mi corazón y hazlo tuyo.
Enciéndele la luna en la esquina de tu alma,
píntale tu sonrisa con el color de tus labios en un murmullo,
y escríbele tu nombre con la tinta del arco iris de tu boca.

Toma mi alma y hazla tuya.
Riega en su manto el café de tus ojos,
esparce bondadosa la quietud de tu mirada,
y déjame dormirme en el lienzo de tus manos.

¡Hazme tuyo!, completamente tuyo.
Déjame escaparme en las alas de tu vida
porque quiero ahogarme en el néctar de tu susurro
para renacer en las cuerdas de tu lira.

Toma mi cuerpo y hazlo tuyo.
Pinta en él dos palomas blancas en forma de hada,
un lucero que se pierda en la madrugada
y un te quiero para clavarlo en mi frente con orgullo.

Toma mi vida y hazla tuya.
Y entre guirnaldas y rosas blancas
siembra un corazón de primavera
para que florezcan en mi mente ilusiones santas.

Sus poemas llegaron a tener tanta aceptación que las chicas no escondían su deseo de convertirse en su diva. Ellas se habían puesto de acuerdo para desenmascararlo y daban a conocer sus teléfonos; pero los chicos aprovechaban los números para gastarles bromas o para venderlos a los interesados.

Entre todas sus compañeras de clase había una morena, de baja estatura, que al chico le gustaba mucho por su forma de ser. Ésta se había hecho muy amiga de él y le comentaba casi todo lo que las otras mujeres comentaban. Según ella a Romax se le "colaba el agua", era homosexual, porque nunca lo habían visto con alguien del sexo opuesto, pero luego de conocerlo comprendió que no era verdad. Ésta lo etiquetó como a un amigo y se desinteresó de él como hombre.

Su amistad creció tanto que la chica se atrevió a comentar sus inclinaciones amorosas y hasta le pidió ayuda para cumplir sus deseos. Éste aceptó de mala manera porque sabía muy bien de que madera estaba hecho el árbol que deseaba subir. "No hay peor ciego que el que no quiere ver", se decía.

Tanta confidencia provocó un despertar de sentimientos en el muchacho y con ello, la dualidad en su relación. Cada vez se sentía atraído por su amiga aunque nunca le dijo nada para no ofenderla, pues sabía que ésta estaba enamorada de otro compañero de clases. Éste por darle un poco de felicidad a ella provocó que su amigo se fijara en ésta como mujer; esto le dolió mucho por dos razones: la primera porque se tuvo que tragar su orgullo personal al ponerla en bandeja de plata y segundo porque la joven terminó desilusionada y sola.

Al final, le tocó consolarla y morderse la lengua de rabia porque, en el fondo, él hubiera deseado tener la oportunidad de amarla, aunque sabía perfectamente que con ella se hubiera podido enamorar, cosa que no le convenía por sus metas.

En ese va y bien con la muchacha ambos se ayudaron mutuamente. La joven llegó a conocer los sentimientos y traumas del chico; y, en lo que puso, trató de ayudarlo a superarlos. En una ocasión, ésta lo llevó a conocer un templo católico muy conocido del lugar "San Antonio del Monte" donde muchos feligreses iban a rezar y a orar para pedir que intercedieran por ellos ante Dios. La intención era acercarlo a la religión porque presentía un vacío espiritual en él.

Ella visitaba frecuentemente ese lugar y ese día lo llevó casi a la fuerza, se puso a orar en silencio y éste imitándola se sentó a su lado, cerró los ojos y se puso a pensar. Nunca antes, excepto en el hospital, se había puesto a orar y su oración, según él, había sido un fracaso. En ese momento, las imágenes de su padre y de su madre salieron a la luz, luego empezó a revivir las escenas del accidente y esto lo hizo abrir los ojos porque no deseaba volver a vivir ese episodio en su vida. Se levantó y se salió al patio para sentarse frente a una fuente de agua.

Al buen rato, la joven salió a buscarlo. A ella le pareció curiosa su actitud en el templo y al encontrarlo le preguntó las razones de su actuar. Éste se defendió de manera lógica, como era su manera de ser, y aunque no le creyó completamente se dio por satisfecha; no sin antes lanzarle una idea que hizo camino en el corazón. Ésta le dijo: "no hay nada mejor para comunicarse con los seres que tu amas que la oración personal". Ella le explicó sobre su manera de orar y el porqué lo hacía. Desde ese día, Romax descubrió las alas que necesitaban sus mariposas para que volaran hasta su padre.

Cuando descubrió que sus mariposas de papel podían alzar vuelo a través de la oración, comenzó a echar a volar sus poemas. También le escribió una carta a su padre para decirle cuanta falta le hacía el hablarle de hombre a hombre y la leyó en una oración personal en la misma iglesia. Ésta decía así:

¡Hoy tengo necesidad de ti, Papá!

Necesito al amigo, necesito al compañero que escuche mis lamentos de joven. Si hay una dimensión humana que no encuentra solución en mi camino, es la amistad que entre tú y yo hicimos crecer. Es verdad que para ser amigo es necesario querer ser amigo, pero por mucho que lo he intentado, la amistad que necesito no me la pueden dar mis amigos o camaradas, y hablo en sentido general, porque no la he encontrado ni en el hombre ni en la mujer. ¡Necesito hablarte de hombre a hombre, papi!

Hoy he descubierto que tú no fuiste un simple padre conmigo, veo a los padres de mis amigos y no existe esa confianza que había entre los dos. Actúan más como eternos maestros que tienen siempre la razón, que desean imponer sus ideas, que se cierran a la posibilidad de que sus hijos tengan en su boca la verdad. No se dan cuenta que cuando uno llega a ser joven ya no necesita al padre que le enseñe, sino al padre que lo escuche y lo aconseje como amigo; no se dan cuenta que uno quiere saber si es capaz de tomar sus propias decisiones por buenas o malas que parezcan. ¿Cómo tomaremos experiencia si no nos dejan equivocarnos? Ellos acaso no se equivocaron cuando eran jóvenes. Ya sé que me dirás que los padres quieren mucho a sus hijos y no desean que cometan los mismos errores que ellos cometieron, quieren que cometan otros.

En cierta manera, les doy la razón a los muchachos del porqué se revelan, cuando uno es joven quiere pasar a ser adulto para demostrar que se es grande y nos olvidamos de ser jóvenes. Yo creo que con el golpe del destino que pasé, maduré demasiado rápido. Mis amigos se gastan el tiempo en experimentar cosas que hacen los mayores; hasta se olvidan y pasan por alto muchos principios que a la postre los destruirán. No les basta tomarse unos tragos sino que quieren saber qué es una borrachera. Te cuento que ya probé el licor, mis amigos me dieron de tomar un trago de "Espíritu de Caña". Me raspó toda la garganta, creo que me cicatrizó las heridas que tenía en mi estómago. Me mareé al principio, pero luego pasó muy rápido. Eso lo hice con el fin de saber qué sabor tenía y con la idea de prepararme para cuando mis hermanos menores me pregunten por ese vicio.

En el campo del amor, los hombres y mujeres estamos en la misma situación. Ambos bandos queremos averiguar más sobre el tema y nos prestamos al juego de la seducción fácilmente. Mis amigos se la viven coleccionando bikinis y mis amigas calzones; yo me doy cuenta de todo y cuando me hablan de alguna conocida que la tenía en buena estima, me da una lástima inmensa, el saber que se acostó con alguien sólo para averiguar qué cosa era hacer el amor.

Tengo un compañero que no necesita buscar, se le ofrecen en bandeja de plata. Éste seguramente se baña con ruda. Él no tiene gran físico porque es bastante delgado, pero no como yo. Él se jacta de que lo buscan porque tiene una gran cola, por eso le decimos "Tres Patas". Hasta las profesoras lo buscan. Lo triste del caso es que él nos cuenta con detalle qué hizo con ellas y qué les hizo hacer; parece una película pornográfica de las más "bajeras", mala calidad. Nos dice que lo hace porque ellas se le ofrecen pero que hay muchas, sino la mayoría, que no le gustan en lo más mínimo. Mis amigos le piden la receta y entre ellas nos mencionó: bañarse con agua bendita, masturbarse cada tres días para que se alargue la cola; untarse una pomada en la punta para que aguante mucho rato, ver mucha película porno para tomar experiencia y, sobre todo, aplicar la teoría "en tiempo de guerra toda guarida es buena".

Yo no estoy de acuerdo con él porque me parece que en una relación el aspecto sentimental debe tener más peso que lo corporal. Aquí te hago un paréntesis, mis amigos me molestaban diciendo que era homosexual porque no me veían con una chica. Si supieran que estos tipos se me ofrecen ¡que suerte la mía! Una buena mujer no se me ofrece y en cambio éstos, me salen a cada vuelta de la esquina; son como pelos en la sopa. Te juro que me hicieron pensar, pero en mi análisis he llegado a la conclusión de que los hombres no me atraen para nada y que las mujeres me hacen palpitar el corazón.

Te cuento que en verano mis amigas se ponen unas minis y unos escotes que dan ganas de comérselas vivas. Por las calles pasan unos monumentos que me roban la mirada aunque yo no lo quiera. He pasado días sumamente inquieto porque se me anda parando a cualquier rato. Ahí viene el asunto, últimamente me había venido mojando muy seguido en la cama, casi siempre todas las mañanas aparezco con la "carpa levantada". Mis amigos de cuarto se pusieron a jugar a masturbarse y yo entré en el juego, la idea era saber quién terminaba primero y quién lanzaba más lejos a sus descendientes. Te diré que no fui el ganador, pero tampoco el perdedor, además ahí mis amigos se dieron cuenta de qué cuero estaba hecho mi plumón. Desde ahí me llaman en broma " vara con patas". El problema que quiero contarte es que a partir de ahí, una compañera de clase que se maneja unos ojos preciosos, unos pechos duritos porque ya me los ha puesto en la espalda y un trasero que ni te cuento, me está robando los sueños de noche y hasta de día, tanto así que para calmarme las ansias he tenido que masturbarme. Lo peor es que me ha gustado.

La pregunta del millón es: "¿Cómo hago para sacármela de la cabeza?" Porque creo que en el corazón no está. Físicamente me atrae como el hierro al imán, me da vergüenza porque es mi amiga y ella me trata como su amigo. Para decirte que me cuenta quiénes son los chicos que le gustan. Tengo que encontrar una manera de evitar caer en esa costumbre. Si puedes iluminarme, te lo agradecería. No sé si los sueños mojados son malos para la salud, pero te diré que en cierta forma me ayudan porque he notado que antes ando con un malestar que ni yo mismo me comprendía y luego, después de eso, como que descargo una fuerza que estaba de sobra. ¿Será que los hombres necesitamos limpiar nuestro organismo como las mujeres lo hacen cada mes? Honestamente, te digo que no quisiera enamorarme por el momento porque interferiría con mis planes de llegar a la universidad. A mi me gustaría tratar a mi novia con mucho cariño y mucho respeto, aunque mis amigos me dicen que a las mujeres hay que tratarlas como putas, en la cama, y damas en la calle.

De mujeres sé muy poco. Las experiencias que he tenido han sido escasas y uno de mis temores es no saber tratar a mi mujer. Ahora comprenderás por qué necesito al amigo para que me ayude a iluminar mi camino. Además, no creo estar preparado para una relación seria por el momento, me gustaría tener una joven para poder conocerla como mujer pero hasta ahí. El hecho de tener hermanas me hace retroceder un poco, porque ahora que me siento responsable de ellas, no quisiera que gente como mis amigos se les acercaran para aprovecharse. Estos lagartos que se vayan a bañar a otra laguna.

Bueno, papá, me despido con la certeza que me has escuchado; por favor saluda a mi madre. Si puedes responderme y darme algunos consejos, dirígelos al apartado postal de mi corazón. Se despide tu hijo y amigo que te extraña muchísimo.

Romax.

En el segundo año de bachillerato, Romax comenzó a sentirse muy viejo para su edad. Según él, había envejecido como diez años y su actitud era como la de una persona de esa edad. Sentía un peso enorme con la responsabilidad de sacar adelante a sus hermanos y veía en ellos un poco de dejadez, por lo que sentía la necesidad de ponerse un poco duro con ellos. Como su padre le había dicho que en la educación las palabras iban acompañadas con los actos, éste se propuso ser consecuente con sus palabras. Se volvió muy serio y casi no bromeaba con sus hermanos para que éstos no le perdieran el respeto. En su fuero interior, deseaba no estar en ese pellejo y ser otra persona para poder hacer las mil travesuras que hacía cuando era más joven. En él se estaba desarrollando un proceso que lo llevaría a moldear una personalidad responsable, honesta y luchadora.

Y en una pasta de sus libros, Romax había escrito un poema que decía así:

"El tiempo que me queda por vivir"

Con el tiempo que me queda por vivir
trataré al menos de ser feliz,
me preocuparé menos de existir
y procuraré dejar mis huellas en el seguir.
Dejaré el pasado en el pasado porque es pasado ya,
dejaré de pensar en el futuro porque quizás no existe más,
me concentraré en el presente por ser lo que me resta por vivir.
Dejaré para mañana lo imposible de hacer hoy,
haré lo más posible si es posible hacerlo hoy,
me sentiré satisfecho de haber hecho lo que hoy he hecho.
Me pondré en paz con Dios por aquello que hice mal,
por aquel bien que no lo hice pudiéndolo hacer,
por lo bien que hice pero que lo hice a la mitad.
Pediré perdón por no haber puesto a provecho mis bondades,
por censurar las bondades de los otros

y sobre todo, por hacer parecer mal al que hace el bien a mares.
Agradeceré a mis amistades por su compañía,
a mis enemistades por hacerme superar mi cobardía,
y a mi prójimo por estar allí cuando no lo esperaba ese día.
Trataré de ver la vida con ojos nuevos
para descubrir el rostro de la mañana,
el arco iris de una palabra y la alegría del perdón.
Callaré mis palabras al viento
para escuchar lo que me dice el susurro del sentimiento,
el eco del presente y el aullido del ausente.
Me convertiré en luz de una simple mirada
para esclarecer el verso de una sonrisa,
la calma de una palabra y la caricia de un simple gesto.
Visitaré al ciego que no vi detrás de mí,
escucharé al poeta que calla su poema
y buscaré insistente aquel que siembra fe.
Tomaré entre mis manos el peso de mi vida
y le pediré ayuda a aquel que me lo prometió un día;
y juntos, caminaremos al compás de mis alegrías.
Con el tiempo que me queda por vivir
haré lo que sea por vivir
para saber que un día pude existir.

Las mariposas de papel estaban listas para alzar el vuelo, pero el piloto aún no tomaba la decisión de echarlas a volar.

EL PEDO, que era un eco de lo que pasaba en la vida de Romax, terminó su año escolar con tres interesantes lecturas, dos salidas de su experiencia con las mujeres y la tercera para hacer reflexionar sobre la pobreza humana observada desde otro punto de vista, "vida de Zopilote". Con las dos primeras, el PEDO sembró la confusión en sus lectores porque a partir de estas publicaciones creyeron que el autor era una mujer; antes casi se estaba seguro de que el autor era un hombre. A partir de entonces, se pensó que era una mujer enmascarada en un seudónimo masculino.

"Vida de Zopilote"

¡Que miseria la mía! Me paso todo el tiempo metiendo las patas en la mierda humana; ando metiendo mis narices entre los despojos que dejan los demás, estoy impregnado de miseria, mierda y dolor. Mis semejantes se burlan de mí porque sólo tengo un rey y él debe comenzar primero el festín; no tengo amigos porque mis amigos me roban lo que yo consigo. Desde las alturas de mi vida veo cuando algo anda mal, cuando algo no huele bien. Los demás sólo piensan en destruirse mutuamente y no les importa llenar de inmundicias este mundo. Alguien tiene que hacer el trabajo sucio y limpiar lo que los demás se empeñan en desechar. Cuando por casualidad estoy trabajando tranquilamente, siempre hay alguien, con intenciones malsanas que me quiere hacer daño.

Es verdad que he metido mi pico en las entrañas de los otros, es verdad que me he peleado por comerme una parte del cuerpo de algún cristiano, es verdad que la muerte es mi mejor ayudante, pero es verdad que nunca he matado a nadie con mis manos, aunque más de algunas veces he asesinado a muchos con mi mirada.

Mi vida es solitaria, vuelo libre pero solo; las nubes y el viento son mis aliados más cercanos, no tengo techo ni hogar; para mí el mañana no existe, sólo el presente, por eso no guardo nada para después. Del amor no busco gran cosa, si se presenta la oportunidad se goza, digo gracias y después me voy. No sé si tengo herederos, ni me importa porque, al fin y al cabo, no tengo nada de propiedades a repartir. Quien me quiere, me quiere tal como soy. Cuando me doy, me doy tal como soy. No escondo mi linaje, ni me enorgullece mi situación; me agrada mi profesión y me siento a gusto con mi destino. Unos nacieron para ser gaviotas, águilas o pavos reales pero habemos otros que somos pijuyes, zanates o zopilotes. Nadie ha escogido qué es lo que debía de ser en esta tierra, todos llegamos tal como somos y nos movemos según nuestra naturaleza. Unos nacieron para tener familias numerosas, otros para tenerlas pequeñas, otros para vivir en pareja y algunos para vivir de eternos pendejos. Unos están bajo las rejas y otros en libertad pero presos.

Mi vida se desliza conforme pasa el tiempo; he atravesado desiertos y montañas, valles y praderas, pueblos y ciudades. He aguantado sequedades y tremendas tempestades, vientos huracanados y calmas alucinantes, soles que queman la piel y fríos que congelan hasta los huesos de mi ser. Soy un eterno viajero en el tiempo que anda por la vida librando de pestes y enfermedades que dejan mis semejantes. No los culpo de nada, porque yo no soy quien para juzgarlos, y si un día me piden mi opinión, me declararé inoperante por tener mis intereses inmiscuidos en el asunto, porque sin querer queriendo los frutos de sus desavenencias alimentan mi cuerpo. No traspaso las leyes pero me favorece que los otros las rompan; no motivo el daño ajeno pero tengo motivos para amar el daño; pido disculpas por no defender la vida porque la muerte me da la comida; amo las guerras y las batallas, las atrocidades y las catástrofes porque ahí me siento en mi mundo.

Sé que muchos me consideran un ser despreciable por ser y pensar así, más sólo soy un simple espectador cumpliendo con su deber. Les diré que del dicho al hecho hay mucho trecho porque los verdaderos actores son los que me dan de comer y ellos lo hacen por placer. ¡Quien crea que soy culpable y se sienta inocente que me lance la primera piedra!. Don Zopilote.

EL PEDO.

Nueve meses habían pasado desde la muerte de sus padres; Romax, poco a poco, había ido aceptando su rol en la vida. Su juventud se iba desarrollando entre altibajos porque su deseo de ser ejemplo, sus principios y su timidez se convertían en obstáculos para sentirse un verdadero joven. A pesar de todo, EL PEDO, las mariposas de papel, el enamorado anónimo, sus compañeros de clase y la amistad con las mujeres, le ayudaron a sobreponerse espiritualmente.

"Deja que mis musas eleven su voz,
verás que son luces de esplendor
en lo callado de mi atardecer.
Vuelve tu mirada a lo invisible
para disfrutar lo imposible
porque en ello está la ilusión de un amor.
¡Calla!
Mariposa enamorada
que en el cielo una estrella alumbra mi mirada."

2.4 Aceptar es comenzar a caminar.

Las primeras Navidades que pasaron juntos, Romax y sus hermanos, no fueron como las anteriores. El duelo de los padres todavía flotaba en el ambiente familiar. Antes, la casa se convertía en un centro de operaciones de toda la familia por parte de la madre. Siempre llegaban desde Puerto Barrios, Petén, Escuintla y la capital de Guatemala para unirse a la familia que se encontraba en El Salvador. Ese año, muy pocos familiares se hicieron presentes en la casa, casi fue como un compromiso a cumplir y se fueron tan rápido como llegaron. Romax y su hermana mayor hicieron todo lo posible para poner un ambiente navideño en los chicos, se compraron regalos para todos, se decoró la casa muy alegre, se buscó un buen árbol de espinas como árbol navideño y muchos cohetes de pólvora. Sin embargo, a pesar de todo el esfuerzo realizado en la familia, el vacío de los padres se hizo presente; aunque ninguno lo sacó a relucir.

Después de eso, la rutina comenzó a hacer su trabajo y cada quien se dedicó a lo suyo para seguir las metas que se habían propuesto alcanzar. Para comenzar, pronto cumplirían un año de estar solos y tenían que hacer un análisis para decidir si seguían viviendo juntos un año más. Se reunieron a conversar con el primo médico sobre cómo habían pasado el año y cuales eran los próximos propósitos. Llegaron a la conclusión que la experiencia había dado buenos frutos y el tutor muy contento les extendió el permiso. Los jóvenes no sabían que su caminar estaba dejando huellas en la familia, los amigos y la comunidad, todos estaban orgullosos de ellos.

El nuevo año de estudios de Romax, el tercero de bachillerato, no comenzó muy bien, algunas barreras se elevaron en su camino. Cuando éste quiso renovar su beca, se encontró con dos sorpresas: la primera, el alcalde ya no estaba en función y su sucesor no quiso ayudarle; pero la segunda, vino a llenar el vacío dejada por la primera porque la directora del colegio había decidido darle una beca completa. Durante los dos años anteriores no había dejado materia y en el colegio solamente dos estudiantes lo habían logrado: él y su amigo Máximo. Éste fue un bello regalo del cielo, aunque el muchacho lo atribuía a su suerte.

Romax había crecido en esos dos meses de vacaciones como veinte y cinco centímetros de alto. No se había dado cuenta de ello y lo supo cuando se midió sus pantalones azules del colegio; éstos le quedaron cortos y tuvo que deshacerles el ruedo. Sus compañeros de clase se fijaron de inmediato, sobre todo sus compañeras. Éstas ya no lo vieron como a un chiquillo sino como a un muchacho; por ende, cambiaron su manera de comportarse con él, tomaron más precaución en el trato. Ellas acostumbraban abrazarlo y juguetear con él porque lo creían inofensivo, la altura alcanzada las impresionó. Seguía siendo delgado porque el peso que había ganado se había ido sólo a los huesos y su cara de niño bueno se transformó en la de un joven de mirada pícara.

Romax continuó viviendo ese año con los mismos compañeros del ciclo anterior, solamente que decidieron cambiar de apartamento y se buscaron uno más cerca del colegio. Las clases comenzaron a principios del mes de febrero, justo después de las fiestas de la ciudad que eran dedicadas a San Antonio del Monte. Al inicio de clases se dieron cuenta que habían nuevos integrantes y vacíos muy grandes porque algunos de sus antiguos amigos se los había tragado la guerra en algún hueco colectivo. Ellos sabían que los estudiantes de bachillerato y de la universidad eran considerados posibles poseedores del virus de la subversión. Por eso, trataban de eliminarlos cuando tenían la oportunidad, para evitar futuras enfermedades.

Ese año, la amistad entre los alumnos del último año escolar se fortaleció; un respeto y cariño creció en toda la promoción. Alrededor de Romax y sus compañeros de cuarto, que vivían a dos cuadras del colegio, se unieron varios jóvenes, hombres y mujeres. El cuarto alquilado que se convirtió en casa porque los dueños se fueron y los dejaron encargados, fue el centro de reuniones para tertulias y estudios.

El chico había llegado un poco inquieto al colegio porque al final del año su amistad había crecido con su amiga "campanita", como le llamaba a espaldas sus amigos. Al verse, ambos se alegraron pero la más sorprendida fue ella al observar su cambio físico. Ella no sabía que las vitaminas que venden en la calle, las chicas de la noche, habían hecho un efecto positivo en su desarrollo. Sus antiguos camaradas le llamaban en son de broma "hermano" para recordarle que se habían acostado con la misma mujer.

El PEDO no se hizo esperar y apareció desde la primera semana de clases. Todos lo recibieron con mucha alegría porque se había convertido en uno más de la mara, de la pandilla. Aquel que no tenía pelos en la lengua para decir las verdades que pasaban en el colegio y podía expresar libremente el sentir de muchos. Todos sabían que era alguno de los amigos, pero nadie se atrevía a levantar el dedo para señalarlo. Al contrario, cuando querían hacerle llegar algún mensaje decían: "si alguien conoce al PEDO, por favor dígale que hable de tal tema, o este es un chisme para EL PEDO". Ese año, el periódico clandestino comenzó con una carta un poco controversial que escondía mucha verdad de la vida. Una vez escuchó a un borracho que hacía sus necesidades detrás de un árbol brindar por la oportunidad de poder descargar sus estorbos sin ningún dolor. Romax, que comenzaba a dejar escapar su pensamiento, pensó en la relación con la situación actual y creó una pequeña parodia. Escribió algo diferente y así nació la "Oda al ano" que decía así:

Por ti, mi buen amigo, han de pasar mis más retorcidos cánones que esconde mi verdad, compañero fiel de mis tertulias llenas de manjares que al despertar el alba se convierten en gusanos de chocolate, cual zanate que canta en la madrugada; siempre y cuando no lo atormente algún viento atrapado en los confines de mis entrañas. El camino se hace tortuoso cuando la golosina abunda y la glotonería se va de vacaciones pagadas. Que desfachatez la de aquel que combina cerveza y alcohol, más sin medida come cosas cargadas de grasa de cerdo y alguna malteada. Falta de consideración porque tú eres quien sufre los galopes desbordantes que llegan a tu puerta como eternos caminantes buscando a prisa la salida para escapar de una posible y segura pastilla. Una purga es la salida, es la respuesta más fácil que dan algunas tías pero sé de antemano que prefieres el té de manzanilla.

Amigo verdadero de las pupusas de queso con loroco, pero enemigo a muerte de las de chicharrón. Cuántas veces hemos pasado juntos contemplando yo, el cielo de mi casa y, tú, el océano de mi baño. Lágrimas he llorado en los momentos de tortura por alguna indigestión estítica que has tenido que vivir y aunque no te he visto sonreír, sé que te alegras mucho musitar alguna melodía que los analfabetos no saben comprender. Tu lenguaje que pertenece a las lenguas más antiguas, es tan moderno y fácil de aprender que hasta un recién nacido es capaz de pronunciar. Vociferas con elegancia cuando el deseo se hace omnipresente y los espectadores son dignos de escuchar tan noble melodía, pero también eres capaz de susurras dulces melodías que sólo el olfato afinado es capaz de detectar. ¡Cuántos han muerto por tratar de ahogar un suspiro tuyo, o simplemente ido a parar al hospital por tener su intestino mal armado!.

Mi buen amigo, elevo por ti mi copa al viento para dar honor a quien honor merece, porque nadie puede prescindir de tus servicios; así sea rey, esclavo, hombre o mujer, animal o pez. Eres y serás un fiel compañero para toda la vida.

EL PEDO.

Ese año, llegó al grado de Romax una chica muy linda que había estado estudiando en el extranjero y que por alguna razón desconocida regresaba a estudiar al país. Desde su llegada la bautizaron con el nombre de "gringuita" y éste fue conocido rápidamente en toda la institución. Ella era muy sociable y se hizo amiga de muchos, pero sobre todo de aquellos que se creían los mejores estudiantes y que pertenecían a una clase social superior. En una sociedad como la salvadoreña, el conflicto de clases aún estaba presente aunque de una manera disimulada y en el colegio se notaba muy claramente. "Los hijos de papi", cómo les llamaban, se creían los reyes y reinas del lugar. Para el muchacho, este hecho le bajó puntos en la apreciación de la chica. Sin embargo, su belleza los atraía como mosca a la miel.

Romax se sintió atraído por sus lindos ojos color caramelo; no era muy alta y su cabello café claro se combinaba de maravilla con unos rayos blancos que tenía. Cuando la veía, le recordaba a su hermana mayor porque tenía el mismo estilo de personalidad, muy sociable y amable con todo el mundo. Ella no era una mala estudiante y lo demostró durante todo el año, porque siempre anduvo pateándole los talones a Máximo. Solamente las matemáticas fueron su talón de Aquiles.

Ésta comenzó a fijarse en Romax cuando se dio cuenta de que éste sin decir nada y sin hacer mucho ruido muchas veces obtenía la mejor nota en los exámenes. A él le servía de gracia ver cómo ella siempre buscaba averiguar quién había obtenido la mejor nota. La experiencia le había demostrado que la calificación en una hoja de papel no demostraba verdaderamente si un estudiante había aprendido o no. Esta chica, con sus ojos claros y grandes, comenzó a sembrar la curiosidad en el joven. Su sonrisa maliciosa y su coquetería de niña buena comenzaban a robar corazones en el colegio, aunque ella había puesto las bases bien firmes. No quería saber nada de novios. En eso coincidían ambos.

Los chismes que corrían eran que había dejado a alguien en el extranjero y seguía prendida de una esperanza. En cierta ocasión, EL PEDO llegó a las manos de ésta y como por arte de magia picó su corazón. Esta picazón hizo que comenzara a indagar más sobre los antiguos ejemplares, que se ahogaban en algunas libretas viejas del año anterior. También, la búsqueda la llevó a descubrir los poemas del enamorado anónimo, llamado cariñosamente "el enano" entre las mujeres, y éste fue el eslabón que sirvió para llegar hasta Romax.

La muchacha llegó hasta el chico porque otra compañera le dijo que una vez Romax le había conseguido una copia de uno de los poemas. Cuando ella le preguntó sobre el tema, éste, para evitar ser señalado, le respondió que no le gustaba la poesía y que, según él, no habían salido otros poemas a la luz. Dejó un silencio para picar la curiosidad y haciendo el "mate" movimiento repentino de pensar, le dijo: "averiguaré con mis amigas si han recibido algo", esto para abrir una puerta por donde entrar a su mundo.

La insistencia de la chica la llevó a descubrir que la amiga de Romax, "campanita", había tomado un placer personal en coleccionar los mencionados poemas. Ni Romax lo sabía. Por esta razón, la "gringuita" le pidió prestado el libro de poemas. Ésta los leyó y los devoró delicadamente, cómo quien saborear un manjar. El resultado fue que cayó bajo el encanto de su autor y desde ahí comenzó su búsqueda, se convirtió en su admiradora incondicional. Sin embargo, la noticia de la posibilidad que estuviera muerto le cayó como balde de agua fría. Romax soltó el comentario a quema ropa y sin avisar, hasta se enojó un tiempo con él por ser tan negativo.

Para recobrar la amistad perdida, el muchacho le regaló la idea de hacer público su interés por los poemas del "enano". La joven recibió la noticia como una buena idea y se puso de inmediato a pregonar su deseo por conocer al autor de los poemas. Ésta cometió el error de publicar su teléfono y muchos lagartos se precipitaron a su lago, pero al ser sometidos a la prueba de fuego fallaron como malos ladrones. Ésta consistía en escribir frente a ella un poema o repetir una frase de los existentes.

Romax quiso probar el valor del amor de la chica y le envió un poema escrito especialmente para ella. Desde que lo leyó supo de la veracidad de la obra, pero el autor le pidió, como muestra de buena fe, que no lo divulgara a nadie. Eso fue un gran sacrificio para ella porque se moría de las ganas por contarlo. Fue ahí que descubrió, el joven, que su amiga "campanita" sentía celos por la "gringuita"; para él fue gracioso. Ambas se peleaban por alguien que no conocían. El poema dirigido a la nueva musa, decía así:

"Te he visto en el silencio
musitando mi nombre
y he visto a los hombres
usurpando mi pronombre.
Me buscas en el viento
y me encuentro en tu tiempo,
conozco tus sueños de princesa
y tus deseos de mariposa.
La luna ha hecho eco en tu pelo
y en tu boca la rosa se viste de terciopelo;
caminas como una modelo extranjera
y en tu cadera desatas primavera.
Muñeca de altos vuelos,
¿por qué buscas pequeños anhelos?
Que no ves que el tiempo no se lleva con el viento,
y lo que sientes no está escrito en el firmamento.
Quisiera hacerme realidad por un segundo
para llevarte a cabalgar en mi verdad,
mostrarte el verso de mi mundo
y empalagarte con la miel que brota de mi callar.
Pero, quizás, es mejor seguir dormido
y no despertar de mi soñar,
tu melodía enloquece mi oído
y mi corazón suelta globos en el mar.
Renacer es volver a vivir,
pero no hay garantías en tu existir.
Tengo miedo de despertar por despertar
y al ser realidad desear querer dormir.
¿Valdrá la pena resucitar?
¿Sería mejor seguir en lo callado?
Muchas veces lo deseado
no es más que un capricho por alcanzar.

Al poco tiempo, "el enano" apareció entre los cuadernos de algunas colegialas que amablemente se encargaron de hacerlo público. La "gringuita" no le perdió la huella y lo siguió por todos lados, ella utilizó a Romax como puente para obtener algunas copias. De ese modo, una nueva amistad se creó entre ellos que salió de las paredes del colegio. De vez en cuando, El Enamorado anónimo le envió poemas a la casa de la muchacha para mantener una amistad secreta fuera de todos los ojos curiosos de sus compañeras de clase. Esto hizo pensar a la chica que el autor estaba fuera de la institución.

Con su amiga "campanita" pasó algo inesperado a principios del año. Siguiendo la tradición que cada fin de mes, aprovechaban para ir al cine; se unieron a otros compañeros de clase para ver un estreno. Romax, por fin, se podía dar un pequeño lujo, aunque fue ella quien lo invito. Fue la primera vez que una mujer lo invitaba, su hombría sufrió un poco y su manera de pensar comenzó a cambiar. Desde que la película comenzó, cada pareja se metió a realizar su propio escenario y los dos amigos quedaron aislados en el centro del lugar.

La amistad entre ellos había crecido mucho y la confianza era muy fuerte. Ambos se conocían lo suficiente para saber que no podían pasar la línea que se habían trazado. Romax la conocía tanto íntimamente que sabía cuando estaba enferma y cuando le pasaba algo diferente.

Ese día en especial, desde que entraron, ella le comentó que su regla llegaría pronto para que supiera que estaba sensible. En esos momentos, el chico sabía que tenía que ser muy tierno con ella porque se ponía como una niña mimada; por esa razón, lo primero que hizo fue ponerle el brazo sobre la espalda para que se acomodara sobre su pecho.

Al ver a los amigos en los rincones y las escenas románticas de la película, a la chica le fue subiendo el calor corporal. Le pidió al joven que la abrazara fuerte y éste lo hizo con mucho gusto. Ella se apretó más él y comenzó a acariciarle una de las piernas. Éste por su parte, colocó su mano sobre el hombro y con su dedo le acariciaba suavemente los bordes de su brasier. En ambos no había malicia alguna, lo hacían por pura inercia mientras veían la película.

En un impulso aislado, el muchacho le dio un beso muy suave en el cuello a la muchacha. Esto provocó que ella se estremeciera y que una ráfaga de sensaciones le estremeciera el cuerpo. En un arranque de emoción, ella tomó la mano del joven y la colocó sobre su seno, lo apretó suavemente. Él le dijo suave al oído: "¿Quieres que te acaricie?" Ella no dijo nada y se apretó al cuerpo de él. El muchacho se dijo entonces: "¡Quien calla otorga!". Desde ese momento, él fue probando a la joven para ver hasta donde le permitía llegar.

Ella, por su parte, le fue abriendo el camino con pequeños indicios. Se desabotono un poco su blusa, luego se desabrochó el brasier y con su respiración le indicaba cuando estaba gozando. Él se dedicó a jugar con sus manos sobre los pechos y con sus labios le rozaba el cuello. Ella por su parte metió una de sus manos en medio de sus piernas para sumarse al juego.

Al terminar la película, ésta se abrochó de nuevo su brasier y se sentó en su silla como si nada hubiera sucedido. Se quedó callada como meditando lo que acababa de vivir. Se sintió un poco cohibida pero el chico le dijo: "para eso somos los amigos, para ayudar a las amigas. Por esto, no dejas de ser mujer y, al contrario, te diré que eres una mujer muy hermosa". Ella le sonrió y le apretó una mano en signo de agradecimiento. Él agregó al oído: "además, tienes unos senos muy hermosos." "¡Tonto! ¡Cállate!", le dijo suave. Después, agregó: "¡Acércate!" Éste se acercó y ella le dio un beso en la mejilla. "¡Gracias! Pero esto no se repetirá." Él con una sonrisa maliciosa agregó: "¡Esta bien! Pero uno nunca sabe porque los nunca siempre llegan". Desde ese día, la amistad entre los dos aumentó más.

Unas semanas antes de terminar el año, Romax descubrió a la "gringuita" saliendo de un motel y se sintió muy mal. Estaban en pleno mes de exámenes, era viernes y éste presentó su examen de manera muy rápida porque ya tenía pasada la materia. Su amiga descubrió que éste andaba mal por lo que también hizo todo lo posible por terminar antes su examen; le preguntó a los compañeros de cuarto por él y ellos le dijeron que se había ido para su apartamento a recoger su ropa. La muchacha se fue a buscarlo y lo encontró arreglando su maleta. Él se sorprendió al verla pero conociéndola se dio cuenta de inmediato de que llegaba porque buscaba respuestas. Ella ya había investigado por su parte y estaba adelantada en el asunto. Ésta ya le había advertido que no pusiera sus ojos en la compañera de clases. Ella lo vio tan mal que lo regañó por dejarse caer sentimentalmente por una mujer, le recordó sus objetivos y sus metas.

"¡No pasa nada!", dijo en voz baja. Se sentó sobre el borde de su cama. "Tú me conoces mucho y sabes que en el fondo soy un sentimental. Estoy decepcionado porque creía que esa mujer valía la pena". Se tiró de espaldas en la cama y suspiro. Ella se había quedado de pie delante de él, y le dijo: "¿Qué tanto la deseabas? ¿Dime la verdad?" Él cerró sus ojos y sonriendo dijo: "¡Mucho! ¡Cómo me conoces! Es verdad, me hubiera gustado hacerle mil veces el amor."

La amiga le dijo desabrochándose la blusa: "¡Si deseas acariciar a una mujer, aquí me tienes!" Se quitó su camisa blanca y quedó en brasier. Él muy sorprendido por la acción de ella se quedó viéndola sin decir nada. Ésta continuó y dijo: "¡Si deseas que hagamos el amor, lo hacemos!" Se bajó el cierre de su falda, por detrás, y ésta calló a los suelos, quedando en ropas menores. Ella estaba muy seria. "¡No quiero que te caigas en este momento!", le dijo. "Si con esto te levanto el ánimo, lo haré con mucho gusto."

Éste se sintió ofendido y agradecido a la vez. Al comprender el mensaje enviado, respiró profundo y poniéndose de pie, le dijo: "¡Eres una mujer de oro!". Se agachó para tomar la falda, la subió y se la colocó; lo mismo hizo con la blusa. Luego agregó: "¡Gracias! eres una gran amiga. No necesitas hacer esto para que me levantes el ánimo. Te prometo que lo superaré, sólo ha sido un desliz. Esto también pasará". Le dio un beso en la mejilla y luego se abrazaron.

Ese gesto le tocó el corazón al muchacho. Ella por su parte al salir del apartamento se sintió ruborizada porque era la primera vez que se le desnudaba a un hombre. Luego se dijo contenta: "debe haber sido la confianza y el cariño que le tengo", pero una pregunta le vino al pensamiento: "si él hubiera aceptado hacer el amor, ¿Qué hubiera pasado?" No supo que contestarse.

Esa idea le quedó flotando en el aire porque, en el fondo, le agradaba la posibilidad de acostarse con él. Después de conocerlo como lo conocía cada vez lo admiraba más, aunque nunca se lo dijo. Ella era virgen aún a sus diez y ocho años, y cómo muchas chicas de su edad, se moría de ganas por saber que se siente hacer el amor por primera vez.

La última semana de clases, para sacarse la espina de su corazón, Romax escribió un poema con el cual pretendía cerrar por completo ese círculo de su vida. Buscó una linda tarjeta de graduación y se la envió por vía postal. El "enano" renacía y moría al mismo tiempo. Esta tenía como motivo un lindo atardecer cerca del mar y una frase que decía: "nunca se sabe si es de tarde o de mañana, lo importante es que el sol siempre es hermoso cuando aparece en nuestro horizonte". Agregado a ella, iba el poema:

"El peligro de amarte"

A veces vienes como olas y me arrastras sin piedad,
A veces te iluminas de repente y sin saber por qué te apagas en mi mente;
A veces siento que te posas en mi frente y de repente brota un brillo en mi mirar,
A veces apareces en lo profundo de un suspiro
y te esfumas en la suavidad de tu risa;
A veces me siento tuyo y en un murmullo anido suavemente en mí tu voz.
Me lastima el infinito de saberme lejos de ti,
me tortura la impaciencia de saber que no volverás.
Sigo preso incrédulamente de un amor que no tiene principio ni fin,
Sigo atado a tu verso y a mi rima, y a las palabras que llora mi vida.
Lucho por olvidarte pero no puedo negar que sigues presente en mi espíritu,
Lucho por callarte pero brotas como espuma en mi callar;
Cedo a la impotencia de saberme vencido a un amor que no es mío,
Muero en el hastío del olvido queriendo olvidarte
y negándome a declararme vencido.
Es peligroso enamorarse de quien no te ama,
No es prudente dar rienda suelta a un corazón necesitado de amor.
Es insoportable la idea de no tener lo que tanto se desea,
No vale la pena luchar por lo que no quiere ser conquistado.
Y sin saberlo, tocas el aire de mi espacio con solo mirarme,
Pintas de primavera la naturaleza muerta de mi vida en el vacío;
Invades sublime como neblina densa en mi pensar de cuna,
Apareces como aurora boreal en el horizonte de mis caídas.
Y me pregunto: ¿Vale la pena amarte aunque no me ames?
¿Cómo amarte si al estar cerca siento que estás lejos?
¿Cómo olvidarte si apenas he comenzado a amarte?
¿Cómo callarte si me gusta sentirte en mi alma como un espejo?
Moriré gustoso al recuerdo de tu mirada,
Me llevaré en el alma la promesa de tu sonrisa,
Guardaré sigiloso tu nombre cerca de mi almohada
Y marcharé de prisa pensando que en el futuro serás mía.
Y aún así, no claudicaré en el peligro de amarte.

El poema estaba firmado únicamente con las iniciales para mantener el aspecto misterio en su presentación, pero ella sabía muy bien de dónde venía. Ahí, descubrió que el Enamorado Anónimo seguía vivo y no estaba muerto como muchas chicas lo creían, pero sintió algo que le decía de que lo había perdido para siempre por lo que una tristeza le llenó el alma.

Esa semana final, el último examen era jueves y para él ya no representaba gran cosa porque la materia la tenía ganada. Por esta razón, le dijo a su amiga si le aceptaba una invitación para salir el día siguiente y ésta aceptó encantada, aunque al saber a dónde la quería llevar, se puso pensativa. Su razón le decía que no fuera, pero su corazón le exigía ir.

Todo comenzó en ese lugar y terminaría ahí. Los recuerdos de los tres años se unieron en ambos y una nostalgia les comenzaba a arañar el espíritu. Había entrado de manera inesperada en su vida, la chica había llegado llorando buscando consuelo en aquella orilla de río, frente al volcán de Izalco. Otro compañero había querido abusar de ella. Él se convirtió desde ese momento en su paño de lágrimas y su confidente.

Ambos comenzaron el viaje con mucha alegría, nadie sabía que se habían escapado. Todo esta cuidadosamente calculado, el encuentro, la ropa de baño y la comida. En el camino, él le confesó su admiración y ésta le preguntó si en alguna ocasión se le había ocurrido considerarla como su novia. Él le respondió que sí pero que como ella había puesto las cartas sobre la mesa se limitó darle amistad.

"Yo estoy seguro de que eres una linda mujer y que en tu libertad debes de ser muy hermosa." Ella le tomó las manos muy fuertes y le agradeció. Luego, le propuso un trato: "¿Quieres ser mi novio durante este día?", le lanzó la frase a quemarropa. Éste se vio sorprendido y respondió: "¿Estás segura de lo que me estás pidiendo?" "Un día, soñé que eras mi novia y me desperté muy feliz."

Ella se le quedó mirando y agregó: "ya me hiciste dudar". No creía que los sentimientos que éste tuviera por ella fueran tan fuertes. Él agregó: "¿Qué harías si te dijera que sí?" Con mucha calma respondió ésta: "nada, era simplemente una proposición para ponerle sabor al viaje."

Él la tomó con sus brazos y la levantó por la cadera. En cambio yo, "te levantaría, te abrazaría fuerte y te besaría". Ella se vio sorprendida y le respondió: "me has levantado, me has abrazado, pero no me has besado." Ambos se quedaron mirando fijamente y él la besó.

Ella sonrió y tratando de poner orden dijo: "¡Me gustó el beso! Me gustaría ser tu novia este día hasta que me vaya para la casa, pero ojo: el final es hoy. No me vayas a salir con alguna extensión del contrato." Él aceptó encantado porque un sueño se estaba haciendo realidad.

Durante el camino ambos comenzaron a jugar como dos niños, se sentían cómodos disfrutando su noviazgo. Ellos querían recuperar el tiempo perdido, ella comenzó a dar muestras de cariño al abrazarlo por detrás, poniéndose delante de él y deteniéndolo para darle un beso. "No pensé que me fuera a sentir tan a gusto como tu novia", le decía cariñosa. Y él le respondía: "será que lo hemos sido sin saberlo porque yo me siento libre contigo, quisiera volar y llevarte conmigo. Desde ya te aseguro de que siempre estarás en un espacio de mi corazón". La chica le cerró la boca con sus manos y le decía: "no digas siempre te recordaré porque me huele a final y apenas comenzamos nuestro noviazgo".

Al llegar al lugar escogido, se acomodaron y decidieron bañarse de inmediato. Entre juegos y risas fueron rompiendo la timidez hasta llegar a acariciarse directamente. Fue ella quien tomó la iniciativa al darse cuenta de que el muchacho no lograba traspasar la línea del respeto que se había marcado. Después de un buen momento decidieron salirse para comer algo porque la hora del almuerzo había llegado.

Se acostaron sobre unas toallas, comieron y se quedaron boca arriba viendo las nubes pasar. Había un silencio observador, a veces se escuchaban algunos pájaros cantar o peces saltar en el agua. Las mariposas pasaban de vez en cuando jugueteando entre las flores silvestres que adornaban la poza de agua. No muy lejos de ahí, el viento hacía bailar los cañaverales en flor y los mecía con suave ternura. El volcán de Izalco se erguía majestuoso en la distancia y el tiempo invitaba a la meditación. Romax comenzó a hablar en silencio y ella, sorprendida, se quedó escuchando emocionada. Al terminar, ésta lo felicitó y al mismo tiempo le dijo que le recordó los poemas del "enamorado anónimo".

"¡Sus poemas siempre me hicieron soñar!", dijo ella suspirando. "Siempre me pregunté a quién iban dirigidos. ¡Me hubiera gustado que fueran para mí!", subió sus hombros en símbolo de aceptación de que no era ella la elegida.

"Un día, me puse a analizar a cada chico del colegio y ninguno llenaba la idea que tenía de él." Dejó un silencio largo. Romax, que la escuchaba en silencio, le preguntó: "¿Yo también estuve en esa lista, supongo? "Claro, al principio te eliminé enseguida, pero conforme ha pasado el tiempo, al conocerte, cada vez te acercas más a la imagen que tengo de él", dejó un lapso. "Me hubiera gustado que fueras tú." El joven sin voltear para verla, le contestó siguiendo la conversación: "por eso me preguntaste si era el autor de los poemas". "¡Sí!", respondió secamente.

Ella se recordó que había aceptado la respuesta muy rápido como deseando que fuera verdad. Se quedó pensando un momento y volteándose hacia él con mucha curiosidad, le preguntó: "porque… es cierto que no eres el 'enano', ¿verdad?" Él sonrió sin voltear y le contestó: "¡Cómo crees! ¡Yo, el enano! ¡Qué va!"

Para cambiar de tema, le preguntó: "¿Por qué razón coleccionas los poemas? Yo no los veo tan bonitos." Ésta le dijo: "¡Él es mi amor platónico!", sonrió viendo el cielo. "¡Siempre soñé con ser su musa! Qué me tomara entre sus brazos y me invitara a volar por los cielos. ¡Debe ser bonito ser la mujer de un poeta!", dejó escapar su frase al viento.

"¡No lo creo!", dijo secamente y agregó: "él debe vivir en un mundo de fantasía y la mujer en la realidad. En este momento, por ejemplo: ¡Yo soy la realidad para ti y él una fantasía!" Otro silencio se instaló entre ambos y para romper el impasse, él agregó: "entonces, ese tipo es mi contrincante", ella se lo confirmó sonriendo.

Con la esperanza en sus ojos lanzó al aire unas palabras "Siento como si me conociera, cada poema pareciese que fuese para mí", sonreía. "Creo que no estás muy perdida. Según sé, ese tipo también te admira". Ella se sorprendió porque pareció leer en su voz que lo conocía.

Trató de descubrir en su rostro la verdad y le preguntó: "¿Lo conoces?", le preguntó emocionada. "¡Sí! Pero juré no decirlo a nadie y tu sabes que mi palabra vale oro". Agregó para no desenmascáralo. Ella le rogó con besos y caricias que se lo dijera, pero el chico se negó rotundamente.

Tomando control sobre la situación le dijo: "¡Olvídate de él!", es un hombre comprometido. "¡No me importa!" "Debe de ser alguien muy especial", agregó ella. "¡No lo creo!" Es tan normal como tú y yo. Simplemente, le agrada escribir poemas, ¡nada más!"

Moviendo la cabeza en signo de oposición a lo dicho lanzó la frase otra vez: "¡Nada más!", sonrió sarcásticamente. "Alguien que es capaz de escribir esos versos, tiene que ser por fuerza una persona extraordinaria.

¡Nadie es capaz de dar lo que no tiene! —Agregó ella segura de sus palabras.

El joven sonrió y le dijo: "intentaré ser por un momento para ti, ese tipo. ¡Cierra los ojos!" —Le comenzó a inventar un poema.

"No me preguntes cómo ni cuándo te comencé a amar,
simplemente sé que fue un día frente al mar;
mirabas enamorada las olas juguetear,
y el sol contemplar tu belleza singular.
Comencé a descubrirte en lo cotidiano de la vida,
a conocerte mientras el mundo te alababa;
robé una tarde tu mirada
y pinte arco iris en lo blanco de mis cascadas.
Me puse a seguir tus pasos en el silencio,
a meditar tu sonrisa entre la gente;
a deshojar tu cuerpo en mi mente,
y cantar tu nombre al eco del viento.
He tenido tus lágrimas en la palma de mi mano,
tu silencio en mi corazón bohemio;
tus alegrías en lo presente de mi vida,
y tus sueños en mi oración preferida.
Sin saberlo, te amé por lo que eres.
Sin pensarlo, te busqué en mis quehaceres.
Sin decirlo, me volví parte tuya.
Sin desearlo, me enamoré con locura.
Ahora me tienes prisionero sin saberlo,
atrapado en el verbo de tu silencio;
perdido en la nostalgia de mi locura,
enamorado de un amor sin ventura.
Me has pedido un día
Sin saber que me has tenido siempre;
He estado en las tristezas y en las alegrías,
En mi cuerpo y en mi mente.
Y Hoy, sintiéndome presente;
Vuelo, cual gorrión enamorado.
Recitando poemas en lo callado,
Guardándome en secreto este amor existente.
He sido tuyo en la distancia,

Te he amado con insistencia;
He llorado al verte doblegada
Por amores que no valen nada.
Y aunque, nunca me has amado;
Me complace saberte cerca,
Por cobardía no lo he intentado;
Por miedo quizás no atravesé la puerta.
Y si alguna vez, te acuerdas de mí;
Piensa tal vez que te amé feliz.
Pero, hoy, que estoy aquí
No puedo negarme la oportunidad de decir
Que te he amado en la soledad, de verdad y sin vacilar".

Al terminar de recitar el poema, la mujer estaba hecha un mar de llanto porque se sintió muy emocionada. Él le dijo entonces: "¡No soy tan bueno como él, pero lo que te dije, te lo dije de corazón!" Ella no tuvo otra reacción que subirse sobre éste para besarlo apasionadamente. Luego, ella le dijo: "un día te dije que si decidía hacer el amor con alguien, tú estarías en la primera fila de la lista. ¡Hoy deseo que lo hagamos!"

El muchacho se quedó pensando y le dijo: "no he traído ninguna protección. No puedo hacerte daño. ¡Lo siento!" Ella le sonrió y le dijo: "¡No te preocupes! Que yo sí me protegí."

Ambos dieron rienda suelta a sus instintos y se descubrieron hombre y mujer. Ella dejó gustosa su virginidad y él la amó dichoso al comprobar la belleza de mujer que tenía entre sus manos. Juntos atravesaron de la mano la frontera del amor, descubrieron enamorados el jardín del edén; conquistaron dichosos la cúspide de sus montañas prohibidas y permanecieron dichosos en el cielo de una ilusión.

Lo hicieron cada vez que pudieron y se marcharon del lugar hasta que la tarde los invitó a partir. Al llegar a la ciudad, ambos sabían que su noviazgo terminaba con el adiós de ese día por lo que se negaban a despedirse, pero llegó el momento y respirando fuerte se alejaron sin mencionar una palabra de despedida. Quizás querían dejar abierta la posibilidad de volver.

Al día siguiente era la despedida del colegio. Esa noche, Romax, que aún estaba bajo el embrujo del amor, quería hacer algo especial para su amiga, que había dejado de serlo porque se había convertido en un amor verdadero. Éste se lamentaba porque no tenía dinero; luego, en un salto de inspiración dijo: "¡Maldito dinero! ¡Nunca te he necesitado y no lo haré ahora!" Luego, buscó una hoja de papel en blanco e hizo con ella una tarjeta; buscó fotografías en las revistas y preparó algo muy hermoso. Le escribió unas frases cortas pero muy expresivas que decían: "cuando mires atrás y me encuentres en tu pensar…sonríe. Me verás feliz porque estaré pensando en ti. Nunca serás pasado porque en mi presente vivirás; siempre serás futuro porque un día te volveré a encontrar. Sé feliz, es el mejor regalo que me podrás ofrecer. Aquel que fue que es y que será." Para completar con broche de oro lo que deseaba hacer, buscó unas tijeras y a media noche se fue a robar flores a los jardines de las casas y de la municipalidad. Logró armar un inmenso ramo de flores de todos los colores y lo fue a colocar en la puerta de entrada de la casa de su amada. También, dejó una nota que decía: "¡Felicidades por tu graduación!" —Todo estaba sin nombre ni remitente porque su padre era muy enojado.

Esa noche no pudo ni dormir y aprovechó para escribir el último artículo del PEDO. Se dijo: "no puede irse sin dejar las últimas huellas de su espíritu". El tema que escogió se llamaba: "a mis amigos de siempre". Como era la tradición impuesta, se las ingenió para dejarlas caer desde el tercer piso del edificio cuando la fiesta estaba en su apogeo. Él supuestamente se había ido a los servicios. La sorpresa fue total y nadie se dio cuenta de quién lo había hecho. Este decía así:

Amigos, la hora de la despedida ha llegado, el adiós está tocando a la puerta. Cuántos momentos hemos vivido y compartido juntos, cuántos sueños hemos visto crecer y morir a nuestros pies. Hoy constato con alegría que para que exista un presente es necesario que exista un ayer, para tener amigos es necesario ser amigo, para que exista un chisme es necesario que alguien lo comience, para que exista un secreto es necesario que alguien quiera ocultarlo, para que la verdad salga es necesaria una buena mentira. "Cuando el río suena es que piedras lleva", dice el refrán.

EL PEDO solamente fue el eco del río y el quejido de las piedras. Para que existiera él fue necesario que existieran cada uno de ustedes porque en su constante caminar escuchó sus bromas, rutinas, anhelos, sueños, frustraciones y malas mañas. El ser humano es capaz de las más grandes hazañas como de las peores maldades. La diferencia está en el contenido del corazón de las personas. He aprendido, de cada uno de mis amigos con quienes he compartido estos tres años de mi existencia, que para ser verdad tengo que ser yo mismo.

Por mi parte les diré que los quiero mucho y que deseo de todo corazón que sus metas se realicen. No dejen de hacer hoy lo que esperan hacer mañana, porque posiblemente no habrá otra oportunidad, como lo decía "la vida de zopilote". Ni se nieguen al amor, ni sean sinvergüenzas con las mujeres, ni dejen de pelear por nobles ideales, ni se dejen mangonear por falsos profetas, ni se conviertan en otra piedra más para sus semejantes, ni formen parte de la rueda que aplasta a los más débiles.

La vida está llena de baches y obstáculos, pero son éstos precisamente los que la hacen interesante. Vale la pena vivirla porque en cada niño que nace hay una esperanza; cada sol que amanece, hay un nuevo día; en cada suspiro que vuela, hay un amor rondando; en cada palabra de aliento, un amigo que nos soporta, y en cada mujer, la posibilidad de la realización del milagro de la vida.

Seamos bondadosos con el necesitado, porque la vida da muchas vueltas, no vaya a ser que mañana seamos nosotros los necesitados; seamos fieles en el amor porque es lo más grande y sagrado que nos ha dado Dios; seamos honestos con nosotros mismos porque sólo así lo seremos con los demás; seamos dignos de confianza en lo pequeño para que nos puedan confiar lo más grande; seamos buenos hijos para ser buenos padres; seamos responsables para que nuestros actos hablen por nosotros y seamos orgullosos de nuestra vida para que cuando volvamos la vista atrás no nos avergoncemos de ella.

Yo soy parte de un pasado que te pertenece, soy una luz que un día brilló en el cielo de tus ojos, soy la verdad que quisiste escuchar, soy el tiempo que permanecerá en tu memoria, soy el amigo que tuviste al lado y seguirá contigo. Palabras más, palabras menos que el viento se las llevará, pero sólo quedará el perfume del aroma de nuestra amistad. A mis amigos de toda la vida no les digo adiós sino hasta siempre, porque espero un día, primero Dios, volver a descubrir su mirada iluminando el sendero de mi vida. La vida nos llevará por distintos caminos,0 pero la misma vida nos podrá reunir un mañana, espero, no lejano para volver a vivir lo que aquí hemos aprendido. De aquí hasta nuestro próximo encuentro, cuídense mucho, sean prudentes y sobre todo traten de sobrevivir.

Cariñosamente EL PEDO.

La despedida de la fiesta fue un poco especial para Romax porque varias de sus compañeras lo abrazaron, besaron y lloraron de emoción. De alguna manera lo sorprendieron porque durante los tres años de estudios no le demostraron ningún afecto. Según él, toda esta elocuencia afectiva se debía a los efectos del alcohol y al hecho de que posiblemente nunca más se verían. De todos era sabido que el muchacho tenía muy claro su camino y su objetivo: obtener una carrera universitaria para cumplir la promesa hecha a su padre. En ese momento, la ciudad de Sonsonate no poseía recinto universitario; por consiguiente, su próximo destino era la ciudad capital.

Cada uno de sus compañeros y profesores se acercaron para despedirse con palabras amables y ofrecerle sus mejores deseos para que consiguiera las metas trazadas. Entre todas estas personas, la señora directora fue quien le habló más bonito.

Cuando ésta se acercó, le dijo: "me acuerdo cuando llegaste con tu padre a inscribirte. Te soy honesta al decirte que pensé que eras otro hijito de papá a quien le habían regalado las notas. Hoy reconozco mi error porque me has demostrado con creces que el propietario de esas calificaciones eres tú. Sólo dos personas lograron ganar sus años sin dejar materias y una de ellas eres tú. ¡Te felicito! Porque hay muchos jóvenes inteligentes, pero ésta sin la dedicación no sirve de nada. Sé que piensas seguir tu camino en busca de un diploma universitario, no te detengas porque tienes todo en tu poder para lograrlo. Te has dado cuenta de que quien quiere, puede. Te pido disculpas si en alguna ocasión te ofendí, a veces es necesario actuar de esa manera para hacer despertar a esta juventud que se duerme en la comodidad."

La fiesta del colegio terminó alrededor de las diez de la noche, pero los chicos continuaron la parranda en el cuarto de Romax. A eso de las dos de la mañana, cuando la mayoría estaba muy acelerada, decidieron ofrecer una serenata a las enamoradas y compañeras del colegio. Todos terminaron rendidos a eso de las seis de la mañana.

En el día de la graduación, como de costumbre, todos estaban muy bien vestidos. Ahí se veía la diferencia entre un día normal de clases y una noche de gala, la belleza de la juventud y el orgullo de haber alcanzado un peldaño más en la vida se reflejaba en los ojos de los homenajeados y sus acompañantes.

El muchacho, por ser huérfano, lo acompañaba su hermana mayor quien se sentía sumamente orgullosa al ver como uno de sus hermanos avanzaba abriendo camino para el resto de la familia. Romax se había convertido, en contra de su voluntad, en el ejemplo a seguir para salir adelante en la vida. Ese orgullo se extendía a los familiares y gente que los conocía. Los resultados de esta influencia positiva se verían muchos años después.

Ese día, todos los graduados estaban muy nerviosos y ocupados con sus familiares por lo que apenas tuvieron tiempo de hablar. Fueron las palabras aisladas, los saludos en la distancia, los guiños de ojos amigables y los besos disimulados que sustituyeron toda la emoción de unos corazones emocionados. Cuando comenzaron a recibir los diplomas, cada compañero de estudios iba cerrando su círculo al responder "¡Gracias!". Ellos sabían que se terminaba una etapa y comenzaba otra.

Romax se había propuesto continuar y eso significaba que no podía quedarse en el pasado; al pronunciar las palabras de agradecimiento en el momento de la entrega de su diploma de bachiller, también estaba consciente que cerraba su etapa en esa ciudad. Él sabía que a muchos de sus amigos y amigas nunca más los volvería a ver por lo que su corazón, para no sufrir, se mostraba un poco indiferente ante las expresiones de cariño que le ofrecían. Fue solamente en el momento de decirle adiós a su amiga "campanita" que un deseo de quedarse le inundó el alma. Ambos se abrazaron con mucho cariño y se alejaron con un hasta pronto que se convertiría en un hasta siempre.

A los pocos días, el joven se estaba inscribiendo en una de las más prestigiosas universidades del país, sobre todo a nivel internacional. Ésta institución se llamaba: Universidad Centro Americana "José Simeón Cañas".

La UCA, como se le llamaba comúnmente, ofrecía la oportunidad de estudiar con el programa de préstamos ofrecidos por el gobierno; ésta fue una de las razones por la que el joven la escogió, la otra era por su reconocimiento a nivel nacional e internacional. Él se decía: "si tengo que obtener un diploma tendrá que ser de una institución que me pueda dar la posibilidad de encontrar un trabajo al terminar mis estudios y quizás un día, si tengo que salir del país, utilizarlo al exterior de las fronteras patrias. Éste no sabía que sus palabras se estaban convirtiendo en presagios de un futuro no lejano, como un profeta que adivina el futuro".

Romax avanzaba en la vida pronunciando estas palabras: "es necesario comenzar para terminar, ver hacia delante para continuar, respirar para sentirse vivo y estar para ser".

" No es fácil tirarlo todo,
levantar la mirada y avanzar;
pero es necesario romper cadenas,
cerraduras o ataduras para continuar.
En el tren de la vida,
unos bajan y otros suben,
pero éste siempre tiene que continuar."

2.5 Continuar para superar

Romax ya había tomado la decisión de continuar estudiando en la universidad. Entre las profesiones que había elegido estaba la de ser un profesional en administración de empresas, porque las bases que llevaba se relacionaban con ella. Además, era una profesión que ofrecía muchas posibilidades de empleos porque los negocios siempre existirían. La lógica y la razón estaban de su parte, pero su corazón le exigía otra cosa, él no lo tenía muy claro pero estaba consciente de ese hecho. En ese momento de su vida no podía darse el lujo de vacilar y enviar un mensaje diferente a sus hermanos que lo veían, según él, en un ejemplo a seguir.

La decisión estaba tomada y sólo la vida le daría en el futuro la respuesta a su acción, él se sentía cómodo con ello y estaba dispuesto a llevar su misión hasta el final. Al principio, el muchacho había discutido de sus objetivos con sus hermanos y les había planteado varias alternativas para lograrlos, caminos que los implicaban directamente.

Cuando todo estaba listo para comenzar, se volvieron a reunir y se replantearon la situación. Romax había decidido que viajaría a la capital con su hermana cada domingo y regresarían viernes o sábado. El hospedaje era el único obstáculo y contaban con la ayuda de una amiga de su hermana, pero la situación cambio cuando una sobrina de la dueña de casa se mudo igualmente a la capital. Fue en ese momento que volvieron a discutir otras posibilidades y la más accesible era que todos se trasladaran a la ciudad. Vieron los pro y contra de la propuesta, la discutieron entre si y al final la adoptaron.

La hermana mayor se encargaría de buscar una casa para alquilar y el resto se prepararía para la mudanza. Solamente tenían una semana para arreglar todo porque Romax entraría a clases el siguiente lunes. Fue hasta el viernes por la noche, cuando la hermana llegó, que supieron con certeza si viajarían o no. Ese fin de semana se dedicaron a preparar el traslado y a dar la noticia a sus familiares; éstos, por supuesto, pusieron el grito en el cielo más por miedo que por oposición. "¡Cómo unos jóvenes se van a la ciudad de la noche para la mañana sin tener más capital que su deseo de superación!", argumentaban los más ancianos. Por supuesto, el peso de esta decisión recaía sobre los mayores y en especial sobre Romax que tenía metido entre ceja y ceja su deseo de obtener un diploma universitario.

Sin poner mucha atención sobre el que dirán, los hermanos arreglaron las cosas y se dispusieron a dar el salto. La casa quedaría en manos de su abuelo y una hermana lejana. Habían decidido llevarse sólo lo indispensable para el viaje, luego se la arreglarían para completar los muebles de la casa. En otras palabras, se llevarían la ropa, los utensilios de cocina y unas hamacas. Para ser más precisos, todos sus haberes cabían fácilmente en un carro muy pequeño.

Fue hasta el domingo que se dieron cuenta de que los dos mayores no podían estar presentes en el traslado porque ese mismo día tenían que salir del hogar para cumplir sus compromisos del lunes por la mañana. Eso significaba que los más pequeños, con la ayuda de una prima adulta, harían el movimiento hacia la capital.

Por su parte, Romax tenía que ir a dormir a Sonsonate para salir por la madrugada rumbo a la universidad. Ellos concordaron que durante el día se unirían después de sus obligaciones. Como todo ese fin de semana fue un ir y venir, al salir del hogar, el muchacho olvidó la dirección de su nueva casa, lo único que tenía era una vaga explicación de cómo llegar al lugar porque su hermana se había tomado la molestia de explicarle todos los detalles.

Ese día había comenzado muy bien porque habían diagnosticado lluvias por la mañana y durante el viaje hacia Sonsonate ni una gota de agua había caído. Después allí, en el trayecto a la capital, la situación fue diferente porque desde que se comenzó a ver el volcán de Izalco, las nubes negras iban buscando el mar y, por consiguiente, la lluvia se aproximaba. Poco a poco, ésta se fue intensificando y en menos de lo que canta un gallo el pequeño bus corría bajo un chaparrón de agua.

El joven amaba la lluvia cuando caía a chorros, en el vehículo las ventanas se empañaban por la respiración de la gente y éste se ponía a jugar escribiendo sobre la humedad del vidrio. En sus sentimientos, aún navegaba la fragancia de su amiga y muy seguido se perdía en su pensamiento buscando su mirar. Una señora muy gorda que lo llevaba presionado contra la ventana del bus, lo sacó de su sueño al decirle: "¡Tienes la cara de un enamorado, muchacho!" y esta lluvia no te está ayudando en nada, "¿verdad?" El chico apenas reaccionó y le respondió con una sonrisa sin comprender a ciencia cierta lo que la señora le había dicho.

Romax se había subido a uno de los buses que llamaban "los rápidos" porque casi no hacían estaciones en el camino. Era pequeño, en el cabían más o menos como treinta pasajeros. Por lo general, siempre iban completos pero tenían la mala costumbre de ponerse a competir para quitarse los pasajeros. Era normal ver al cobrador ir colgado de la puerta delantera del autobús; éste se lanzaba antes de que parara el vehículo para hacer la publicidad del viaje y, casi siempre, empujaba a los pasajeros que querían subir o por el contrario bajar del bus. El tiempo era su peor enemigo pues el otro bus con el que competía estaba atrás o delante de éste. Muchos pasajeros se caían por la imprudencia del cobrador, que recibía en el acto muchas bendiciones dirigidas a su madre.

El muchacho odiaba que estos vehículos compitieran porque llevaban a los pasajeros con el corazón en la mano. En esta ocasión, la competición estaba muy cerrada con el otro vehículo. Si uno paraba, el otro se le adelantaba a la próxima parada y así iban en todo el camino, a pesar de la intensidad de la lluvia. El joven iba muy incómodo en el autobús llevando a su costado a la señora que además de gorda era parlanchina. Él tenía levantadas sus rodillas sobre la espalda del asiento delantero porque los espacios eran muy reducidos. Iban llegando a una zona llamada "Ateos" y los dos buses se encontraron lado a lado, en una línea recta que pasaba por en medio de unos cañaverales. Los pasajeros le gritaban al chofer que le cediera el paso al otro bus y éste no hacía caso porque iba emocionado compitiendo. El cobrador, que iba colgado, le gritaba que acelerara más para ganarle los clientes.

De repente, se fijaron que un tráiler, muy cerca, comenzó a sonar su pito de precaución como una alarma enloquecedora; fue hasta ese momento que el chofer se dio cuenta del peligro que se avecinaba y trató de disminuir su velocidad. Al mismo tiempo, el chofer del otro bus, inició las mismas maniobras dando por resultado que se encontraron en la misma situación de peligro. El trailer no dejaba de sonar su bocina y meter los frenos, los pasajeros de ambos vehículos se llenaron de miedo y los gritos de la gente alterada se intensificaban al ver la proximidad del peligro. El choque era inminente.

Faltando pocos segundos para el percance, los conductores de los buses tomaron la buena decisión; uno, se aceleró y el otro disminuyó la velocidad. Romax iba en este último que se encontraba en el carril equivocado. La maniobra era buena, pero el tiempo los atrapó. Al querer meterse de nuevo a su carril, el autobús golpeó por la parte trasera al que trataba de adelantarse y ambos vehículos se desequilibraron. El trailer, por su parte, se salió de la calzada y logró evitar el impacto con ellos, pero éstos últimos, por el exceso de velocidad que llevaban, dieron vuelta sobre la carretera.

Antes del accidente, toda la gente se había puesto nerviosa y había entrado en un pánico total. Romax, por el contrario, se sintió muy tranquilo; parecía que había puesto su película en cámara lenta. Éste veía la reacción de todas las personas y se preguntaba por qué se ponían en ese estado. Él, intuyendo el peligro, se cogió muy fuerte con sus manos del asiento delantero, presionó con sus rodillas el asiento y se mantuvo tranquilo. Nunca perdió el control de la situación y seguía con calma el movimiento del bus.

Cuando se dio el impacto, el vehículo salió sin control hacia la tierra mojada y floja del costado de la carretera, las llantas se hundieron en el lodo y el bus cayó de costado deslizándose con mucha velocidad. Romax que iba sentado del lado que rozaba la tierra, veía como la gente se balanceaba sobre su lado y por consiguiente, lo empujaban contra la ventana que estaba abierta. El vehículo se deslizaba como una lancha sobre las olas del mar sin darse vuelta por completo. El joven presionó sus rodillas y sus manos en el asiento delantero para evitar que la señora obesa y el resto de pasajeros de su fila lo sacaran por la ventanilla. La cara del chico iba casi rozando la tierra y éste hacía un esfuerzo inmenso para no tocarla.

El muchacho luchaba fuerte por mantener su posición y sobre todo evitar que el peso de los pasajeros lo sacaran del bus. Él veía de reojo la tierra que se deslizaba a pocos centímetros de su rostro y se decía a sí mismo: " ¡Miércoles!, por no decir mierda. Si no aguanto con este peso aquí me quedo. Sólo espero que todo esto termine pronto". No había terminado de pensar cuando el transporte se detenía y el joven veía como la punta de un vidrio roto lo señalaba directo diciéndole: "unos segundos más y no lo cuentas".

Después, cuando se estabilizó el movimiento, vino otra situación. Los golpeados comenzaron a pedir ayuda y la gente se comenzó solidarizar con los necesitados. Por su parte, Romax, por ser delgado, logró salir por un espacio muy reducido de la ventanilla de su asiento. La señora que llevaba a su costado gritaba y lloraba porque estaba presa entre los asientos y tenía miedo de morir. El chico ayudó en lo que pudo y al ver que su presencia no era tan necesaria, se subió al primer autobús que encontró. En el accidente, solamente murieron el conductor y el cobrador, éste último salió volando al primer impacto de los vehículos.

Durante y después del accidente, el muchacho se mantuvo muy sereno y tranquilo, éste sólo sacó algunos moretones en su cuerpo. A la media hora, el joven comenzó a sentir los efectos emocionales que había vivido, es decir que su cuerpo se puso a temblar y sudar. Éste intentó levantarse para saber qué le pasaba, sus piernas no le respondieron. Se asustó al inicio, pero, de la misma manera que lograba controlar sus actos, trató de tranquilizarse con una auto motivación y, poco a poco, lo logró. Llegó a la universidad y siguió normalmente las clases.

A eso de las cuatro de la tarde terminó de cumplir sus deberes y en ese momento decidió buscar la manera de unirse a sus hermanos que a esa hora del día ya estarían en su nuevo hogar. En su mente tenía planeado cada detalle de la explicación que le había dado su hermana mayor: "abordas el bus 141 hasta llegar al parque "Hula Hula" y ahí hacer el cambio para subirse a la ruta 6B con dirección de la ciudad de "Soyapango". Al llegar a dicha ciudad se debería de bajar en la parada del mercado municipal, frente a la iglesia. Después debería de buscar la colonia "Guadalupe", el pasaje R y la casa número 26". Esto último lo recordaba muy bien porque los asociaba con la letra inicial de su nombre y la fecha de su cumpleaños.

Todo estaba saliendo según las indicaciones obtenidas, pero cuando llegó a Soyapango la cosa se cambió de café a chocolate. A la hermana mayor se le olvidó mencionar que dicha ciudad era muy grande y que a veces los autobuses no toman la misma ruta y, en esta ocasión, el mencionado transporte decidió cortar camino tomando un atajo. Ahí comenzó la confusión porque el chico se bajó en otro lugar creyendo que era el mercado. La búsqueda de su nuevo hogar comenzó con mal paso y no fue hasta media hora después que se dio cuenta de que estaba lejos de su casa. Decidió entonces retomar el camino y preguntó la manera más fácil de llegar a la ciudad de destino. Una hora más tarde estaba bajándose en el lugar indicado y continuó su camino hacia su hogar.

La ciudad de Soyapango estaba constituida por muchas colonias que poco a poco habían perdido sus fronteras, no se sabía exactamente dónde comenzaba una y dónde terminaba la otra. Era una de las más antiguas de la capital y su decoración lo atestiguaba porque los pasajes eran muy estrechos, los números de las casas estaban cubiertos por los jardines o malezas y los inmensos árboles tapaban el sol que en ese momento estaba a punto de irse a dormir.

Eran las seis de la tarde y todo el mundo corría hacia sus casas porque a las diez de la noche estaba el toque de queda. En otras palabras, la situación se le estaba poniendo color de hormiga, ya que había caminado más de media hora y nadie le daba con claridad una buena información. Pasaba y repasaba los pasajes y terminaba con las manos vacías, él no se quería desesperar pero sabía a ciencia cierta que cada vez le quedaba muy poco tiempo para estar en un verdadero peligro.

Llegaron las ocho de la noche y muy poco gente andaba por la calle, las casas estaban cerradas y muchos pasajes no tenían luz. El estómago comenzó a rugirle y el miedo que le agarrara el toque de queda en la calle lo comenzaba a poner nervioso. Para colmo, no tenía dinero para buscar dónde quedarse a dormir. A las nueve y media, se sentó desesperado al borde de un pasaje para pensar y decidir las opciones que tenía.

El problema más grave era que le quedaban pocos minutos para que el toque de queda lo tomara en la calle. Tenía que actuar rápido. Se puso las manos sobre la cara y se dijo: "Romax no te desesperes, piensa con calma" lanzó la mirada al cielo y descubrió la estrella del sur que lo estaba mirando calladamente. Sonrió y le dijo: "¡Sé que estás conmigo papá! Necesito que me des una señal para salir de este aprieto". Respiró profundo y se paró decidido a buscar por última vez la casa, pensó: "buscaré un hospedaje, les pediré que me dejen pasar la noche y les ofreceré pagarle luego con dinero o trabajando, algo se me ocurrirá".

Estaba decidido a seguir sus planes, cuando de repente, se fijo que en el pasaje que estaba tenía escondida la letra bajo unas hojas de árboles. Era la letra que había estado buscando con tanta ansiedad. Muchas veces había pasado por ese mismo lugar y no la había visto. Eso le dio una corazonada positiva, se introdujo por el pasaje y al llegar al numero 26 pudo observar a uno de sus hermanos en la sala iluminada por un foco y las voces de sus hermanas le parecieron como melodías hermosas. Dijo: "¡Gracias, papá, por traerme a casa!"

Todos estaban preocupados porque supuestamente tenía que haber llegado a las seis de la tarde. Esa noche, todos contaron cómo habían vivido su aventura y se dieron cuenta de que una mano amiga los había acompañado siempre. Al joven no le quedó ninguna duda que sus padres estaban intercediendo por ellos y se llenó de mucha emoción al reconocer su presencia.

En ese lugar no duraron mucho tiempo porque se dieron cuenta de que habían llegado a un nido de hormigas, las pandillas y guerrilleros la ocupaban como zona de batalla. A los tres meses se cambiaron a otra ciudad llamada "Ayutuxtepeque", cerca de la universidad nacional.

El abuelo siempre decía: "nada en la vida pasa por casualidad, todas las cosas se van sucediendo para llevarnos por el camino de nuestro destino". Los hermanos menores se adaptaron muy bien a su nueva escuela y, sin necesidad de presionarlos para que estudiaran, lograron mantenerse entre los mejores de su institución. Incluso uno de ellos se ganó el primer lugar en su grado. Cada uno, al final de sus estudios secundarios, se llevó la sorpresa de que fue elegido estudiante modelo de su respectiva promoción.

Romax y sus hermanos, al final del día, se reunían alrededor de la mesa de comer para cenar juntos. Era quizás, el único momento que tenían para contarse sus cosas; después de allí, cada uno se metía en su bola de cristal para concentrarse en sus ocupaciones. Romax y su hermana mayor eran la cabeza de la familia y entre los dos decidían la dirección que se tomaría. Los hermanos menores, por lo general, aceptaban las decisiones de los mayores porque sabían que las tomaban con las mejores intenciones posibles.

" Ver el paisaje durante el viaje
es el mensaje de un viviente,
porque aquel que está inerte
sólo ve pasar al caminante."

2.6 El inicio universitario

Romax pensó que si recurría a la misma técnica que había utilizado con el alcalde para obtener una beca podría obtener el mismo resultado en la universidad. Fue a ver al rector, un jesuita español de nombre Ignacio Ellacuría, para presentarle su caso y pedirle una ayuda para poder continuar sus estudios.

El sacerdote era un señor delgado, de tez blanca, con cabello plateado, nariz puntiaguda y un acento español muy marcado. La primera impresión que tuvo el muchacho fue positiva porque la imagen del rector le recordaba a su padre.

El chico no anduvo por cuatro caminos y le presentó su caso de una manera natural y práctica, él sabía que no estaba pidiendo una limosna. El rector, muy amable y sereno, le escuchó atentamente y al terminó de la exposición se quedó pensativo como alguien que mide sus palabras antes de hablar. "Mal presagio", pensó el joven.

El rector fijó sus ojos en el estudiante, musitó una sonrisa y le dijo:

—"¡Me agrada escuchar jóvenes como tú!", gente que quiere superarse en la vida a pesar de encontrarse en mala situación. Siempre he dicho que los problemas hacen más fuertes al individuo y en estos países, al contrario de los que se llaman avanzados, los jóvenes tienen ese empuje para sobrevivir. Me gustaría ayudarte con alguna beca, pero la universidad no tiene esa política para los estudiantes de los primeros años."

Romax tuvo una impresión negativa que se reflejó en su rostro, la decepción afloró en lo cafés de sus ojos desde las primeras palabras del dirigente universitario. Lo escuchaba atentamente con mucho respeto, pero al mismo tiempo su mente buscaba otras alternativas.

—¿Cree que existe alguna una posibilidad de ayuda o consejo que pudiera darme porque mi objetivo de estudiar no va a cambiar? Mi padre decía que si una puerta se cierra no significaba que todas estaban cerradas.

El señor sonrió agradablemente porque descubrió en el muchacho una reacción que solamente demuestran aquellos que saben lo que desean.

—¡Tu padre tenía razón! Existen otras alternativas, como por ejemplo: puedes pedir un préstamo al gobierno para estudiar, claro que necesitarías una persona que sirva de fiador y comprometerte a pagar la deuda después de finalizar tus estudios. Otra sería que trabajes y ahorres dinero para luego meterte a estudiar.

El chico acogió con agrado la primera idea, porque era una puerta que se abría, y le preguntó:

—¿Cuáles son los requisitos para que me puedan ofrecer ese préstamo?"

El sacerdote llamó a su secretaria y le pidió la información sobre el programa llamado "educrédito" que ofrecía el gobierno en cooperación con la banca privada. Este préstamo consistía en consentir cierta cantidad de dinero al estudiante que según los cálculos de éstos le cubriría la colegiatura, los gastos de libros y un pequeño sobrante para gastos personales. En contra partida, el estudiante tenía la obligación de pasar todos sus cursos; porque en caso contrario, el préstamo se cortaba y se tenía que comenzar a devolver de inmediato.

Para darle una mano en sus estudios, le ofreció darle un período de gracia mientras era acordado el préstamo. De esa manera, Romax se metió de lleno a buscar los requisitos que la institución financiera exigía, es decir: el fiador que al final de cuentas fue su hermana mayor.

Los estudios universitarios eran muy exigentes por lo que al muchacho no le quedaba mucho tiempo para respirar, sobre todo que el tiempo de adaptación fue muy corto, pero aún así el primer trimestre fue superado con éxito. El resto de la carrera universitaria pasó sin mayores complicaciones y hasta se dio el lujo de hacer otras actividades extra escolares.

En muchas ocasiones se encontró con el rector en el recinto universitario y el señor siempre le hacía la misma pregunta:

—¿Cómo va esa lucha en los estudios?

—¡Cómo gato panza arriba, siempre peleándolas todas!

El sacerdote sonreía de buena gana y le respondía:

—¡Así se hace! Sobre todo no dejes que nadie arruine tus sueños. ¡Peléalas! y si me necesitas un día, sabes dónde encontrarme.

Esa invitación no cayó en saco roto porque al final de su carrera, éste le brindó un apoyo incondicional. Sin embargo, la injusticia humana se llevó entre sus manos a ese personaje tan importante. Un 16 de noviembre de 1989 fue asesinado con otros miembros de su congregación en el campo universitario.

En ese primer ciclo universitario, hacer los grupos de trabajo era indispensable, porque el trabajo era tan extenso que prácticamente era imposible que una sola persona lo realizara. En sus primeros trabajos tuvo que compartir con jóvenes que tenían malos métodos y aptitudes de trabajo, éstos en lugar de ayudarlo le perjudicaron por lo que se prometió buscar con más cuidado a sus próximos compañeros.

En ese primer año universitario, se encontró con una gama de mujeres jóvenes muy lindas como sacadas de las revistas de moda. La mayoría trabajaba en oficinas, como auxiliares o secretarias, por lo que tenían un bagaje de experiencia que el chico no poseía. Se podría decir que la mayor parte eran de la capital y su manera de comportarse era un poco superflua, con ciertos tintes de grandeza y orgullo mal colocado. Muchas de ellas lo consideraban como un campesino que acaba de bajar de la montaña porque incluso su vestimenta no iba de acuerdo a la moda, ya que éste no se podía dar ese lujo.

Entre todas ellas, una que entró al mismo tiempo con él a la universidad le llamó la atención por su belleza corporal. Ella nunca se dignó fijarse en él y quizás nunca se dio cuenta de su existencia. Ésta no era tonta y sabía lo que tenía, los chicos más coquetos y enamorados le llevaban hambre, pero parecía que ella sabía cómo tratarlos. Siempre se le veía a un hombre cerca de ella, inclusive a los profesores se les caía la baba al verla pasar muy elegante.

El muchacho al ver la belleza de mujer se decía: "jamás una chica como ella se fijará en mí", su lógica y razón le daban un golpe a su orgullo de hombre que se veía sometido sentimentalmente. "¡Si tuviera dinero talvez tuviera una oportunidad!" —Pensaba, pero reaccionando se decía: "no debo juzgar a nadie de esa manera, a lo mejor esta joven no es así". Él se conformaba con disfrutar de su belleza desde la distancia.

El segundo trimestre tuvo la oportunidad de hacer un grupo de trabajo con ella y la experiencia no fue concluyente porque siempre llegaba tarde o simplemente no llegaba a las reuniones. Siempre andaba con el tiempo medido y sus tiempos libres los ocupaba para leer sus notas o libros. Al tenerla cerca, Romax pudo comprobar la hermosura de ésta, es decir: lindas curvas, pantorrillas sólidas, pechos grandes y una cara de muñeca que combinaba con una sonrisa espontánea.

El primero de los cinco años de estudios pasó sin mayores consecuencias, pero poco a poco Romax se fue integrando al ritmo universitario. Conforme pasaban los cursos, se fueron identificando las personas que seguían los mismos senderos académicos y de igual manera, las amistades y conocidos se fueron consolidando.

Fuera del campo universitario, lo único que salió a destacar fueron las bombas que comenzaron a explotar en la capital, las continuas redadas para atrapar jóvenes para que cumplieran el servicio militar, las manifestaciones políticas y sobre todo, la clasificación de la selección de fútbol para el mundial de España que, dicho sea de paso, puso al país en el record no envidiable de uno de los países más goleados en un mundial.

A Romax este récord le dolió muchísimo porque aún guardaba el recuerdo de niño cuando deseaba ser futbolista profesional. La pregunta quedaba flotando en el aire: "¿Hasta dónde hubiera llegado si me hubiera dedicado en cuerpo y alma al fútbol?" Pero su lógica lo bajaba de inmediato de las nubes para concentrarse en su presente inmediato, la universidad.

Los siguientes años fueron más prolíferos para Romax. Para comenzar, él y sus amigos formaron un equipo de fútbol que se convirtió en leyenda en la universidad porque se llevó cuatro años seguidos el primer lugar del campeonato universitario. Este se llamaba "T-Tra-B" y significaba lo que sonaba pero para conseguir el patrocinador de las camisetas se inventó el significado de "Técnicos, Trabajadores y Buenos". La mayoría de sus integrantes jugaban en las categorías profesionales del fútbol nacional, a excepción del chico por lo que prefiero ser el técnico y el llena huecos, es decir: ocupar las posiciones de los jugadores ausentes.

Durante las vacaciones, buscaba trabajos de verano para sufragar sus gastos y prepararse para la siguiente sesión de estudios. Éste consiguió ocupación como: repartidor de regalos, ventas a domicilio, trabajos generales y participar en la famosa promoción del "cartero regalón de Rinso", donde él y sus compinches hicieron muchas travesuras para ayudar a las personas necesitadas y en alguna ocasión, conseguirse alguna chica.

Romax realizó algunos trabajos de carácter social y comunitario para cumplir el requisito de graduación, un año de servicio social obligatorio a la sociedad. Se convirtió en ayudante de profesores en la universidad y se encargaba de ayudar a los otros estudiantes a comprender mejor los temas tratados y en ocasiones, a sustituir al profesor dando temas específicos. Las materias por las cuales trabajó fueron: mercadeo "Marketing", contabilidad y recursos humanos.

En el último año escolar tuvo la oportunidad de conseguir un trabajo a tiempo completo como subgerente de un departamento de distribución.

Fue a través del contacto de un compañero de estudios que logró este puesto.

En este tiempo de universidad y de trabajo, a pesar del poco tiempo disponible que tenía, las mariposas de papel siguieron volando en las hojas de los libros de Romax. "EL PEDO" había muerto al terminar su colegio pero el deseo de expresar todo aquello que le molestaba se fue acumulando en su alma. Por esta razón salió a la luz del sol "EL DEDO" que era el diminutivo de "Descubriendo el dolor de mi gente".

Éste salió acompañado de una figura o logotipo que se hizo muy popular en el recinto universitario, era un búho apuntando el dedo de su mano izquierda al frente y con la mano derecha sostenía un lápiz, como quien esta a punto de escribir. La mirada de represión del pájaro indicaba que lo que estaba observando no era nada bueno. Con este animal se indicaba que era un estudiante de la universidad porque el ave era el logotipo de la universidad.

EL DEDO salió a la luz como una respuesta a la muerte de monseñor Romero, quien había sido asesinado años antes. Romax se había intrigado mucho sobre la persona de monseñor, no porque fuera un católico, sino porque mucha gente hablaba de él con mucha admiración y devoción. Al investigar sobre su historia y las razones por las que lo habían asesinado, se encontró con algunas homilías que en su contenido expresaban la opinión que muchos tenían a baja voz. Éste reprendió a los implicados en los abusos de masacres y llamó a parar la guerra en nombre del Dios del amor. Este llamado le valió la admiración de muchos y también la condena a una muerte segura.

Es por eso que la primera aparición del periódico clandestino universitario "EL DEDO" se llamó: "Cuando los muertos quieren hablar". Después fueron apareciendo en su orden: Lamento de mi pueblo; Si pudiera volar lejos; Los sueños de un mocoso; La verdad se esconde bajo la cama; Mi hermano el soldado; Viviendo como un topo; Con la muerte como compañera; En busca de una niña llamada paz; Los disfraces; En río revuelto; Mi propia revolución; Si yo fuera presidente; La corrupción de arriba a bajo y de derecha a izquierda, y otras más.

Aunque "EL DEDO" no hizo tanto alboroto, de vez en cuando su nombre salía a relucir entre las charlas con sus compañeros. El secreto se hacía más imperioso porque se sabía que en el campo universitario habían muchas orejas, los informadores disfrazados de estudiantes. El periódico trascendió los ámbitos de la universidad porque ciertas de sus reflexiones aparecieron en la universidad nacional.

Aunque en el fondo, le hubiera gustado que la editorial universitaria tomara sus escritos y los diera a conocer por todo lo ancho del mundo universitario; el chico se contentaba con ver volar sus ideas en la mente de los otros. Un día quizás les pediré que publiquen alguna de mis obras, pero dudo que tenga algún valor literario, pensaba. Él mismo se valoraba como escritor y sabía que tenía mucho que aprender antes de ser considerado como "alguien" en el campo artístico.

Según el pensamiento del muchacho, el periódico no había nacido para ser gigante sino para ser pequeño porque desde la pequeñez es más fácil ver y tocar la tierra; él se daba satisfecho con darlas a luz. Cada edición contaba con un original y nueve copias. El original siempre lo escondía muy bien y las nueve copias las repartía por toda la universidad, en sitios estratégicos como: la biblioteca, la cafetería, las aulas de clase más numerosas y las salas de conferencia; tomando las precauciones para no ser visto y, sobre todo, no dejando huellas que lo identificaran fácilmente.

Cada reflexión la pensaba mucho y la redactaba con sumo cuidado. "Son como los hijos", reflexionaba. "Ellos no son de los padres, son de la vida que los reclama con muchas ansias. Son concebidos a través de nuestro cuerpo, pero no nos pertenecen porque el creador y dueño de ellos es otro. Y aunque estén un día con nosotros, no se les puede obligar a que permanezcan siempre, vendrá el momento que saldrán a volar por sus propias alas. Se les puede dar mucho amor, pero ese amor no les impone nuestra manera de pensar; se puede tener su cuerpo, pero su alma es libre como el viento. Son como el arquero y la flecha, nosotros somos los arqueros, pero ellos son como las flechas que al ser impulsadas hacia delante vuelan a su propia velocidad. Un día, el arquero, al hacer su trabajo, queda satisfecho con permanecer estable y las flechas también porque vuelan alegres en su caminar". La edición "Cuando los muertos quieren hablar" decía:

> Dice un refrán de la calle: "las cosas y las personas pueden desaparecer, pero las palabras son eternas". Una simple palabra puede causar la libertad o condenar a una persona. La fuerza de la palabra reside en la verdad que lleva en su corazón. Hoy estoy muerto y por estar muerto tengo la libertad de decir lo que

estando vivo no pude decir. Quiero decir que a pesar de estar muerto, sigo viviendo en las palabras que sembré cuando cultivaba el amor en los barrios que no tienen nombre, cuando abrazaba a mi hermano que había perdido la mano de su orgullo en algún bote de basura, cuando comía en la mesa de cartón y me servían frijoles en la página social del Diario de hoy, cuando curé la herida del chucho de Jacinto que lo atropelló el carro de don Simón cuando iba tarde a misa el domingo de resurrección, pero sobre todo cuando lloré en silencio al ver a la abuelita de Pepe quedarse huérfana de hijos y sobrinos en una noche buena.

Aquel que vive su vida queriendo construir castillos se encontrará al final de la misma con las manos vacías. Todos queremos ser eternos pero pocos logramos la ansiada inmortalidad. Me considero inmortal porque vivo en las palabras que dejan de ser ecos perdidos y renacen en los labios de alguna alegoría de la vida que no está de acuerdo con los actores del espectáculo del presente.

No es que me considere ausente de la escena de un guión sin nombre que olvidó pronunciar mi nombre por miedo a convertirse en el próximo pasajero con boleto gratis que sólo tiene ida pero no regreso. Hoy que me encuentro aquí, con suficiente tiempo para reflexionar, me preguntó: ¿Se puede pasar una vida sin entender el dolor y el sufrimiento de un pueblo? ¿Se puede vivir sin pensar y sin hablar de aquel que muere a nuestro lado? ¿Por qué no hay solidaridad y sí muchas manifestaciones de egoísmo? ¿Por qué nos convertimos en acusadores cuando los otros no comparten nuestras ideas? ¿Por qué nos convertimos en acusados cuando hacemos el bien que los otros no quieren hacer?

En la vida lo único que debería estar permitido sería hacer el bien y no hacerlo sería estar haciendo el mal. Pero nuestra sociedad moderna está llena de personas justas que siguen siendo víctimas de la violencia y la falta de amor, por personas que se han dedicado a defender la causa de la justicia que la injusticia disfruta sojuzgar. ¿Cómo podemos ver de una manera diferente a las personas si seguimos paralizados por nuestros rencores, amarguras y envidias? Como dice el chapulín colorado, y ahora ¿quién podrá defendernos?

Desde aquí, siento compasión por aquellos que a causa de mis palabras están siendo perseguidos, porque sólo sintiendo en nuestra carne lo que el prójimo está sintiendo podremos entonces compadecer su dolor. La compasión me ha demostrado que todo mal por pequeño que sea se hace inmenso en aquel que lo padece y solamente un amor más grande es capaz de darle bálsamo a esa herida.

Me hubiera gustado haber tenido un corazón del cual pudiera brotar un amor generoso, sin límites ni barreras para poder llenar mi entorno de mucho sentimiento y afecto. Mi corazón sigue latiendo en el infinito de mi alma porque aquellos que un día amé siguen sufriendo por la cobardía de los que se creen fuertes y amos de este mundo; sólo porque nacieron en cama, en lugar de petate.

No se equivoquen, amigos, yo estoy vivo porque vivo en el corazón de aquellos que repiten y hacen vivas mis palabras.

Cariñosamente, EL DEDO.

Durante la vida universitaria, Romax tuvo la oportunidad de cruzarse con las personalidades del mundo de la política, los deportes y la economía del país. José Napoleón Duarte, el primer presidente electo democráticamente, le dio varias charlas. Lo mismo ocurrió con el teniente D'Abuisson quien fue uno de los fundadores del partido ARENA que representaba a la derecha política, además de considerarlo el cerebro de los escuadrones de la muerte que tanto daño hacían en ese entonces. Los dirigentes de la izquierda, como Shafik Handal, también tuvieron la oportunidad de pasar por esa "alma mater" para dejar en los estudiantes sus huellas ideológicas.

La vida universitaria se complicaba a menudo para Romax debido a los constantes acosos que sufría el campo universitario por parte del ejército. Esta represalia iba dirigida a los jesuitas por ser considerados como la encarnación de Satanás por proclamar a boca llena la teoría de la liberación. Muchas veces, las bombas, en las diferentes oficinas e instalaciones de la universidad, provocaron la suspensión de las clases.

El joven había aprendido que no todo aquello que parece rosa tiene corazón rosado. A su edad y por la experiencia adquirida siempre tenía como regla de vida no creer el cien por ciento de lo que otros cuentan porque cada persona tiene su propia verdad y la defiende como si fuera la única. Los partidos políticos o fuerzas ideológicas hacían un trabajo muy fuerte porque trataban de movilizar su manera de pensar a la población para obtener su apoyo y justificar sus acciones que muy pocas veces se podían sostener ante un jurado humanitario y democrático.

Una manera de no caer en la trampa era salirse de la olla de frijoles, es decir tratar de ver el problema desde lo exterior. Mucha publicidad de masa iba dirigida a hipnotizar una población con ideas generales, el miedo era la fuente para hacer aceptar una idea, por ejemplo: decían que los comunistas eran gente mala que solamente buscaban apoderarse de las tierras, que mataban a todo aquel que no estaba de acuerdo con sus ideas. Entonces, la palabra comunista se convirtió en algo vedado, prohibido. Todo aquel que era relacionado con ello lo llamaban: comunista, izquierdista, rebelde o subversivo. En otras palabras, estaba condenado de antemano fuera o no culpable de lo acusado. Nadie se atrevía a defenderlo porque era expuesto a seguir la misma suerte.

Para buscar más ideas y hacerse su propia opinión, Romax se dirigía, en primer lugar, a la fuente de dónde venía la acusación y luego trataba de escuchar opiniones de gente con una mentalidad más amplia. Por ejemplo: muchas de las acusaciones dirigidas a los sacerdotes de la universidad venían de los artículos que ellos escriban en la revista de la entidad y que algunos periódicos o revistas internacionales reproducían.

El chico buscaba los artículos y los leía cuidadosamente con la finalidad de descubrir la verdad. Ahí descubrió que todos tenían la razón pero de igual manera todos estaban equivocados, cada parte tomaba lo que le convenía y la convertía en verdad absoluta. Cada quien agarraba lo que le interesaba según sus intereses y convicciones. Era un juego de doble cara para decirle a Juan lo que pensaba Pedro, sin mencionar el nombre de este último.

Romax pensaba: "la verdad tiene cara de perro rabioso". No es tanto lo que se dice sino cómo se interpreta. Cuando sacaron un comunicado que los jesuitas estaban a favor de las bombas "casabobos", a Romax le pareció rara esta afirmación y decidió no dejarse enajenar por esa propaganda. Buscó el mentado artículo para salir de dudas y, después de mucha búsqueda, lo encontró con la sorpresa de que la persona que lo había leído, sacó únicamente una parte de éste con el fin de ensuciar la imagen del escritor, en este caso el rector.

Éste aseguraba en su artículo que tanto un bando como el otro hacían daño a las personas y que así como los del ejército utilizaban armamento pesado y muy sofisticado para atacar a los subversivos, éstos se tenían que defender como pudieran y con los medios que tuvieran en las manos. De esta manera las bombas, siendo una manera artesanal de defenderse, iban dirigidas a los soldados que los perseguían. Las consecuencias eran que la gente pobre que caminaba por esos lugares también estaba expuesta a éstas. De igual forma, estaba expuesta a las bombas que lanzaban los aviones o tanques de guerra.

Romax entendía que no había cosa mal dicha sino mal comprendida. Le recordaba a los evangélicos, cuando sacaban sólo pequeñas frases de la Biblia para engatusar y confundir porque éstos no tomaban en cuenta todo el texto por completo para ubicarlo en su tiempo y en su contexto. Luego apareció en el ámbito popular una frase que decía: "mata un Jesuita y haz patria". Romax se preguntaba cómo era posible que se deseara la muerte de alguien solamente porque su manera de pensar era diferente a la nuestra. ¿Cómo es posible que el hombre pierda la dignidad y el sentido del valor de la vida? ¿Cómo es posible que la muerte se vea tan normal? El muchacho no concebía que se mataran niños, ancianos, heridos, mujeres embarazadas, madres con bebes, jovencitos, etc. Simplemente porque alguien daba una orden. "¡En que sociedad estoy viviendo! ¡No me gusta y no lo acepto! ¡Si es un sueño, quiero despertarme!" —Se pellizcaba para cerciorarse que en verdad estaba despierto.

El joven estaba en una etapa de convulsión ideológica, muchas ideas y conceptos se entrelazaban para mezclarlo en su cotidiano. La duda de sus propios ideales se había instalado y un conflicto interno comenzó a murmurar un descontento. Muchas veces, para retomar el camino es necesario volver a sus raíces y por esta razón, uno de esos días, regresó a su campo querido.

Él se recordaba que cuando chiquillo le gustaba matar pájaros para comérselos y era tan bueno con la hondilla de hule que lo hacia por docenas. Pero luego, cuando creció y se hizo joven, la cacería de pájaros la fue dejando de lado. Todo esto quizás porque en el parque aprendió a compartir con las palomas, los zanates y los gorriones. Por esta razón, quiso saber si todavía guardaba la habilidad y la puntería con el arma, allí se llevó una gran sorpresa emocional. A veces las personas cambian y no se dan cuenta, a veces la costumbre es tan fuerte que no da tiempo de reflexionar sobre su contenido y se queda en lo superficial.

Había un pájaro amarillo llamado popularmente "chillo" que jugaba en la punta de un árbol como a treinta metros de altura, volaba cinco metros y volvía a la punta del árbol. Romax quiso darle una lección de sobrevivencia: "siempre se tiene que estar atento a lo que sucede alrededor nuestro", se dijo a sí mismo. Luego agregó: "lanzaré una piedra a unos metros de distancia para asustarlo, así él aprenderá la lección", sin saber que quien la aprendería ese día sería él.

Estiró los hules de su honda, apuntó y dejó escapar la piedra, la siguió en su trayectoria, todo iba como planificado cuando el mentado pájaro cambió su rutina. Salió volando antes de lo previsto. El ave fue golpeada en pleno vuelo y comenzó a caer dando vueltas como un helicóptero estropeado. Romax sintió que su corazón sufrió un gran impacto emocional, no tuvo tiempo de reaccionar y se dedicó a ver su obra en cámara lenta. Cada vuelta que daba el pajarito herido, le sacaba un grito del alma. Al verlo caen sobre unos matorrales, corrió para darle auxilio y tratar de reparar el daño que había hecho. Lo encontró gritando de dolor y sus chillidos lo estremecieron. Trató de tomarlo entre sus manos, pero el ave lo picoteó sacándole sangre de éstas como diciéndole: "¡Por tu culpa, por tu culpa, por tu gran culpa!". El chico le pidió perdón y le curó el ala herida porque solamente había sido un roce; se lo llevó del lugar para darle de comer y beber. Después de un buen momento, el ave al sentirse recuperada se marchó con mucha dificultad.

Romax había aprendido la lección: "antes de enseñar, es necesario aprender a respetar la manera de pensar de los demás".

En ese momento, la sociedad salvadoreña se veía bombardeada por todos los medios de comunicación y se podía decir que cada periódico, radio o televisión solamente daba una parte de la información verdadera. A partir de toda esta telaraña de mala información para inculpar a unos y defender a otros, Romax sacó una reflexión en "EL DEDO" que se llamaba "frente al espejo" y ésta decía así:

Esta mañana, al verme frente al espejo, me pregunté si era verdaderamente yo quien estaba delante de él, porque a pesar de estar mi imagen frente a mí, la duda de mi presencia me hacía reflexionar. ¿Qué máscara utilizaré hoy? De sobra sé que en la vida nos presentamos de muchas maneras delante de las personas, pero nadie sabe verdaderamente quiénes somos. Delante de la familia, podré ser un buen padre; delante de los amigos, un buen muchacho; delante de las mujeres, un buen partido; en mi trabajo, un trabajador honesto y así sucesivamente según las diferentes situaciones que se vayan presentando. Pero en verdad ¿soy lo que la gente realmente ve? O ¿soy lo que quiero que ellos quieran ver?

¿Cómo es posible que el hombre haya perdido respeto por el mismo hombre? Que la muerte pase a ser tan normal me hace reflexionar mucho, me duele pensar que las personas se acostumbren a ver la muerte de un semejante como algo normal. Hoy en día, en mi pequeño terruño de café, el ser humano es considerado de poco valor en la vida, sobre todo si es de origen humilde. Es fácil decir: "¡Ese es subversivo! ¡Esa familia es comunista!", para que por la noche aquellos que se llaman justicieros tomen el poder de las armas y salgan a ejecutar a cuanto crean sospechoso de pertenecer al bando contrario. Pregunta: ¿Quién les ha dado el permiso de quitar la vida? ¿Dónde está la libertad de pensar y actuar diferente?

Los hombres solamente somos instrumentos de la creación, no somos los dueños de ella. Los hijos no nos pertenecen y por esta razón no tenemos derechos sobre ellos, pero sí responsabilidades porque a través de ellos nos santificamos. Todos añoramos un poco de paz, ya estamos hartos de tanta violencia; tanto de un lado, como del otro. Pero ¿dónde comienza a gestarse ésta? me lo he preguntado y he llegado a la conclusión de que debe comenzar en el corazón de las personas. Alguien que no tiene paz en su interior, no es capaz de transmitirla; si en un hogar no hay paz ¿cómo los hijos serán instrumentos de paz? El mundo nos bombardea de realidades belicosas. No necesitamos películas y juegos de guerra porque nuestra realidad va más allá de un simple juego o película. Se dice que la paz crece en la libertad y la justicia, entonces tenemos mucho camino por recorrer aún. No tenemos libertad porque ni siquiera podemos decir lo que pensamos y no hay justicia porque parece que ésta se inclina más para un lado que para el otro. Como por magia, siempre los que tienen el poder se salen con las suyas y las impunidades cometidas siempre son contra los más pequeños y frágiles, contra aquellos que no se pueden defender. Ah y si uno se levanta, o levantan la voz, lo tratan de traidor a la patria. Entonces ¿qué hacemos? si nos quejamos nos tapan la boca por bocones, y, si ayudamos a los que se quejan, nos atan las manos por metidos. ¡Qué contrasentido!

Me pregunto: ¿Quién es más ladrón? ¿Aquél que roba una tortilla porque no tiene que comer o aquel que roba un millón porque no le gusta su sillón? La realidad nos demuestra que el ladrón de tortillas está sentado en la cárcel de "Mariona" y el del millón con aquel que dirige la nación. Si ambos son ladrones ¿Dónde está la justicia?

Es difícil ser quien se quiere ser en una sociedad donde se debe ser lo que los otros quieren ver. ¿Dónde está la verdad de la persona humana?, Ese ser que se diferencia del animal. El hombre se comporta como animal devorador de su propio semejante. No simplemente es maldito aquel que jala el gatillo de la pistola, sino también aquel que lo planificó y el que dio la orden. No es más culpable aquel que comete el crimen que aquellos que lo apoyan o lo consienten. Nuestra sociedad ha caído en un canasto donde aceptamos muchas cosas que no deberíamos consentir. Eso sí, si nos tocan personalmente, cuando nos atañe, la visión cambia de punta a punta. Tanta discrepancia en nuestra sociedad y tanto egoísmo nos ha llevado a nuestra situación actual. Si nuestros ancestros hubieran sido más inteligentes y menos egoístas, hubieran podido ofrecer mejores condiciones de vida a sus semejantes; esto hubiera provocado que los más pobres tuvieran la oportunidad de mejorar sus vidas. Aquel que nació en cuna de oro se cree con derechos de rey por el simple hecho de tener la ley de su parte y arremete contra aquel que reclama una parte de la herencia de sus padres que en determinado momento alguien decidió que no era digno de tener pertenencias. La culpa no está en tener, sino en negarse a compartir. Si hubiera sido lo contrario, ¿cuál sería su actitud? Sólo es posible comprender el sufrimiento ajeno poniéndose en el pellejo de aquel que lo sufre en su seno.

Hoy frente a mi espejo veo a un hombre enfermo, paralítico de rencores, amarguras, envidias, vicios, egoísmos y mucha mala fe en sus actos. ¡Pobre corazón mío!, porque no sabe hablar de amor y muere viviendo por no haber llenado su vida de sana alimentación, es decir: ayuda mutua, solidaridad, comunidad, alegría de vivir, sueños y esperanzas, fe y comprensión. Si yo mejorara, creo que mi alrededor mejoraría; pero ¿quiero mejorar? O ¿es más fácil seguir viviendo cómo los avestruces?, con la cabeza metida en la tierra mientras pasa el peligro. ¿Quiero ser protagonista de una solución o simplemente ver pasar la carroza siendo un simple espectador de la procesión?

Mi deseo es poder ver en mi espejo el reflejo del hombre que soy verdaderamente, no un simple espectro de alguien que imita lo que los otros desean ver. ¿Quién podría ayudarme a distinguir en mi camino a los hombres de los espectros, a la verdad de la mentira, al humano del animal? Tengo fe que en el hombre existe suficiente amor por la vida, que terminará por encontrar una solución para respetarla. Dios no puede ser tan mal creador; si creó a las plantas y los animales con tanta sabiduría, tuvo que tener mucho amor para crear al hombre dándole tanta libertad para crear y destruir.

Soy guanaco y me siento guanaco; por eso me duele ver morir a mis hermanos guanacos. Yo no soy nadie para decir lo que se debe hacer, pero soy alguien que no está de acuerdo en lo que se está haciendo. Si mis palabras caen como piedras en el estómago, es porque hay una gran indigestión moral en aquellos que comieron a costillas de los que no tienen que comer.

Repito: la verdad no depende del cristal con que se mira, ni las palabras son malas por vestirse de vida. La verdad es la que lleva en su palabra vida porque al salir a la luz se convierte en resurrección de una muerte anunciada. No deseo que mis palabras sean tomadas como balas para provocar muerte, si no semillas que germinarán vida en aquellos que mueren a escondidas.

Atentamente, EL DEDO.

Romax en sus primeros dos años tuvo la suerte de encontrar a muchos compañeros que de alguna manera le enseñaron alguna faceta de la vida para crecer como persona. A uno de ellos, le había puesto de sobrenombre "eco", porque siempre al hablar repetía frases celebres de algún personaje histórico que había marcado la humanidad. A simple vista, parecía un estudiante mediocre pero en realidad era un tipo muy inteligente que poseía una sensibilidad social muy aguda. Estaba metido en algunas organizaciones que apoyaban indirectamente a los más dañados en el conflicto armado y siempre le decía a Romax: "no es posible pasar como un autómata en nuestra sociedad viendo que a nuestro lado hay tanta necesidades. Me preguntó si vale la pena estudiar ciencias sociales, revindicar las cosas negativas y al finalizar mis estudios, cambiar de bando como si nada hubiera pasado. Hay tantas cosas incoherentes en esta sociedad que a veces me dan ganas de vomitar. Me dan ganas de renunciar a todo y marcharme a las montañas para ver si puedo ser más útil con aquellos que no tienen nada y quieren defender lo poco que tienen: su dignidad de persona." Romax siempre lo escuchaba atentamente aunque siempre se guardaba su opinión. Su amigo se terminó marchando a las montañas al tercer año universitario. Esta amistad los uniría en el futuro en circunstancias muy diversas.

También, una amiga muy cercana, con la que había entablado una bonita amistad, le enseñó que en el darse a los demás se podía encontrar la felicidad. Ésta se decía "católica practicante" y siempre retaba al chico porque éste se llamaba "católico no practicante". Ésta le decía: "o se es católico o no se es, simple como eso. La fe católica tiene que ser una fe viva que se debe manifestar a través del servicio hacia los demás. Si tu te quedas dentro de tu bola de cristal sin hacer nada, eres un simple payaso que se viste de católico para presumir delante de los demás". Tiraba duro, piedras directo al corazón. Según comentaba, ella ayudaba a los niños y a los jóvenes de su colonia, visitaba a los enfermos, recolectaba víveres para los desplazados y, sobre todo, trataba de confortar a los que sufrían pérdidas en la guerra. Muchas veces lo invitó a compartir sus actividades para que se llenara un poco de humanismo, pero Romax siempre encontró una buena excusa para negarse. Aunque en su interior, él la admiraba mucho por su desprendimiento y su bondad con los otros.

La muchacha tuvo la oportunidad de conocerlo mejor y cambiar un poco su manera de pensar. Ella se convirtió en su mejor amiga, porque de alguna manera se complementaron, ésta le daba un punto de vista espiritual y él aportaba el lado práctico y racional. La vida les dio un empujoncito para que profundizaran su relación. En el segundo año, ella rompió con su novio porque éste la traicionó con otra amiga y ésta cayó en una depresión muy fuerte. No es fácil romper una relación en la cual se ha invertido mucho tiempo y esperanzas, es como subir en un globo de aire y en el cielo pincharlo de improviso para dejarse caer sin paracaídas.

La cualidad de escucha hizo que Romax se convirtiera en el paño de lágrimas de la dama en convalecencia sentimental. En cierta manera, le ayudó a recuperarse de ese dolor escuchando y ayudándola en sus clases y deberes. El joven le dedicó mucho tiempo a pesar que no poseía y ella lo reconoció cuando se recuperó a los dos meses.

Si había algo que le encantaba a Romax de su amiga era su manera de ser, la personalidad que poseía. Ella era muy segura de sí misma, sabía lo que quería y lo que no quería. Si algo no le gustaba se lo hacía saber y lo contrario era igual. Ella se había prometido darse un buen tiempo antes de comenzar una nueva relación y auque los gorriones universitarios rondaban el jardín, ésta no les paraba bola. Algunas veces tuvo que alejarlos poniendo a su amigo como su pretendiente sin que éste último lo supiera. Romax sospechaba algo porque sin haber motivo alguno ella se ponía muy melosa y se le pegaba mucho, pero después del susto volvía a su forma habitual: un poco distante y dedicada a sus estudios.

Esta relación de amistad duró hasta el cuarto año porque ella tuvo que dejar el país para ir al Norte. Era la segunda mujer, en la vida de Romax, que alza vuelo dejándolo en el nido sin poder decir nada. Ella antes de marcharse le compartió que lo que más lamentaba era que se iba de su país sin verdaderamente conocerlo y que no sabía si algún día volvería a visitarlo. Era amante de la naturaleza y conocía muchos parques naturales, en especial los del lado oriental que era de donde provenía. Entre los que no conocía estaba el famoso "parque del imposible" en el lado occidental del país que lindaba con Guatemala.

Romax la invitó a visitarlo un día antes de marcharse y ésta aceptó con mucho agrado. En ese parque, ellos tuvieron dos experiencias muy lindas: descubrieron un lugar que se llamaba "la cueva del olvido" y conocieron a un brujo indígena que en cierta manera les leyó el futuro. La cueva estaba bajo las aguas de un pequeño río que solamente se podía descubrir bañándose en la poza que formaba la pequeña cascada de un metro de altura. Ahí se descubrieron como hombre y mujer, se entregaron al tiempo y lo olvidaron todo al día siguiente.

En ese lugar olvidado, descubrieron una flor muy hermosa llamada: "la flor del amor" que solamente florecía en el mes de febrero. El chico le tomó una fotografía y la guardó en el álbum de los recuerdos. Esta imagen le daría una oportunidad de encontrarse con su pasado en un futuro lejano.

En esa visita, Romax quedó impresionado por las palabras de un indígena muy anciano que sin conocerlo le abriría las puertas de su vocación personal. Los indios mayas le llaman "tata" al anciano y le ofrecen mucho respeto porque sus palabras están llenas de mucha sabiduría. Éste le dijo: "tu nacimiento fue bajo el signo del puente y el camino, es el que indica el medio, la forma y la condición de la marcha de la vida. Eres el puente que corta el camino, que atraviesa las aguas y reduce las distancias. En tu día de nacimiento, el "Ahau" del cielo hizo la primera escalera o enlace espiritual y descendió del cielo en medio de las aguas; caminó sobre ellas para abrir el camino de la vida de todas las criaturas. Tú serás un buen orador, tus palabras saldrán de tu boca como una verdad irrefutable, por lo que serás respetado. El color amarillo será el signo de tu fe para que vivas en tu planeta preferido, la Tierra. Has sido concebido bajo el signo "K'at" que significa que desarrollarás la vida espiritual y podrás llegar a ser un anciano sabio; tus palabras significaran la liberación para muchos. Tu destino está ligado a "Aspu" la resurrección del espíritu para la trasformación de la vida. Significarás el triunfo del bien sobre el mal. Serás una estrella que brillará muy fuerte, un personaje que muchos admirarán. Tu vocación está ligada con la gente y las letras, te inclinarás a guiar a los más pequeños dejando tus huellas como signos de amor".

El cuarto año de estudios fue muy difícil y complicado para Romax porque consiguió un trabajo a tiempo completo y los grupos de estudios no le facilitaron la tarea. En el último trimestre de ese año, Romax se llevó una tremenda sorpresa con una de sus compañeras de inicios. Fue por casualidad que la encontró trabajando en un bar exclusivo, donde solamente llegaba gente de mucho dinero; ellos no se reconocieron hasta que ambos estaban en la habitación. Esta experiencia lo hizo madurar porque aprendió a no juzgar a las mujeres que trabajaban en ese oficio tan mal visto por la sociedad, pero tan apetecido por la misma sociedad.

El último año de estudios fue muy sacrificado para Romax: era su año de presentación de tesis y había ascendido en su trabajo como jefe del departamento. Esto le obligaba a estar levantado desde las tres de la mañana y acostarse muy tarde. Muchas veces se quedó durmiendo en la empresa porque ahorraba una hora de sueño. Solamente estaba durmiendo dos o tres horas diarias. Inclusive en este lapso, por razones de seguridad extrema, "EL DEDO" se hizo casi invisible porque solamente apareció en ocasiones muy raras por falta de tiempo para escribir, aunque por la mente de Romax, las cartas no dejaban de desfilar.

Ese año estuvo lleno de momentos íntimos muy fuertes, el conocimiento de una muchacha que trabajaba en el comedor cerca de las oficinas de la empresa lo llevó a experimentar el deseo de ser padre. Ésta se había quedado sola y esperando un bebé porque su pareja se había marchado a los Estados Unidos, sin saber que la dejaba en estado. La dueña del restaurante la había adoptado como su hija e incluso, le había alquilado una pequeña casa muy cerca del lugar. Romax no supo como se fue interesando en ella, quizás fue el hecho de saber que era huérfana y que estaba sola sin más apoyo que la dueña del comedor. Al principio, ella rechazó su compañía y su amistad de una manera tajante y dura.

Con el tiempo y la paciencia, Romax llegó a convertirse en alguien especial para ella. Como él decía: "fueron las circunstancias y la soledad de ambos que los hizo ayudarse mutuamente". La acompañó durante su embarazo y cuando dio a luz se convirtió en padre postizo para su niña, buscó la dirección de su marido para ponerlo al tanto de la situación y se convirtió en su amante por un muy corto tiempo. En su despedida, en el aeropuerto, le dio un dije en forma de trébol donde aparecían las iniciales de ellos tres: "R, A, R" que significaba Romax, Alba y Rocío. Al final, esta relación lo atraparía años más tarde, sin que él se diera cuenta, de una manera insólita.

El año de la preparación de la tesis, todo había comenzado mal. Él había reservado con anticipación la región occidental del país: Sonsonate, Ahuachapán y Santa Ana. Esto con la idea de hacer un aporte importante a la zona que lo había visto nacer; además, ahí se encontraban todos sus contactos. Supuestamente todo estaba en orden, digo supuestamente porque se la jugaron "chueco". El encargado de la distribución hizo caso omiso de la reservación y se la dio a un grupo de mujeres muy guapas sin avisarle, esto provocó que al final no les quedara otra opción que hacer su trabajo de tesis en la región conflictiva: San Miguel, Morazán y la Unión.

Todos sus compañeros de tesis tenían muy buenos puestos como ejecutivos en distintas empresas; el único que sólo era jefe de un departamento era Romax. Para ellos, según sus opiniones, el cartón del diploma no les importaba mucho. Esta opinión llegó a oídos de los catedráticos, y éstos se pusieron muy exigentes con el grupo, tanto así que llegaron incluso a insultarse verbalmente. En ese momento, Romax estaba luchando contra muchos frentes al mismo tiempo: el trabajo, los compañeros de tesis, los catedráticos, la guerra civil y él mismo.

Éste se veía en medio de un remolino que lo estaba llevando al fracaso escolar. La tesis tenía como objetivo hacer un estudio de las cooperativas del sector agropecuario de las zonas mencionadas, porque habían sido creadas con el programa de la reforma agraria implantada durante la presidencia de Napoleón Duarte.

El grupo hizo varios viajes para realizar el estudio de campo del proyecto. Por suerte para los miembros del grupo, Romax había dejado de trabajar y el último viaje lo realizó solo. Éstos obtuvieron la información necesaria para concluir la tesis, pero Romax se vio implicado, durante una semana, en un secuestro que lo llevó a conocer las montañas de su país donde tendría una experiencia que lo marcaría para toda la vida.

En medio de las montañas encontraría a su amigo "Eco " que se había convertido en un importante comandante de la guerrilla que defendía a un pueblo indígena que había sido desterrado de sus tierras a la fuerza. También, ahí entre matorrales y cuevas, aprendió a respetar a los homosexuales y a sentirse útil al ayudar a una muchacha que había sido violada por unos soldados. Ésta había caído en el desconsuelo y la desolación. Una bebida milagrosa, que más tarde descubriría que era extraída de la flor del amor, le curó el cuerpo y el alma a la enferma.

Romax en su intento por ayudarla a recuperar su estima de mujer, se inventó una terapia personal que a la postre le ayudaría a devolverle el gusto por la vida. En esta ocasión, éste descubre que detrás de las fronteras existen otras personas, otras ciudades y otras culturas donde la paz se puede palpar más fácilmente. Un deseo interior de dejar ese ambiente hostil se instaló poco a poco en su corazón, esto sin saber que el día de mañana se vería enfrentado a una decisión que en su mente ya se había comenzado a plantear desde este momento.

La tesis se terminó con muchos problemas entre los miembros del grupo e igualmente con los jurados del trabajo. Los profesores habían jurado dar malas notas de pasaje para dejar un precedente de humildad a los futuros profesionales. Los muchachos se presentaron a la exposición oficial sin mucho problema, pero el resultado advertido de antemano se mantuvo, pasaron la exposición pero no la tesis. Los catedráticos creyéndose protegidos olvidaron que habían violado una de las reglas de la institución, es decir: una tesis desde el momento de ser aprobada para su exposición pública ya tiene su nota de pasaje alcanzada, el resultado sobre la exposición es diferente. Romax se basó en este artículo universitario para pedir la ayuda de su amigo el rector, éste hizo las averiguaciones del caso y obligó a repetir la exposición oral de la tesis; al final de cuentas, los que salieron perjudicados fueron los docentes, por su manera poco profesional de actuar.

El día de la graduación, al recibir la noticia de haber logrado su diploma, Romax sintió que todo un peso se le caía de sus espaldas, hasta se sintió flotar en las nubes. Nunca antes, un triunfo le había dado tanta satisfacción. Había cumplido con la promesa hecha a su padre y además, había mostrado a sus hermanos que si se deseaba algo con el corazón, esto se podía lograr.

Él había aprendido que nunca se debían bajar las manos en una pelea, que siempre existe una salida para aquel que actúa con justicia y honestidad. Que hay personas extrañas de buen corazón dispuestas a brindarle apoyo a aquel que busca la verdad. Que no siempre los mejores estudiantes son los que obtienen las mejores notas. Y que no siempre de la familia se obtienen los mejores apoyos. Después de la graduación, Romax se dedicó a buscar trabajo en su profesión, pero parecía que la suerte le había dado la espalda. Solamente le salían trabajos temporales; la falta de contactos en un país donde la mano de obra es barata es un factor negativo en la búsqueda de trabajo. Luego de muchos intentos, pudo ubicarse en una empresa de seguros de vida como representante de ventas, en otras palabras vendedor de seguros de vida. Lo bueno de este trabajo fue que recibió muchas formaciones y le permitía viajar por todo el país; el problema era la sensación que le dejaba. Él sentía que a pesar de ofrecer algo bueno, ya que él mismo había sido beneficiado por el seguro de vida, la gente lo compraba más que nada por un impulso de venta y de emoción.

Romax sabía, según las estadísticas, que la mayoría de personas tenían problemas para mantener una constancia de ahorro. Solamente el cinco por ciento llegaba a los cinco años pagando un seguro. Por lo tanto, tarde o temprano perderían el seguro adquirido y el dinero invertido. Eso le dejaba un mal gusto en su conciencia, por eso decidió cambiar de empleo.

Después de mucha búsqueda sin obtener buenos resultados, Romax trató de mantenerse positivo pero, en su interior, él creía que la vida le quería decirle algo importante. Las cosas no suceden por casualidad, pensaba. Todo este caminar me tiene que llevar a alguna parte; todas estas experiencias negativas quieren decirme algo. ¿Dónde estoy fallando?, se preguntaba constantemente. Su espíritu comenzaba a revolverse como un pequeño remolino dentro de su ser que un buen día lo llevaría a cuestionarse más profundamente.

"No por mucho saber el hombre se hace más sabio,
muchas veces tanto estudio nos vuelve
prácticos, lógicos e inhumanos;
la sabiduría de la vida está en la simplicidad de ésta."

2.7 Tiempos de guerra

La situación política del país se vio agravada porque el conflicto armado se trasladó del campo a la capital. Antes se sabía de los combates que el ejército y la guerrilla hacían en las montañas, pero poco a poco las bombas y disparos comenzaron a interrumpir las noches capitalinas. La tensión y la psicosis de la gente se hicieron presentes en el ambiente. Las huelgas estudiantiles y sindicales se convertían en manifestaciones políticas que casi siempre terminaban en intervenciones militares teniendo como resultado: muertos, heridos y desaparecidos.

La universidad nacional se convirtió en un semillero de revolucionarios y orejas donde no se podía confiar en nadie. Siendo los hermanos de Romax estudiante de dicha institución, la familia decidió poner las bases muy claras y sólidas para evitar problemas futuros. Ellos establecieron que por ninguna circunstancia llevarían al hogar material revolucionario y que deberían advertir a los amigos de dicha norma familiar.

La casa era objeto de mucho movimiento estudiantil porque cada miembro llevaba a sus amigos en las reuniones de trabajo escolar. Los vecinos ya los conocían y confiaban en ellos, pero los más alejados comenzaron a desconfiar al ver tanto joven entrando y saliendo del lugar. No tardaron mucho en recibir las primeras visitas militares con la mentira que hacían cateos en todo el barrio. Ellos nunca encontraron nada que pudiera inculpar a los muchachos, pero la familia se dio cuenta de que se habían convertido en gente marcada que solamente esperaba un pequeño detalle para saltar sobre la presa.

La guerra ya formaba parte de la vida diaria del capitalino y hasta se había perdido el miedo a la muerte. Los barrios clandestinos fueron floreciendo en las orillas de los ríos, de las carreteras, cementerios y sitios baldíos. La ciudad comenzó a presentar una cara diferente, la criminalidad aumentó cada día más, la suciedad se hizo omnipresente y los servicios públicos casi eran inexistentes; sin contar que el país no se escapaba de las arremetidas del tiempo a través de temblores, inundaciones y sequías.

En el diario vivir se escuchaba un tiroteo y se trataba de ponerse a salvo, pero cuando terminaba de pasar, se continuaba haciendo lo que se estaba realizando como si nada hubiera pasado. Claro que siempre los curiosos se aglomeraban cerca de los hechos para darse cuenta del resultado de la operación. La morbosidad se puso muy de manifiesto en las personas. La gente, a pesar de que no lo expresaba, andaba siempre de prisa y explotaba con facilidad, síntomas de un estrés palpable. Quizás por eso, los bares no dejaban de funcionar y la gente trataba de divertirse aprovechando cualquier fiesta que salía al camino. En medio de tanta guerra, los fines de semana se salían a las playas, reuniones familiares y paseo para tratar de respirar algo positivo.

Romax se creía "bañado en ruda" por la buena suerte que tenía porque la muerte se le acercó varias veces por estar en el momento y en el lugar equivocado. Él siempre decía: "¡Tengo mucha leche!, hay una estrella que me protege". En su mente hablaba de su padre que, según él, lo seguía protegiendo desde el cielo.

Todo estos encuentros con la muerte lo habían hecho un hombre muy reservado y sumamente protector de sus hermanos, a pesar de que él se daba ciertos atrevimientos aventureros sin medir el peligro, como el día que habían atacado el cuartel de la policía, cerca de donde vivía un primo y se fue a visitarlo en contra de los lloriqueos de sus hermanas. Romax estaba preocupado por su primo porque vivía a una cuadra del cuartel que habían atacado; éste, creyendo que todo se había calmado, como sucedía a menudo, se fue a visitarlo.

Todo estaba tranquilo cuando salió de su casa. Sus hermanas no estaban de acuerdo con él, pero algo le decía: "tu primo puede estar necesitando de ayuda, ve a visitarlo". Entonces, sin hacer caso de la advertencia de sus hermanos, se fue a la colonia donde vivía. Al llegar a la casa del primo pudo constatar que todo estaba tranquilo, pero media hora después comenzó nuevamente otro ataque; apenas fueron unos disparos en la distancia. Romax sintió miedo por su familia y se dijo: "debo volver a casa lo antes posible, mis hermanos deben estar preocupados por mí y éstos son capaces de venir a buscarme debajo de las balas." Entonces pensó: "me voy antes de que éstos salgan de la casa y que comience el próximo enfrentamiento". Dicho y hecho, no había caminado dos cuadras cuando comenzaron de nuevo las balas a zumbar por los tejados. En ese momento no había otra elección, tenía que continuar; estaba a medio camino y no podía volver. Todas las casas y edificios estaban cerrados, no había un sólo lugar para entrar y pedir refugio; la situación lo obligaba a continuar. Un peligro inminente rociaba el ambiente.

En su caminar trató de ser lo más prudente posible y lo menos visible. Los edificios de apartamentos con sus callejones estrechos le sirvieron de camino y se fue deslizando literalmente entre ellos. No le faltaba mucho para llegar a su hogar, apenas tres cuadras. El problema era que en ese tramo del recorrido no habían muchas cosas ni casas donde protegerse si ocurría un enfrentamiento. Una gasolinera desahuciada en una esquina, un basurero que cubría buena parte de la acera y dos paredones de lado a lado de la calle que no permitían protegerse de nadie.

Todo ese sector estaba cubierto por arbustos, basura y árboles. Antes de llegar, Romax sintió algo extraño que lo hizo temblar sin razón. Poco a poco se fue acercando a la esquina; el silencio era total. Cuando llegó al cruce, por instinto, fue asomándose con mucha cautela para tratar de ver si no había ningún peligro. En la esquina había muchos arbustos verdes que de alguna manera obstruían la mirada. Antes de sacar la cara, hizo la señal de la cruz y se asomó para cerciorarse de la situación. Al observar que un batallón del ejército venía haciendo maniobras de ataque se asustó porque comprendió que estaba en un buen problema.

Ellos actuaban como en las películas: corrían y se escondían en cualquier cosa, árbol o casa pero siempre hacia delante. Venían haciendo dos filas por la acera, una en cada lado de la calle. La colonia estaba desierta porque los vehículos se habían detenido en ambos costados. Al verlos, Romax se quedó pensando: "¡Miércoles! ¿Regreso o continúo? Mi casa está cerca. ¿Qué hago?" Automáticamente dio un paso hacia enfrente pero no había terminado de darlo, cuando el cañón de un fusil salió de un arbusto donde estaba escondido un soldado de traje verde y pintado con manchas negras en la cara. Estaba tan cerca del militar que la boca del fusil le quedó a unos centímetros de la cara. Éste sintió cómo se aproximaba la punta hacia él, casi de la forma como se acerca una culebra a su presa. Medio se volteó asustado y al ver el cañón del fusil apuntándole en la frente no le quedó otra cosa que levantar las manos en signo de rendición. Ahí comprendió que si su paso lo hubiera dado hacia atrás, en ese momento estuviera muerto.

El soldado le dijo: ¡Alto ahí o mueres!

El chico casi ni respiraba y trataba de no mover un solo músculo de su cuerpo para evitar provocarlo.

—¿Para dónde vas, cabrón? —Le preguntó enojado.

—¡Para mi casa que queda a la vuelta de la esquina! —Le contesto suavemente.

El soldado lo revisó de pies a cabeza y, al comprobar que no tenía armas, le dijo de manera convincente:

—¡Márchate de inmediato de aquí y trata de refugiarte donde puedas!

Romax no espero a que comenzara a contar para marcharse. Él estaba atrapado sin salida y no veía ninguna solución. De pronto, de un montón de basura acumulada en el costado de la calle, salió una voz que le dijo:

—¡Muchacho, ven!

El chico algo asustado volteó para buscar la voz que lo llamaba y descubrió a una familia muy humilde y muy pobre que vivía en una casa de cartón que lo invitaba a refugiase con ellos.

Romax no dudó un minuto en aceptar la invitación ya que no tenía otra opción. En el lugar, el chico pensó: "he pasado muchas veces por este sitio y nunca antes había visto esta casa." La familia estaba compuesta del papá, la mamá y dos hijos pequeños. Durante el tiempo que estuvo ahí no habló mucho porque la situación exterior acaparó la atención de todos, pero aún así él tuvo la curiosidad de observar a cada uno de los presentes.

A penas el contingente de soldados desapareció de su vista, el joven volvió a tomar su camino rumbo al hogar. "Cuando todo esto pase les vendré a dar las gracias personalmente y les traeré algo en agradecimiento", se dijo para sí mismo.

El susto no terminó ahí porque al cruzar para entrar a la cuadra de su casa se encontró que en la otra acera, justo donde estaba su demora, una columna de soldados aguardaban en cuclillas las órdenes para avanzar. Éstos al verlo, se le quedaron mirando y no dejaban de apuntar sus armas hacia él. Romax se sentía como un blanco de tiro porque conforme se movía, las bocas de los fusiles se desplazaban en su dirección. Cuando llegó a estar frente a su casa, les pidió permiso para entrar y éstos se lo dieron al comprobar la dirección con la cédula de identidad personal. Sus hermanas al verlo se pusieron muy alegres, pero después le dieron una regañada que nunca olvidó.

A Romax casi nunca le gustaba llevar a sus amigos a su casa, porque según él éstos eran demasiado aprovechados con las chicas. "No puedo llevar estos lagartos a mi laguna", se decía. Quería demasiado a sus hermanas para exponerlas a éstos. Lo mismo sucedía con los amigos de ellas, nunca les abría la puerta de su amistad para no darles entrada para que les cortejasen. Ellos siempre decían que era un cascarrabias y un ermitaño, porque no compartía con ellos. Cuando las hermanas llegaban tarde, siempre les llamaba la atención y hasta se le subía el tono de la voz. La hermana mayor muy sabiamente habló con él y lo puso quieto explicándole las cosas desde el punto de vista de una mujer.

Ese día, Romax desahogó su miedo de mala manera y la hermana mayor, que se dedicó a escuchar la cantaleta de su hermano, lo observaba atentamente. Cuando éste dejó de hablar, ella intervino preguntando:

—¿Romax, me tienes confianza? ¿Alguna vez te he fallado?

El muchacho se sintió desnudado con esas preguntas y sólo le quedó afirmar con la cabeza.

—¡Recuerda que tú no eres nuestro padre, eres nuestro hermano! Comprendo que estés preocupado por nosotras, pero somos personas mayores y creo que sabemos lo que hacemos. Tu manera de actuar está fuera de sitio porque en ningún momento te hemos fallado ni fallado a nadie en esta casa.

Los más pequeños que observaban la escena confirmaban con el rostro los dires de la mujer.

Romax se sintió muy mal, pequeño e inmaduro. No sabía que responderle a la hermana porque ella tenía toda la razón. Ésta por su parte continuó diciendo:

—Si quiero acostarme con un hombre no repararé en hacerlo aunque tú estés presente. Pero me duelo tu desconfianza, parece que no me conoces.

Las lágrimas comenzaron a salir de los ojos de ella y él chico no tuvo otra opción que reconocer su error y, aunque no pidió perdón, sus gestos demostraron que estaba arrepentido. Desde ese día, jamás volvió a reclamarles por su comportamiento o sus llegadas tarde.

Romax se volvió un poco frío sentimentalmente. Se negaba a comprometerse categóricamente hasta con los animales, porque decía que después sufría mucho cuando éstos lo dejaban. En ese lapso, murieron muchos familiares cercanos: primos, tías, tíos y hasta su abuelo. Sus hermanos fueron a sus velorios y entierros, pero él siempre ponía cualquier pretexto para no ir. Aún la muerte de sus padres le pesaba mucho y la manera de protegerse era encerrándose en sí mismo. Por esa razón, las mariposas de papel no dejaron de acumularse entre sus cuadernos y nuevas expresiones literarias brotaron de su ser. La fábula y la parábola aparecieron en el cielo de su vida. Algunos ejemplos son: "El perro y su amo; La cigarra y la mariposa; La guitarra en la pared; La semilla y otras más." La semilla decía así:

Un día, el viento, a quien le gustaba llevar y traer cosas, encontró una semilla en el suelo y decidió invitarla a volar para que conociera otros lugares muy hermosos en la tierra. En el transcurso del viaje, se hicieron muy amigos y conversaron de casi todo, intercambiaron opiniones e inclusive sueños.

En una de esas conversaciones, la semilla le dijo al viento: "me gustaría que me dejaras en un lugar muy hermoso, donde la tierra sea fértil porque quiero realizarme como planta; yo sé que vengo de una especie muy linda y me gustaría saber si yo seré igual"

El viento, al escucharla ilusionada, no fue capaz de negarse a ese pedido y le dijo: "de acuerdo, pequeña, cuando lo encuentre te lo haré saber y te depositaré ahí."

Al buen rato de volar, el viento le dijo: "¡Semillita! ¡creo que he encontrado el lugar perfecto para ti! Este es el mejor lugar para dejarte. La tierra se ve negra y pura, está cerca un riachuelo, hay muchas plantas y el sol sale casi todos los días. ¡Creo que aquí, tú serás feliz!"

La puso con mucha delicadeza sobre un espacio libre de tierra y con un pequeño soplo, la cubrió. La semilla estaba feliz, sólo era asunto de esperar que el tiempo hiciera su obra. Pasaron los días y nada ocurría, hasta que un día, al despertar, vio que su cuerpo estaba cambiando; se puso muy alegre y emocionada, cantó todo el día. Al tercer día, vio como un rayito de sol penetraba las profundidades de la tierra hasta llegar donde ella; su calor le daba fuerza y sus brotes comenzaron a salir a la luz abriéndose paso lentamente desde su vientre.

La obra se había realizado, se sentía viva, aunque faltaba mucho tiempo para que se hiciera el milagro de ver una flor salir de su cuerpo. Eso no le importaba a ella, estaba feliz y disfrutaba cada momento del día.

No quería que esa hermosura terminara nunca, casi como un susurro suave le salió la primera hoja en su frágil tronco y sintió por primera vez, cómo la fuerza del calor del sol penetraba en su cuerpo hasta tocar sus raíces. Se sintió muy llena de energía para seguir creciendo.

Luego, un día cuando tenía más de diez hojas y parecía una planta bien formada, llegó al lugar un niño y comenzó a arrancar las plantas de su alrededor diciendo: "¡Esta planta no sirve! —La arrancaba. ¡Estas son malas plantas! —Las cortaba." A unas las arrancaba sin dejar ni las raíces sobre la tierra. Otras las quebraba simplemente, dejando a su lado mucha desolación y miedo.

La plantita cuando vio el espectáculo de horror frente a ella, tuvo miedo y se dijo a si misma en forma de oración: "¡Ojalá que no me arranque a mí! Yo no soy una mala plantita, yo soy una linda planta, mis flores son hermosas, sólo tienen que darme la oportunidad de conocerme. No, diosito que no me arranque a mí."

En eso estaba cuando el niño la vio y dijo: "¡Esta plantita es fea! De seguro no sirve para nada. Hace estorbo a las flores más hermosas." Y le quebró el tronquito. Ella sintió que el corazón se le partía en dos y el dolor de su alma se extendía por todo el universo. El chiquillo siguió con su tarea de arrancar las plantas hasta que se aburrió y se fue.

Mientras tanto, la plantita, como el resto de ellas, estaba triste y decepcionada, pensaba calladamente: "si me hubieran dado la oportunidad de demostrar mi verdadero valor, si me conocieran, estoy segura de que me hubieran amado. Yo sé que soy buena planta y mis flores son muy hermosas. Solamente necesito que me den una oportunidad, sólo pido una oportunidad nada más", se puso a llorar muy dolida.

El sol, que la miraba, le decía: "¡Ánimo pequeña! No todo está perdido, siempre tienes que tener esperanza aunque en su momento la vida te demuestra lo contrario. Yo te daré fuerzas. ¡No te desanimes!". La lluvia se metió en la plática y trató igualmente de motivarla diciéndole: "¡Es verdad lo que dice el señor sol!, nosotros sabemos que nada pasa por casualidad y muchas veces aquello que se considera un fracaso o una experiencia negativa no es más que una preparación para que el ser se vuelva fuerte ante la adversidad." La plantita la miraba muy incrédula y con los ojos llenos de lágrimas le decía que aceptaba las palabras, pero que le era difícil de comprender la realidad y su manera de enseñar.

La lluvia viendo que la plantita no cambiaba de actitud se puso en acción y le envió una nube con buena cantidad de agua para refrescarle su maltratado cuerpecito. "¡Yo te ayudaré a superar este problema! Verás qué pronto vas a retoñar", le murmuro. Lo mismo hacían las otras plantas para darle ánimo. Un viejo sauce le decía: "¡La vida es así, a veces nos golpean fuerte pero mientras estemos vivos tenemos la oportunidad de seguir adelante, yo se lo que te digo."

El tiempo, que nunca dejó de mirarla, fue el primer testigo de la obra de Dios. La plantita comenzó a retoñar y la sonrisa le reapareció en la cara. Los que la rodeaban igualmente compartían su alegría y se motivaban mutuamente. La vida continuó su marcha, pero no tardó mucho en presentarle otra cara negativa.

Los gritos comenzaron a escucharse en la distancia, unos lloraban, otros gritaban y la locura se instaló en el campo. La plantita no sabía el por qué de tanto alboroto a su alrededor hasta que alguien le dijo: "¡Alguien está matando a las plantas! Y viene hacia nosotros". Ésta al escuchar esas palabras, comenzó a temblar desesperadamente y se puso en oración para pedirle al Dios de la vida que le ayudara.

Era un hombre con un arma en la mano que estaba cortando los arbustos y plantas. Él tenía el mandato de limpiar el lugar porque sembrarían árboles que dieran frutos en provecho de los seres humanos.

La plantita comenzó a llorar desesperadamente diciendo: "¡No puede ser! otra vez, no". El hombre se acercaba implacable destruyendo a su paso cuanta planta encontraba en su camino; pocas eran las plantas que se habían salvado de su arma punzante. Cuando llegó cerca de la plantita, el corazón de ésta parecía que le iba a salir del cuerpo. Lo miraba y dentro de ella, lloraba ríos de dolor.

Un vacío se instaló entre los dos, ambos se miraban fijamente. En ese momento el Dios de la vida penetró en el corazón del hombre y lo llenó de ternura. La planta cerró los ojos esperando el golpe final que la arrancara de este mundo, pero para su sorpresa ese trueno destructor nunca llegó porque el hombre cambió de parecer al observarla con cuidado. Éste la vio, se le quedó mirando, la acarició cuidadosamente y dijo: "¡Será, será …! Ésta no es cualquier planta, tiene algo especial."

Al escucharlo, la plantita le gritaba sin ser escuchada: "¡Sí, yo no soy cualquier planta! Señor, díselo. ¡Por favor! que no me mate, te lo suplico." El hombre, como escuchando una voz en su corazón, dijo: "creo que esta planta pertenece a una flor muy hermosa, voy a cuidarla para ver si es verdad lo que pienso; si dentro de unos meses no florece la cortaré para darle oportunidad a otra." Al escucharlo, la plantita sintió una gran tranquilidad y se prometió poner todas sus fuerzas para demostrar su verdadero valor.

A partir de ese día, el hombre la cuidó con mucho esmero: la regaba, abonaba y, poco a poco, se iba enamorando de ella al verla crecer sana y fuerte. Cuando se hizo un hermoso arbusto, grande y fuerte, ésta le dio la primera gran sorpresa. Fue un día de primavera, aparecieron unos brotes de capullos muy hermosos, amarillos en su vientre y blancos en sus pétalos. Al poco tiempo el arbusto se convirtió en un lindo árbol de flores blancas con corazón rojo y amarillo. El arbusto reinaba con su belleza en su contorno de plantas.

Cuando el hombre la vio convertida en toda una hermosura, su felicidad y satisfacción fueron tan grandes que le llenaron el alma de alegría. Se decía así mismo: "¡Yo tenía razón! Ésta no era cualquier planta, algo en mí me lo decía."

Por su parte, la plantita se sentía orgullosa de su vestimenta y se decía: "¡Yo tenía razón!, mis flores y frutos son hermosos. Yo sabía lo que valía, sólo necesitaba una oportunidad."

El hombre y la plantita estaban muy contentos, uno por creer en lo que sentía, y la otra por haber tenido la oportunidad de darse a conocer y demostrar cuán hermoso era su sentir.

Romax quería demostrar con esta pequeña historia que en la vida, a veces juzgamos a los otros antes de conocerlos, sin darles la oportunidad de demostrar su verdadero valor. La misma situación de guerra que vivía el país, había provocado que su primo el médico pidiera asilo al exterior de su patria, Suecia, porque su vida de repente se vio amenazada. Muchas veces, utilizaron a la fuerza sus servicios para curar heridos a escondida de la fuerza pública. Comenzó a conocer gente de ambos lados y este conocimiento lo hacía peligroso para los dos bandos. Al primo no le quedó otra opción que buscar una salida para escapar de ese sándwich donde se encontraba.

Esa situación puso a la familia de Romax muy triste porque verdaderamente habían construido una linda relación con ellos. El primo necesitaba vender todo lo que pudieran en el menor lapso posible y la casa en donde vivían los chicos la trataron de negociar, pero nadie se las quiso comprar, sobre todo porque necesitaban el pago en dinero en efectivo para cambiarlo por dólares americanos.

Al primo se le ocurrió la idea de vendérsela a los muchachos porque él sabía que tenían un dinero en el banco; le propuso la idea a Romax y éste la consultó con sus hermanos. El problema para los chicos era que se quedarían sin un ingreso seguro cada mes y eso podría poner en peligro la seguridad familiar. En consenso tomaron la decisión de comprarla para ayudar a su primo que les había ayudado mucho, pero poniéndole la condición que le darían el máximo de dinero posible, el ochenta por ciento de la suma, y el resto se lo completarían con cuotas fijas cada mes, sin intereses. Las dos partes llegaron a un acuerdo y a partir de ese día, la casa pasó a ser parte de los cuatro, porque el menor no había cumplido la mayoría de edad y no podía figurar en la escritura.

Al poco tiempo, el primo se marchó del país y los chicos le fueron depositando en una cuenta de un banco la cuota mensual. Ellos preferían cumplirle a su amigo, aunque eso significara dejar de comer. Romax y su hermana mayor se las arreglaron para sustituir el dinero que necesitaban para sobrevivir, muchos meses fueron las amistades quienes les echaron la mano financieramente para ayudarlos a salir del atolladero. Ese gesto marcó al chico muy fuerte porque las amistades, sobre todo de la hermana, nunca se negaron a darles una mano en los momentos difíciles.

Romax no poseía muchos amigos y los que tenía no actuaban de la misma manera, quizás porque éste no les daba mucha entrada y los mantenía al margen de su vida personal. En el fondo envidiaba las amistades de su hermana mayor, pero no se atrevía a cambiar porque sabía que era su personalidad introvertida que lo limitaba en ese campo.

La capital salvadoreña era conocida por los indios mayas como "la ciudad de las hamacas" porque sus movimientos sísmicos eran continuos aunque en su mayoría no eran detectables por el ser humano. En muchas ocasiones, los terremotos causaron daños humanos y materiales muy considerables. En el año 1986 la ciudad experimentó una sacudida muy fuerte que marcó espiritualmente a todos los salvadoreños y puso su nombre en la historia del país.

Ese día, miles de personas desaparecieron en menos de lo que canta un gallo, murieron bajo los escombros de muchos edificios o callaron para siempre sin ser encontrados. Grandes estructuras se hundieron completamente, raros fueron aquellos que no tuvieron grietas, las calles se abrieron como si se estuviera en pleno desierto y el miedo en mujeres y niños era palpable a simple vista.

Romax, en ese entonces, trabaja aún como jefe y para incentivar a sus subalternos a donar sangre se ofreció para ser el primero. Además, la empresa decidió dar descanso a todo aquel que tomara parte en la actividad de la cruz roja. Por esta razón, Romax había llegado a su casa como a las once de la mañana con la idea de ponerse escribir alguna mariposa de papel para sacarla a volar en alguna noche de luna llena.

A eso de las doce del día, un ruido muy raro comenzó a escucharse a lo lejos. Era un poco sordo y lejano, casi como saliendo de ultra tumba. Un silencio se instaló por todas partes y en menos de poder decir ¡qué pasa! Todo había comenzado a moverse.

Al principio, Romax creía que se sentía débil por la sangre dada, pero al oír el griterío de su hermana y su sobrina, que lo acompañaban en ese momento, se dio cuenta de la verdad. Era un terremoto, porque todo se movía con mucha fuerza y enojo. Parecía como si la tierra quisiera sacudirse una escarcha que tenía en su piel. Era espectacular la escena que pasaba delante del chico y éste la retenía en cámara lenta: las paredes se hacían de un lado para el otro como si fueran de plástico, los ruidos de las vigas y techos parecía como si un gigante masticara papas tostadas y, en medio de todo ello, los gritos de la gente ponían los nervios de punta como si se estuviera viendo una película de horror.

Romax tranquilamente se colocó bajo el marco de la puerta y atrajo hacia su cuerpo a las mujeres que querían salir. Las paredes se comenzaron a grietar, los árboles parecían que se mecían tocando con sus ramas el suelo y los postes de la luz eléctrica se balanceaban tirando chispas y soltando sus cables. Todo eso no duró más de un minuto y, al calmarse todo, salieron al patio delantero porque estaba más libre.

Después del primer susto, las preocupaciones por aquellos que estaban fuera del hogar se sumaron y las informaciones de la radio que describían la amplitud del desastre alarmaron a medio mundo en el país. Las comunicaciones quedaron destruidas y solamente la radio era el medio de comunicación que daba cuenta de lo ocurrido. Según esta fuente, el epicentro se había originado en el centro de la capital. Muchos edificios se hundieron completamente y la mayoría quedó en malas condiciones; también hubieron muchos barrios donde las construcciones se convirtieron en la tumba para sus dueños. El terremoto había agarrado a todo la gente en sus labores cotidianas y por esta razón la preocupación era grande, casi todo el mundo estaba fuera del hogar. Las personas comenzaron a caminar rumbo a sus casas porque el transporte estaba inhabilitado porque las calles estaban llenas de escombros.

Por suerte, todos los hermanos de Romax estaban sanos y salvos. Uno a uno se fue sumando al hogar y los corazones de los presentes se iban tranquilizando con cada rostro que aparecía. Las secuelas del terremoto, con menos intensidad, no dejaban a las personas con mucha tranquilidad y se sugirió que no se durmiera dentro de las casas. Los vecinos se solidificaron con los damnificados y Romax con un grupo de jóvenes se dedicaron a recoger ropa, comida y sábanas para llevarlos a los necesitados. Ellos hicieron varios viajes hasta muy entrada la madrugada, pero otro grupo se quedó haciendo vigilia para cuidar las pertenencias de los vecinos mientras dormían porque muchos ladrones se desataron para aprovecharse de la situación. Como dicen "en río revuelto ganancia de pescadores".

Al día siguiente, Romax se fue al trabajo y al ver todo patas arriba se puso a ordenar el lugar. En ese momento ningún alto dirigente estaba en la empresa y el como jefe tuvo que tomar ciertas decisiones importantes, afortunadamente el presidente de la compañía se puso en contacto con el chico y le dio plenos poderes. Un incendio se desató en las instalaciones y amenazaba con destruir todo. Juntos echaron manos de lo que tenían y lograron, arriesgando sus vidas, detener lo inevitable. Los pollos que estaban en la bodega, más de quince cinco mil, corría el riesgo de arruinarse. La política de la empresa era tirar a la basura lo dañado, pero el chico se negaba a seguir dicha regla porque el pueblo necesitaba alimentos.

Éste reunió a los presentes y les dijo: "el producto se está arruinando y la empresa debe votarlo en los basureros." Los empleados comenzaron a murmurar porque no estaban de acuerdo con dicha ley.

Romax tomó un pollo descompuesto y lo pasó a cada uno de los presentes para que fueran testigos que el producto estaba dañado. Luego, les pidió que sacaran el producto malo y lo pusieran en un carro repartidor, no eran más de cien unidades. A éstos no les quitarían el empaque para que quedara de prueba en caso de problemas futuros. Después ordenó que al resto de la producción le quitaran el envoltorio y lo pusieran en los vehículos repartidores, a cada empleado y a los vigilantes les dio la oportunidad que escogieran diez. Cuando los vehículos estaban cargados, llamó a los conductores en privado y les dijo: "la orden que les doy es que vayan a votar el producto al basurero, pero como la ciudad parece un basurero; quiero que lo lleven a repartir a los damnificados. Den uno por familia y si alguien pregunta díganle que Dios no desampara a los necesitados. No quiero que lo vendan ni lo aparten para los suyos porque ya les di la parte que le corresponde a cada uno. Esto es un secreto que nos puede costar los puestos de trabajo, así que les pido que me apoyen en esta obra de solidaridad." Todos salieron con los ojos brillando sabiendo que se disponían a ayudar a los más necesitados. Un vehículo fue a tirar los cien pollos en un lugar público para mostrar que se había seguido las reglas de la compañía, pero el resto fue a parar a muchos hogares llevando esperanza y un poco de pan material.

Cuando la calma llegó y los jefes comenzaron a mostrar sus narices, éstos quisieron pedir cuentas de lo sucedido. Romax se había adelantado por teléfono con el presidente y éste le había dado la bendición, claro que el cuento que le presentó estaba un poco lejos de la realidad. Los hechos apoyaban al chico porque había salvado a la empresa. Inclusive le dieron un reconocimiento por la bravura demostrada al apagar el incendio y a cada participante la empresa le dio un bono en dinero efectivo. Nadie habló nunca del gesto de amor hacia los damnificados, pero el personal tenía una gran estima por el muchacho.

Los altos dirigentes estuvieron de acuerdo en las decisiones tomadas por el chico y nunca dijeron nada sobre la posibilidad de repartirlo a los pobres. Eso dejo un gusto amargo en el joven porque en los negocios lo económico siempre iba sobre lo humano. Su profesión estaba entrando en una etapa conflictiva porque se daba cuenta de que lo estaba llevando a un mundo donde la principal divisa era el dinero y los dividendos sobre las personas.

En los días venideros, también se formaron comités de ayuda para los afectados porque se estaba necesitando de todo. Lo recaudado se iba a dejar directamente a las zonas afectadas porque no se tenía confianza en las instituciones humanitarias, por las múltiples ocasiones que se habían descubierto los abusos que habían cometido. Romax ahí constató que, a pesar de estar mal, la gente era capaz de ayudarse entre sí para salir adelante. La esperanza en la humanidad estaba en la humanidad misma. El chico sintió en su corazón un llamado a darse a los demás para tratar de ofrecer un poco de lo suyo, pero su lógica lo puso de nuevo a la defensiva, indicándole que primeramente se tenía que ocupar de sus hermanos.

Una pequeña mariposa de papel brotó ingenua de sus labios al ver tanta tristeza en los ojos de aquellos que necesitaban tanto y se conformaban con una migaja de pan porque ésta les ayudaba a sofocar un poco su dolor. Ellos sonreían agradecidos como aquel que recibía un gran tesoro.

"No tengo nada
y al compartir mi nada,
pareciese que ella se convirtiese en todo.
Porque aquel que espera algo,
aunque ese algo,
por muy pequeño que sea,
en su vientre lleva una presea
que a la postre será un barco
que lo saque de su desierto.
¡Porque algo es mejor que nada!
Pienso…¡Cuánto vale mi nada
en manos de aquel que no tiene nada!
¿Por qué mi nada al darlo todo
se convierte en tesoro
envuelto en una mirada?
¡Yo no soy nada, pero quiero darlo todo!
¡Te conformas con mi nada!"

2.8 La llegada de Juan Pablo II

Todos los medios informativos hablaban de la llegada del Papa. En casi todas las casas habían pancartas relativas a este personaje no muy conocido por Romax. Pero esto no pasaba desapercibido y, al contrario, le causaba mucha curiosidad. Toda la región centroamericana, especialmente el pulgarcito de América, estaba convulsionada por la presencia del pontífice.

Habían hecho en un predio baldío de la capital, cerca del hospital del seguro social, una gran tarima de madera para recibirlo y desde donde él realizaría una misa al aire libre. Decían que lo recibirían las máximas autoridades y lo escoltaría la policía nacional desde el aeropuerto. En la cabeza de Romax no cabía tanto alboroto por la llegada de una simple persona y, sobre todo, por un señor de mucha edad. El aspecto comercial se manifestaba en todos los ambientes, muchas banderas alboreando los colores amarillos comenzaron a aparecer en las antenas de los vehículos, las ventanas y los sitios oficiales. Por todos lados se vendían cosas alusivas a su llegada, desde broches, pulseras, cadenas, gorros, camisetas, bolsos, sombrillas y zapatos.

El día de su llegada, hasta uno de sus hermanos se motivo para vender algunos recuerdos y hacerse de algún dinerito, aprovechando la muchedumbre que se esperaba llegaría cerca del millón de personas. Romax, por el contrario, quería aprovechar ese día, que no había mucho movimiento en la biblioteca de la universidad, para hacer algunas investigaciones. En su trayecto, el bus pasaría cerca de la zona por donde llegaría el Papa. El autobús tenía por fuerza que hacer varios desvíos para tratar de seguir su ruta, pero al final terminó bloqueado por todos los carros que trataban de llegar al lugar de acogida. Según decían las noticias, la gente había llegado desde la madrugada a plaza al aire libre donde se realizaría la misa. Casi parecía una fiesta nacional. Otros, en cambio, se habían apostado en los contornos de la calle por donde tenía que pasar para verlo de más cerca o, simplemente, si su casa estaba en la ruta, subir a techos y ventanas para tener mejor vista.

Romax había salido muy temprano para tratar de evitar el tráfico pero fue imposible y aunque se resignó a caminar los casi veinte kilómetros de distancia, lo hizo de mala gana. Se bajó del bus y decidió seguir su trayecto a pie, pero de igual manera la cantidad de gente que se colocaba a los costados de la calle por donde pasaría, hacían casi imposible su movimiento, quedando atrapado en una esquina. De repente, él comenzó a oír un ruido inexplicable. La gente se alborotaba, unos corrían para tratar de ponerse en una buena posición y otros simplemente trataban de mantener sus posiciones, en muchos casos las personas se ponían a pelear. Los gritos, aplausos y lloriqueos comenzaron a escucharse con mayor intensidad, era la señal que se estaba acercando. Varias personas, sobre todo las más pequeñas, se subían a los árboles, los vehículos, techos y todo lo que pudiera dar una mejor vista. Por las ventanas, la gente sacaba banderas del país y otras de color amarillo con blanco. Las agitaban muy emocionados y hacían cánticos de alabanza que solamente se escuchaban en las iglesias para el tiempo de las misas.

El ruido se iba acercando como una ola, cada vez más intenso. De repente, unos policías comenzaban a empujar a la gente hacia los costados. Romax tuvo la iniciativa de subirse a un poste de luz eléctrica que tenía a su alrededor una malla protectora como de un metro. Desde allí, podía observar claramente lo que estaba sucediendo en la calle y le llamó la atención el comportamiento de las personas en ese momento. Unas lloraban, otras rezaban y el resto chismeaba o comentaba las noticias cotidianas. Entre toda la multitud, a unos pasos frente a él, una joven muy linda de pechos muy pronunciados le capturó la atención porque desde su altura podía ingresar fácilmente por su escote hasta la cúspide de los senos. Ella lloraba cómo una Magdalena y sus lágrimas bajaban recorriendo su rostro y perdiéndose en el camino de sus volcanes. El chico seguía atentamente el caminar de cada gota con un placer incontestable.

Romax estaba embrujado por la belleza la situación con la muchacha y no se percataba que la estrella principal estaba por entrar en escena. De repente, un vehículo con una caja de vidrio apareció frente a él, era "el papa móvil", como le llamaba la gente. Fue la chica quien lo despertó y lo sacó de su transe, ella se entusiasmo y comenzó a saltar moviendo sus manos tratando de llamar la atención. Al llegar a la esquina donde estaba el muchacho, el carro disminuyó su velocidad y paró justo al lado de Romax. Un señor vestido de blanco y con una gorra roja, agitaba las manos para saludarlos. Éste sintió que le fijaba los ojos directamente, una sensación extraña le invadió el espíritu. Sin saber por qué, éste sintió un poco de vergüenza. Él era el único que no lo saludaba, ambos chocaron sus miradas y las mantuvieron por algunos segundos. Entre ellos brotó una suave sonrisa contagiosa, el chico se sintió agradecido. Ese señor le recordó a su abuelo muerto y una paz espiritual brotó como una simple melodía mañanera. Al constatar a su alrededor, la gente, sobre todo las mujeres, lloraban de alegría.

Romax se bajó del poste un poco pensativo y una curiosidad se instaló en su espíritu; muchas preguntas comenzaron a flotar por su pensamiento. "¡No sé por qué tanto alboroto! No es más que un anciano que tiene una sonrisa muy tierna. ¿Será en sus palabras que tiene su atractivo para que la gente lo corra tanto?" Al ver el gentío caminar rumbo a la zona de acogida, comenzó a caminar siguiendo la ola que lo envolvía en su camino. Al llegar, pudo observar que no había mucho espacio para acercarse, así que desde la distancia como a unas diez cuadras se dispuso a escucharlo; le sorprendió la cantidad de gente que estaba en ese lugar.

El muchacho quiso averiguar más sobre el personaje en cuestión y paró muy bien la oreja para escuchar el mensaje y los comentarios de los oyentes. La gente decía: "¡Es el representante de Dios en la tierra! ¡Es un hombre santo! ¡Es el seguidor de Pedro! ¡Es el que tiene todo el poder de la iglesia! ¡Es un hombre que hace muchos milagros!" Y así salían las expresiones a lo largo de su camino queriendo acercarse un poco más. Luego, después de una lectura de La Biblia, el Papa tomó la palabra y se dirigió a la gente que estaba conglomerada a su alrededor. Era curioso ver tanta multitud, pero como siempre los que estaban en primera plana eran aquellos que siempre les gusta estar en las portadas de los periódicos. Se podría decir que los personajes más importantes del país se habían dado cita para estar cerca; el presidente, los diputados y los diplomáticos ocupaban los sitios más cercanos.

Cuando el pontífice comenzó a hablar, como por arte de magia, todo el mundo se quedó callado, un silencio pasmado quedó en el aire. Romax no pasó inapercibido este instante y se decía: "¡Qué impacto tiene este señor, todos quieren escucharlo!".

El mensaje que proclamaba tenía mucho valor humano y al joven le pareció que reflejaba mucho su sentir y pensar. A pesar de ello, éste no cambió su manera de ver las cosas y no aceptaba tanta devoción a una persona, mucha gente hablaba del Papa como un verdadero santo a quien se le tenía que adorar.

Romax se decía: "por ser anciano hay que respetarlo y también por su manera de pensar como se debería de respetar a todas las personas que buscan el bien de los demás. Pero de allí a adorarlo, hay un mucho trecho. Espero que todos los que están en primera fila y que tienen el poder de cambiar las cosas, se queden con alguna palabra, que no estén allí solamente para calentar una silla". Antes de que terminara su discurso, se fue saliendo de la multitud y en lugar de ir a la biblioteca se volvió a su casa que se encontraba más cerca.

Por todo este remolino de ideas y basándose en una expresión que escuchó de un anciano que estaba borracho en la calle, que preguntó ¿quién es el personaje que todos quieren ver con tanto entusiasmo?, se le ocurrió escribir un artículo en "EL DEDO" titulado: "¿Quién es ese que la gente quiere ver?". Éste comenzaba así:

Alguien en la calle me preguntó: "¿Quién es ese que la gente quiere ver?" Yo no sabía exactamente qué contestar y repetí como un loro lo que había escuchado por todos lados sin verdaderamente conocer a fondo la respuesta, "Dicen que es el Papa". Hoy me pregunto: "¿Quién es el Papa?" Después de una pequeña investigación, descubrí que es quien supuestamente dirige la iglesia católica en la tierra, porque es un sucesor de San Pedro. Tanta responsabilidad sobre un anciano me parece muy injusto, sin dejar de lado el hecho de que está lleno de enfermedades y que para acabarla de amolar, lo han querido asesinar.

Imagino que son los mismos motivos por los que han matado a muchos por aquí: decir la verdad a aquellos que no les gusta oírla. Me ha sorprendido tanto imán en la personalidad de este anciano, desde niños hasta adultos, mujeres y hombres, civiles y militares, todos confundidos nos hemos reunido para escucharle hablar. Mucha sabiduría ha salido de su boca, imagino que debe tener muy buenos escritores a su lado porque fueron palabras muy ciertas que muy pocas personas podrían rebatir.

La solidaridad y el respeto entre las personas tomaron vida, el amor al prójimo y la ayuda al necesitado salieron como un canto celestial para aquellos que se han pasado la vida pidiendo un poco de agua para calmar su sed. Cuántas veces no hemos escuchado este discurso y pareciera que nos entra por una oreja y sale de inmediato por la otra. Deberíamos escuchar con el corazón para ver si de alguna manera, alguna de estas palabras se instala y toma vida en nosotros. Especialmente, en aquellos que tienen el poder de construir y de destruir, en aquellos que pueden hacer y que se la pasan deshaciendo, que tienen cómo y no saben cómo, que pueden pero que no quieren. Ése que ha querido ver la gente por curiosidad o porque podría traer un poco de esperanza para un pueblo golpeado de tanto dolor y sangre, ése creo que llegó y con la misma se marchó.

Es difícil cambiar a las personas con una simple palabra, cambiar toda una vida llena de costumbres que para ellos son correctas, pero que para muchos son incorrectas. No es fácil estar arriba y volver la vista abajo cuando todos nos enseñan que siempre tenemos que ver hacia arriba, siempre hacia delante. Quien tiene dinero no quiere dejar de tenerlo por miedo a perderlo, entonces se preocupa por tener aún más. La cadena del egoísmo es difícil de romper, más si ésta va insertada con el materialismo y el orgullo.

¿Qué pensarán ahora mis amigos los soldados?, ésos que ayer mataron a sus semejantes; los subversivos, que ayer oyeron un niño llorar por no tener sus pies; los riquillos del pueblo, cuando él hablaba de la solidaridad con los pequeños; los mismos gobernantes, cuando hablaba de no aprovecharse del gobernando; los maridos, que maltratan a sus mujeres, cuando hablaba del respeto a su semejante y del amor fraterno. Creo honestamente que todos aquellos que nos vimos de alguna manera señalados, simplemente diremos como decimos siempre: "¡Tiene razón el Papa, esas personas tienen que cambiar!" O sea que la culpa siempre la tienen los otros.

Me hubiera gustado que ese que todos querían ver hubiera llegado a las casas más humildes de mi país, a las de cartón, de paja y adobe, a las que viven cerca del río de las aguas sucias y sobre todo, a los lugares donde están tantos niños huérfanos como fruto de nuestra guerra. Para ver si todos estos "fufurufos" que andaban queriendo darse un taco de importancia lo hubieran seguido. ¡Sería soñar despierto! Me queda grabada la sonrisa del Papa, me pareció un hombre de buena fe. Algo así como cuando mi abuelo me contaba cuentos antes de dormir. No debe ser fácil para él cargar con la carga de enderezar a tantos pecadores. Ojalá que su ejemplo sea seguido por los religiosos y que en su rostro, también podamos observar el rostro del amor hacia el prójimo, aunque nunca lo hubiésemos visto.

¡Gracias mi querido Papa! Gracias por decirnos tantas verdades que nosotros mismos hemos escuchado pero que no queremos entender.

EL DEDO.

Romax terminaba meditando de esta forma: "me he dado cuenta de que el hombre no se alimenta sólo de pan, necesita comer algo espiritual. Entonces, eso quiere decir que el ser humano crece física y espiritualmente. ¿Qué tanto ha crecido mi cuerpo espiritual? ¿Dónde encuentro ese pan que alimente mi alma? ¿Quién me puede orientar al respecto?".

" Hay una duda en mi alma,
se ha zanjado un universo de preguntas en mi ser,
un claroscuro aparece en mi calma,
preguntas sin respuestas hacen fila de espera en mi amanecer.
Cierro mis ojos deseando atrapar respuestas,
pero ellas brillan por su ausencia.
La ignorancia me come el tiempo y la prudencia.
¿Dónde encuentro las puertas?
¡Paciencia alma mía! Paciencia.
No hay prisas
¿Por qué tanta impaciencia?
Si la tarde siempre trae el sol a cuestas."

2.9 Hablando de mujeres

Durante el tiempo de estudios universitarios, Romax se dedicó exclusivamente a ellos. Las chicas pasaron a un tercer o cuarto lugar en la escala de necesidades. Eso no significaba que no tuviera sus aventuras románticas, sólo que fueron sin mayor trascendencia y siempre se cuidó de no meter su corazón en juego.

Se diría que se volvió más cerrado y hermético con sus sentimientos. Nunca quiso llevar a ninguna enamorada a su casa porque la regla, no escrita, del hogar decía que solamente las novias o novios oficiales podían llegar, sentimentalmente hablando; el resto se tenía que presentar como amigos o amigas. La idea era ser formal en las relaciones y dar buen ejemplo al resto de los hermanos. Esa regla fue aplicada por todos.

Durante ese lapso, la importancia fue dada a la amistad y logró entablar relaciones muy fuertes con algunas de ellas. Fue a través de su cualidad de buen escuchador que logró entrar al mundo insospechado de la mujer. Él siempre se decía: "la mujer es el ser más hermoso y el más sufrido", a veces hasta le daba vergüenza llamarse hombre por el mal trato que le daban al sexo opuesto. Claro que no se podía generalizar esa opinión, pero en regla general sus amigas y conocidas habían tenido malas experiencias.

La mujer siempre anda buscando alguien que la escuche, le de atención y sobre todo que le demuestre cariño y respeto. El amor en ella incluye todo eso, el sexo viene siendo como la cereza del pastel. Por esa razón, Romax aprendió a escuchar antes de conquistar, descubrió que las relaciones que le daban mucha satisfacción personal fueron las que salían de una linda amistad. Se colocó como regla tratar muy bien al sexo opuesto en cuanto al respeto y al amor.

Las chicas que lo llegaron a conocer como amigas terminaron por respetarlo, admirarlo y quererlo; cada relación que tuvo lo llevó a profundizar en el trato con ellas. Sin buscarlo con exactitud, el hecho de oírlas, respetarlas y acompañarlas provocó en la mayoría de casos una linda relación que se transformó en una vivencia muy intensa.

El chico se decía a menudo: "las mujeres son seres muy fuertes interiormente, pero en su mayoría no se valoran muy bien, su autoestima está muy maltratada; ellas deben escuchar sus propias palabras para darse cuenta de su situación. Muchas se complican la vida basándose en una promesa que lograron obtener del hombre en un momento dónde éste no puede echar marcha atrás, pero cuando toda la emoción pasa, a éste no le queda otra cosa que huir de la escena o buscar una manera de romper el trato. Ellas son complicadas en apariencia, pero al entrar en su mundo se vuelven mansas como un gato, siempre y cuando éste no se enerve con algún movimiento inesperado de su realidad."

Romax como persona no poseía grandes secretos por lo que hablar de su vida no era complicado, según él, pero que en realidad no estaba acostumbrado a abrirse a cualquiera. Las mujeres que cruzaron por su camino siempre traían bajo sus vestidos situaciones complicadas. Él fue descubriendo que en la vida no todo es claro como el agua, que muchas esconden secretos difíciles a creer, pero que en ningún caso él tenía porque juzgarlas. Éste se limitó a acompañarlas en su camino y darles el mayor soporte que tuviera en sus manos, lo económico nunca fue un problema si estaba a su alcance.

Una de estas experiencias fue cuando descubrió el trabajo parcial de su compañera de clases del primer año universitario. Según se sabía, ella trabajaba de secretaria en un banco de la ciudad y por las noches estudiaba. Ella siempre andaba muy bien vestida, tenía un tino excelente con su ropa y un cuerpo que robaba las miradas a cualquier incrédulo. Romax tuvo la oportunidad de conocerla porque le tocó hacer un trabajo de grupo con ella, y en esa ocasión, se dio cuenta de que siempre costaba ponerse de acuerdo para reunirse a trabajar.

El ritmo de estudios de ésta era lento por lo que el chico la dejó atrás fácilmente, muy poco supo de ellas en los años siguientes. En una ocasión que se reunió con uno de sus grupos, al darse cuenta de que era el cumpleaños del muchacho, éstos tomaron como pretexto la ocasión para darse una escapadita nocturna. Romax no quería seguirlos por una simple razón, su capacidad financiera estaba marcando el rojo en su bolsillo.

Sus compañeros no aceptaron la negativa del cumpleañero y para evitar cualquier pretexto le dieron carta blanca en el consumo de productos y servicios. Éstos eran clientes de bares y restaurantes de buena calidad y conocían muy bien los lugares reservados para las personas de buena posición. Al final, el joven no pudo escaparse y los acompañó en su aventura nocturna.

En esa época no bebía licor, pero después de salir de la universidad la historia fue diferente. En esa ocasión decidieron irse a tomar unos tragos a un lugar muy tranquilo llamado " El Exclusivo". En este lugar, trabajaban muy lindas chicas que por lo general eran empleadas de oficinas, secretarias, estudiantes y hasta profesionales. La mayoría practicaba esta profesión por necesidad ya que con ella obtenía muy buen ingreso. La cantidad de dinero que cobraban era exagerada para ese tiempo, cien dólares la hora.

En "El Exclusivo", Romax se llevó la sorpresa de su vida. Cuando entraron al lugar, todo estaba a media luz, los clientes se sentaban en unas sillas muy lindas y en unas mesas pequeñas. Los clientes entre sí no se comunicaban, lo reservado se vivía también adentro del sitio. Había una señora muy simpática que los atendió y les dio la bienvenida al lugar, les asignó una joven muy hermosa como la persona que les atendería durante toda su estancia en la plaza. Les puso varios catálogos para que escogieran algún producto interesante, para luego pedir el servicio a la chica que los atendía.

El libro estaba lleno de lindas modelos, chicas que trabajaban en el lugar para hacer realidad los fantasmas masculinos. Los amigos se apresuraron por verificar el contenido y opinaban según pasaban las hojas. Como habían decidido darle un regalo a Romax, le pidieron, a la joven que los atendía, que lo llevara a una habitación; ellos escogerían una de las modelos para que lo acompañara.

Mientras los amigos gozaban mirando el producto y consumiendo alcohol, Romax fue dirigido a una habitación muy linda con tapizados elegantes, luces opacas, aromas dulces y una gran cama de doble colchón con cabecera de madera, estaba cubierta por telas transparentes de colores. Parecía una cama de reyes dispuesta, exclusivamente, para realizar noches de ensueño.

Al ver el lugar, el chico se transportó de inmediato a los lugares árabes que veía en las películas donde el rey poseía a su harem de mujeres. Mientras esperaba se limitó a observar el lugar y a meditar un poco, se sentó al borde de la cama. Éste no visitaba esos lugares desde hacía varios años atrás; la última vez que lo había hecho, había sido cuando sus amigos del colegio lo habían llevado a la calle sin ley de la ciudad de Sonsonate. Había todo un mundo de diferencia entre ambos. Ese lugar era acogedor y a simple vista muy elegante, el precio que se pagaba valía la pena. La mayoría de las chicas eran escogidas por su belleza física y su educación; por eso, no estaba al alcance de todos. Ese tipo de experiencia lo ponía un poco nervioso y tenso a la vez, prefería mil veces hacerlo con una conocida que con una desconocida.

Él no era de los tipos que se andaba muriendo simplemente porque no se había acostado con una mujer en la última semana. Con la carga de trabajo que tenía y sus estudios, casi no tenía tiempo de pensar en ellas, simplemente lo sabía cuando su cuerpo se lo hacía saber en las noches mojadas.

Después de meditar un poco, Romax pensó que mejor renunciaba al regalo y se dispuso a marcharse de la habitación. Al tomar la manija de la puerta y abrirla, para su sorpresa, del otro lado venía entrando una joven. Ambos quedaron sorprendidos en el acto en medio de la puerta. Frente a frente y muy cerca, ambos sufrieron un choque emocional. Se reconocieron de inmediato y quedaron como sorprendidos. Ella tenía un camisón de color celeste transparente muy sexy, de esos que llaman "babydoll".

Romax no sabía qué decir ni qué hacer y por eso ella, con más camino recorrido, tomó la iniciativa para romper el hielo y le dijo: "lo siento, no esperaba que fueras tú, yo también estoy sorprendida." Era unos centímetros más baja de estatura que él.

Ella cerró la puerta y le indicó, con la mano, que regresara a la habitación. Todo lo que había planeado el chico se había caído al suelo, o sea: entrar, hacer el sexo y salir corriendo. Por alguna razón se sentía decepcionado y las palabras lo traicionaban porque no querían salir de su boca para no decir algo que pudiera ofenderla.

De nuevo, ella tomó la iniciativa y dijo: "lo último que quisiéramos que nos pasara, en estos lugares, es encontrar a gente conocida, ¡Supongo que un día tenía que sucederme!" —Suspiró. "Este es mi segundo trabajo, lo hago para poder pagar mis estudios", trataba de dar explicaciones para justificar sus actos. El muchacho no decía nada y su silencio la desconcertaba mucho. "¡Veo que estás decepcionado! ¡No te culpo! Imagino que mi gente si se da cuenta, lo estará igualmente; pero yo quiero sacar mi profesión universitaria y para mí, ésta es la única manera de lograrlo."

Él se había sentado al borde de la cama, ésta era muy amplia y llena de almohadas, todo estaba decorado con colores pasteles entre rosa, rojo y café. La luz tenue del cuarto dejaba un ambiente de misterio y romanticismo muy agradable; los olores a rosas daban ganas de quedarse para siempre en ese lugar.

La chica mientras hablaba se había ido a sentar a su costado, sintiendo una timidez inhabitual en ella que la hizo cubrirse los senos con sus manos cruzadas.

Romax no decía nada, la escuchaba y se le quedaba mirando en silencio. Al terminar de hablar, Romax soltó unas palabras como para sacar su sorpresa. "¡Vaya, vaya! ¡Que sorpresa!" Respiró fuerte y dijo: "siempre dije que tú eras la mujer más bella de la universidad", dejó un breve silencio, sonrió malicioso y agregó: "te juro que desee y pedí tener la oportunidad de estar con alguien como tú algún día, aunque fuera por unos minutos." Lanzó una reflexión al aire: "la vida si que sabe hacer las cosas." Sonrió nerviosamente al ver que ella no decía nada y agregó para tratar de enmendar algo por si acaso la había ofendido con sus palabras "¡Hoy que estoy a tu lado, no sé qué hacer ni qué decir! ¡No sé si debo marcharme, abrazarte o insultarte!" Dejó unos segundos escapar y continúo. "Te ves bellísima, más de lo que pude imaginar y me siento mal por ti, por lo que puedas pensar de ti." Todo lo dicho, lo hizo viendo hacia enfrente, pero en ese momento volteó su rostro, se le quedó mirando de lado y le dijo: "te veo y pareces un sueño hecho realidad." Ella musitó una sonrisa muy hermosa.

Mientras Romax hablaba, la muchacha se había dedica a pensar y tratar de analizar cada palabra que salía de la boca del cliente asustado. Para ella no era una novedad recibir tanto halago, pero la última frase del joven la hizo sonrojarse.

Tratando de poner punto final a una situación fuera de contexto, ella fue más directa y le dijo francamente: "sí te sientes mal conmigo podemos pedir que me cambien! —Lo miró fijamente y segura de sí misma.

Esas palabras remecieron al muchacho y lo trajeron a la vil realidad, ahí era un prostíbulo para ricos y se estaba comportando como un tonto. Romax la miró a los ojos y le dijo entonces: "yo no soy nadie para juzgar a los demás, menos a ti. Lo que yo estoy haciendo tampoco es digno de contar."Todo esto se lo dijo de una manera muy cariñosa, casi a media voz. "Si hubiera tenido la oportunidad de escoger a alguien para amarla por un instante, te juro que tú hubieras sido la primera elegida."

Ella le sonrió y le agregó muy suave: "¡No sabía que te gustara tanto! Nunca me has dicho nada, ni siquiera un piropo." Se colocó frente a ella y le dijo: "lo sé, quizás te sentí un imposible y me guardé mis palabras para que mi alma las gozara en su silencio", le colocó una de sus manos sobre la pierna.

La mujer colocó su otra mano sobre la de él y agregó: "¡Sabes! Hablas muy bonito." Luego agregó de manera franca y directa: "Romax, éste es mi trabajo y lo tengo que hacer para pagar mis estudios, un día quizás ya no lo haré pero por ahora lo necesito. Sé que no es bien visto por el resto del mundo, pero después de la primera vez te juro que no la paso tan mal. Hay veces que algunos clientes se pasan de la raya, pero ellos pagan y uno no puede hacer gran cosa."

Ambos callaron y después de unos minutos, ella continuó: "tú as pagado por un servicio, por estar con alguien y hacer el amor. ¿Quieres hacerlo conmigo o con otra?" Ella se puso de pie frente a él esperando una reacción.

Romax que estaba sentado y guardaba contacto con ella al tener atrapada sus manos, le contestó con una sonrisa maliciosa: "¡Quiero y no quiero! Quiero porque no puedo negar que eres más linda de lo que pensé; mis manos están que no se aguantan por acariciarte, estoy temblando de un miedo de saber que te puedo amar y no quiero porque no me gustaría que te sintieras mal después de esto.

Ella le apretaba las manos y le respondía: "esto para mi será una experiencia nueva en cuanto a que lo hago con un conocido; no quiero que te preocupes por mi. Mírame como una chica a quien deseas amar y todo saldrá bien. Este trabajo es temporal, cuando termine la universidad podré conseguir otro. Yo también tengo que adaptarme a ti; te conozco y aunque es mi trabajo, no lo puedo hacer como tal. Yo pensaré que tú eres mi pareja y que deseo hacerte feliz por un momento", sonrió muy coquetamente.

Romax sonrió, a su vez, y parándose le contestó: "¡Me encanta tu sonrisa!" Ella, poniéndole un poco de pimienta a la situación, le contestó bromeándole: "¿Estás seguro de que sólo mi sonrisa?" Dio un paso hacia atrás, puso distancia entre los dos y se dejó admirar por completo. Las luces del cuarto atravesaron la prenda transparente que llevaba y su cuerpo escultural se dibujo con un embrujo en los ojos del cliente. Un bikini era lo único que poseía como vestimenta debajo de la bata.

La chica sonrió y agregó: también me siento un poco extraña; casi como si estuviera a punto de hacer el amor por primera vez, en su rostro se reflejó un poco de timidez. Romax dio un paso al frente y tomándole las manos le dijo: "me siento como un niño que tiene delante de sí el juguete que siempre ha deseado." Ella le acarició las manos y le contestó: "bueno, entonces, que dices si comienzas a desenvolver el regalo. Hoy no tengo prisa por terminar, siento que disfrutaré esto." En un impulso de seducción, ella comenzó a recorrer los brazos del muchacho hasta acariciarle el rostro, luego hizo el intento de desabotonarle la camisa. Entonces, Romax la detuvo y le dijo: "¿Me permites que te quite la bata primero?" Ella asintió con una sonrisa y él le fue deslizando la ropa y acariciando cada pedazo de cuerpo desnudo con sus labios carnosos.

Cuando la desnudo por completo, Romax se retiró unos pasos de la mujer para observarla como un escultor mira su obra maestra. Ella le sonreía sin moverse y gozaba al ver la felicidad del joven orgulloso de la proeza. La modelo estaba divina y parecía una diosa de carne y hueso, ni "Miguel Ángel" la hubiera imaginado así.

La mujer se le insinuó dulcemente con un movimiento sexy y la mosca cayó en manos de la araña. Lo atrajo hacía ella casi de manera instintiva sin pronunciar una sola palabra. Él no podían imaginar un cuerpo tan perfecto, le ofreció sus manos y se dejó desnudar suavemente. Ella se sentó al borde de su cama y le fue deslizando la ropa con mucha ternura y pasión porque a medida que se ejecutaba con las manos, su boca iba marcando pasos que hacían despertar un volcán en llamas.

Romax le dijo entonces: "¡Siempre quise robarte un beso!", le acarició el cabello y pasó sus dedos por todo su rostro, como queriendo impregnarse su imagen en la palma de su mano. Cuando llegó a sus labios, se detuvo por un momento para jugar con ellos. Ésta quitando los dedos de su boca fue a buscar la de él para besarlo con mucho fuego e intensidad.

Ahí comenzó un trabajo tan perfecto por parte de ella que el joven no tuvo la menor fuerza para poner una objeción al respecto. En unos cuantos minutos lo subió al cielo y le mostró un pedazo de paraíso terrenal que muy pocos son capaces de vivir. Romax se sentía volar sobre las nubes y no deseaba bajar de su limbo. Nunca nadie antes le había enseñado a volar sin alas, ni a navegar a la deriva sin miedo a morir ahogado en el placer de la vida. Era la primera vez que alguien le hacía el amor y no lo contrario.

Después de terminada la sesión romántica, el hombre resucitado salió con una sonrisa de satisfacción que no era capaz de esconder. Se unió a sus amigos y aunque éstos le pidieron muchos detalles, se limitó a decir que había estado con una diosa terrenal. Luego de este encuentro, se volvieron a encontrar en la universidad y se saludaron normalmente como si nada hubiera ocurrido. Romax nunca tocó el tema por respeto a ella y ésta lo comprendió muy bien; este gesto hizo que entre los dos naciera una buena amistad.

La mujer se sentía, en cierto modo, agradecida por su secreto y un día se lo hizo saber; porque para ella, ese era un gesto de un verdadero hombre. Fue en una ocasión que realizaban un trabajo de equipo frente a la cancha de fútbol. La joven se lo dijo de una manera suave y mirando a los libros: "¡Gracias por guardarme el secreto!"

Romax, quien había sido tomado por sorpresa le dijo: "¡Qué! ¿De qué hablas? ¿Cuál secreto?" —Le sonreía maliciosamente. Ella le golpeo suave el antebrazo en forma de agrado. El chico sin mirarla le dijo: "¡No es nada! Ni me acuerdo de lo que estás hablando." No quería verla porque sabía que sus ojos lo traicionarían.

Ésta se le quedó mirando y agregó: "por eso te lo agradezco." Hubo un silencio entre ambos y luego él murmuró suave: "¡Hasta la dirección olvidé!" y más a baja voz, agregó: "lo que no olvido son tus besos y tu cuerpo", sonreía y lo decía entre dientes pero con claridad.

Ella volteó de forma espontánea y preguntó: "¿De verdad, te gustó? ¡Pensé que no te había gustado, porque nunca volviste!" Entonces él levantó la mirada para verla a los ojos y le respondió: "¡Han sido quizás, uno de los momentos más sublimes que he tenido! No sabes el poder que tienes en tus manos, respiró profundo.

Entonces, "¿por qué no volviste a buscarme?" Ella le buscaba la mirada para buscar la verdad. "Simplemente porque eres una tentación que estoy seguro no podría vencer si me meto a nadar en esas aguas. Te juró que estuve a varias cuadras de ti, pero la razón me convenció de quedarme a distancia. He soñado contigo muchas veces, te he hecho el amor de mil maneras y hasta me vi saliendo de la iglesia junto a ti. Además, no poseo la capacidad financiera para sufragar tu precio, fue un regalo de cumpleaños que me dieron mis amigos en esa ocasión."

La joven sonrió al escucharlo hablar tan ceremonioso. Luego dijo: "creo que fue la mejor decisión que tomaste. Yo no soy mujer de matrimonio, por el momento. Conozco mi realidad y aunque, cómo toda mujer quiero sentir la seguridad de un hogar, no quiero ni debo atarme a nadie. Soy como un ave sin dueño, libre para amar y dejarse amar," otro silencio se instaló entre los dos.

Fue ella quien comenzó a hablar de nuevo. "Por lo general, y no es por vanidad, los hombres me buscan para una segunda oportunidad. Nunca se las he negado pero eso sí, nunca han habido terceras veces. ¡Me hubiera gustado hacerlo contigo una segunda vez! Quizás no en ese local, en otro lugar", sonreía y se metía de nuevo en sus libros.

Él un poco intrigado preguntó: "¿Por qué?, ¿Por qué te hubiera gustado hacerlo de nuevo conmigo? ¡No soy el mejor de los amantes, me conozco!"

Ella volteó su mirada y contestó: "¡No lo sé! Honestamente, no lo sé". Se instaló un silencio más pronunciado. Después, la mujer agregó: "a veces, uno quisiera sentirse amada verdaderamente por un momento. En mi situación, el sexo se hace rutina y se pierde la magia de ello. Al ver tus ojos, aquel día, comprendí que tú sentías algo por mí. No sé lo que era pero creo que era algo bonito. Me sentí como una reina dando un regalo a un vasallo. Algo así como una maestra enseñando el abecedario del amor a un alumno deseoso de aprender."

Los ojos del chico brillaron porque las palabras de ella fueron a descubrir una verdad en su interior. "La verdad, no te mentí cuando te dije que siempre me habías gustado. Eres muy hermosa y creí que nunca tendría la oportunidad de decirte algo como hombre. Ese día, realicé un sueño, y suspirando agregó: "¡Fue hermoso!"

Ella pareció comprender otra cosa y dijo: "al despertar la magia se acabó, no te gustó la realidad, ¿verdad? —Respondió un poco triste.

Romax al ver el rostro de ella respondió en forma con humor: "¡Todavía no he despertado! —Sonrió muy pícaro.

La muchacha lo golpeó muy suave con el codo de su brazo y le dijo: "¡Eres una linda persona! Él se le quedó mirando un poco serio y le agregó: "no te sientas mal, la vida es un desafío para todos y cada uno responde de la mejor manera posible. Como te dije antes, yo no soy quién para juzgarte; ni lo hice, ni lo haré."

Le tomó una de sus manos y se la apretó con mucho cariño. Ella le respondió de la misma manera. Luego, éste le preguntó: "¿Me das permiso de abrazarte?"

Ella sonrió y sacando sus manos de las de él, las metió debajo de los brazos del joven. Ambos se abrazaron muy sólidamente y quedaron callados por un buen momento. Después, sin decir nada, él le dijo: "¡Tu perfume lo llevo impregnado en mi ser!" Ella sin levantar su cabeza del pecho de éste le respondió sonriendo: "¿Sólo mi perfume? ¿Pensé que había dejado huellas más firmes en tu cuerpo?" —Sacó la cabeza y se le quedó mirando con una sonrisa coqueta.

El joven colocó sus dedos sobre el rostro de ella y con sus dedos comenzó a acariciarle. Luego al detenerse en sus labios preguntó: "¿Puedo besarte? Ella respondió de manera seca: "¡No!"

El muchacho aceptando la respuesta y alejó sus manos, pero ella colocó sus dedos en el rostro de él y le agregó: "no, porque soy yo quien te pide permiso para besarte". Éste sonrió y se dejó besar.

Después de eso, ambos quedaron como amigos y aunque se veían muy esporádicamente, el tiempo se encargó de poner distancia entre los dos. Desde esa experiencia, Romax veía la vida con las mujeres de otro modo. En cierta manera le daba lástima todas aquellas que se dedicaban a ese trabajo y sintió un poco de desprecio por los hombres que abusan de ellas; por eso, él evitó volver a esos lugares.

De esa experiencia amorosa salió una reflexión personal en forma de carta, esta llevaba el título de: "el amor no tiene precio, el sexo si." Y en ella se podía leer lo siguiente:

"Todo el mundo habla del amor a boca llena, pero murmura la palabra sexo, como si se tratara del mayor pecado del mundo. Del amor nadie sabe gran cosa, cada uno tiene su propia definición y la aplica según sus criterios. El sexo, en cambio, parece que hay muchos o muchas expertas en el asunto, éste se ha legalizado a través del matrimonio y aunque no especifican nada en el contrato, el amor es solamente la fachada porque detrás de todo va el deseo de meterse a la cama legalmente. En nuestra sociedad y el matrimonio específicamente, el hombre tiene todo el derecho del mundo a utilizar a su mujer y obligarla a hacer el amor. Si somos lógicos y un poco sentimentales, veremos que hacer el amor a la fuerza nos aleja cada día del verdadero sentimiento del amor. En otras palabras, una de las partes se verá afectada emocionalmente y buscará llenar ese vacío con alguien más. En nuestro mundo, quien lo hace sin esconder la cara de vergüenza somos los hombres, las mujeres sólo les queda esperar, aguantar y si alguien se atreve saltar la verja, se puede aprovechar el momento. Esto trae consigo efectos secundarios, sobre todo si sale a la luz pública, "la sociedad" la verá con malos ojos y la juzgará de antemano, será culpable. El hombre, bien gracias; puede seguir disfrutando su pasatiempo preferido.

Nuestras religiones, sociedad y gobierno se basan en su manera de ver la vida y en su beneficio personal. ¿Quiénes hacen las leyes y no las aplican? Los hombres. Nuestra sociedad es machista y las mujeres lo permiten y contribuyen al caso. Mi padre decía que realizar tareas domesticas y respetar a las mujeres no hacía menos a un hombre. Estoy completamente de acuerdo con él. Más aún, pienso que el futuro de una sociedad esta en bien educar a la mujer, devolviéndole su orgullo y abriéndole puertas en el mercado de trabajo. ¿Quién educa a los hijos? ¿Quién enseña los valores morales, religiosos y civiles? ¿Quién trabaja como burro todo el día y parte de la noche, aún mientras duerme? ¿Quién puede procrear y hacer duplicar una población? ¿Quién esta detrás de cada hombre importante? ¿Quiénes son la mayoría entre hombres y mujeres? Las respuestas nos llevan a una sola salida: las mujeres.

Como dicen: "las reglas y leyes han sido creadas para gobernar a las masas, pero los dirigentes no tienen porque sujetarse a ellas; por eso las rompen o, simplemente, las ponen de lado." Las mujeres siempre llevan las de perder en nuestro vivir. ¡Hay que cambiar mentalidades! ¡Hay que sanar corazones! ¡Hay que crecer como seres humanos!. He oído de sociedades y gobiernos en donde la vida es más fácil y el respeto a la persona va de la mano con la superación de un pueblo. ¡Me gustaría vivir en una de ellas! Pero, ¿Me aceptarán?

Volviendo a nuestro tema, el amor y el sexo. Si hay un vacío en una relación y no se desea dejar a su pareja, por A o B motivo, se va a buscar a fuera de la casa. Y ¿Dónde es el lugar de predilección para llenar un poco nuestro vacío de amor? Los prostíbulos, los salones o bares. Claro que esto es si hablamos de la manera más fácil, porque existen otras formas para llenarlo. Habló aquí de los romances extra conjúgales, con los resultados que conocemos todos. ¿Quién no ha escuchado hablar de hijos bastardos, ilegítimos o de alguien con muchas mujeres o de mujeres solteras viviendo con casados?

Todo mundo condenas a las llamadas mujeres fáciles o "putas" como si fueran seres sin respeto, dignidad ni persona. Las tratamos como basura y las hacemos sentir como tal, otro miembro que llena los tantos renegados de la sociedad. En nuestro medio, esta profesión es muy importante, tanto a nivel social que económico. ¿Quién no ha recurrido a sus servicios? Yo el primero. Pienso, que son contados con los dedos de la mano aquellos que no las han utilizado en alguna ocasión. Muchos dirán yo no, pero díganme cual es la diferencia entre acostarse con una novia, amiga, compañera de clases, de trabajo, mujer casada, divorciada o familiar. Honestamente, solamente el aspecto monetario. Siempre el hombre ha encontrado una buena samaritana para mostrarle los secretos del sexo y llenar una curiosidad, vacío o necesidad.

Me pongo en la piel de aquellas que lo han tomado como una profesión, una manera de llevar un poco de dinero a la casa. Tiene sus riesgos, como cualquier trabajo peligroso. Los policías, los soldados, los motoristas, etc. Ellos también arriesgan su pellejo, pero están protegidos por la sociedad. Estas pobres, en cambio, escogieron un trabajo sumamente difícil y no reconocido; son explotadas por los chivos, los dueños de bares, la droga y hasta por el cliente. Deberían tener más derechos, sería justo. La labor que hacen es muy loable. Complacen a medio mundo a sabiendas que ponen en segundo plano su propio placer. Me duele pensar que pueden llegar a perder la magia del amor. Un ser sin amor es un ser vacío en su interior.

No se llega a la prostitución de una manera natural, raras son aquellas que lo eligieron de manera conciente. Muchas fueron inducidas: sus familiares, muchos padres y madres tienen culpa de ello, amigos, novios, jefes, profesores y autoridades. La situación económica del país, el analfabetismo, los problemas sociales, la pobreza, las drogas, el consumo y muchas otras causas más.

En mi recorrido por ese mundo me he encontrado con mujeres muy hermosas por dentro y por fuera; son seres como cualquiera. Ellas sienten, sufren, lloran, piensan y sueñan. Muchas desean, en el fondo, salir de ahí, pero no encuentran una luz en el camino. No es fácil cambiar una vida de la noche a la mañana, lo más cómodo es hacer lo sabes hacer. Y cuando la vida te da la espalda, muchas veces sólo tienes que agachar la cabeza y aguantar el sopapo.

Siento tristeza por ellas, pero no las compadezco. Porque compaderme implicaría aceptar que son seres que no tienen solución, aceptaría que son basura y eso no es verdad. Son seres humanos como yo y como cualquiera; merecen respeto y dignidad. Me gustaría que cada una encontrase el amor y que éste, con su fuerza y bondad, le ayudase a levantar la cabeza y recuperar su dignidad de mujer. ¡Creo que lloraría de emoción! Un ángel que había perdido sus alas las habría recuperado y vuelto a volar por este mundo con tanta belleza, si se ve con los ojos del amor.

Si hablamos de manera lógica y racional, una prostituta es aquella persona que se prostituye o sea que vende de alguna manera un servicio para obtener un beneficio. ¡Um! Aquí esta el meollo del asunto. ¿Quién no ha vendido un servicio por obtener un beneficio? La mayoría de hombres compramos y vendemos servicios: una joya por un beso, un compromiso por un nivel social, una salida por un puesto de trabajo, etc. En verdad, habemos muchos putos por estas calles que nos vestimos de pantalón y corbata. La prostitución tiene cara de corrupto, de ladrón, sinvergüenza e interesado. No vayamos lejos: nuestros gobernantes, religiosos, educadores, familiares, amigos y padres, todos ellos son más prostitutos que las que vulgarmente cargan con esa palabra.

Estas mariposas que vuelan presas por jaulas de cartón, lámina o algodón; muchas veces no tienen o han tenido otra elección. Sea el motivo que fuese, les debemos respeto y admiración. ¿Quién soy yo para juzgarlas? Si yo no utilizo ese servicio no habría caso en este juicio; el comprador es tan culpable como el vendedor. Me pregunto si la situación cambiaría al legalizar esta profesión, al igual que un abogado, médico o maestro. Creo que en este caso, muchas escuelas estarían llenas; muchos estarían dispuestos a convertirse en conejitos de india para la práctica; y creo que hasta el gobierno o la iglesia querrían meter la mano para los exámenes finales. Tomaríamos citas para una consulta, le dijéramos nuestras mujeres ¡Creo que estoy enfermo por falta de sexo nuevo! Y ellas contestarían: ¡Ve a ver un especialista, tal vez te puede ayudar! El problema sería que lo mismo ocurriría con las mujeres y según nuestro machismo, ¿Cómo responderíamos? Me mato de la risa al imaginar la cara de éstos.

Hablando en serio, la prostitución está en todos los niveles de la sociedad; es parte de nuestro vivir y de nuestras costumbres. Las raíces están muy profundas y erradicarla sería casi un imposible, muchas generaciones tendrían que pasar para ello. Por el momento no tengo respuestas a mis preguntas. Me queda la imagen de una dulce mariposa invitándome a volar por mundos desconocidos para mí, creo que su aporte en mi vida no tiene precio y aunque me gustó la experiencia, creo que a partir de ahora no volveré a volar por ese mundo. Me siento culpable de ser uno más que en lugar de buscar una solución es parte del problema.

A mis amigas las mariposas de la noche, les digo que siempre hay esperanza para aquel que quiere cambiar de profesión. Traten de ser feliz en lo que hacen, protéjanse y vivan la vida con mucho amor. Yo no las condeno porque me estaría condenando, más las invito a ser feliz y a buscar en su corazón un poco de paz."

Romax.

Otra experiencia femenina que tuvo ocurrió después de que se graduó de la universidad, tenía más tiempo libre para él. Su padre siempre le decía: "el que anda en la miel, algo se le pega". Romax se había hecho muy amigo de uno de sus primos que tenía mas o menos su misma edad. Éste ya estaba casado, pero se comportaba como un soltero empedernido y le mostró muchos trucos para hacer caer a las jóvenes en sus redes. El problema era que tenía que comportarse como un sinvergüenza de primera, el pequeño detalle que le hacía falta al muchacho porque su personalidad y principios no se lo permitía.

Al primo le llovían las mujeres de todos los colores y tamaños, de todas las clases sociales y de todas las edades. Lo peor era que no dejaba escapar una, se podía decir que él tenía una en cada puerto; mejor aún, una en cada pueblo. Romax no sabía si juzgarlo o imitarlo. En verdad, no era guapo, pero despilfarraba el dinero como un millonario, por eso no faltaban quienes anduvieran detrás de él, hombres y mujeres. Tenía buena labia, y quizás cuando pequeño lo habían bañado con ruda. Él siempre decía: "con el dinero hasta el mono baila y todas las mujeres tienen un precio". Él daba más valor a su vehículo porque éste, al contrario de las mujeres, si no le echaba gasolina no caminaba; ellas en cambio, con unas bellas palabras y unos cuantos billetes podían recorrer muchos kilómetros.

Se podría decir que compraba a las pretendidas de una manera indirecta: les daba lo que ellas querían y las hacía sentir las más hermosas durante el tiempo que estaban con él porque después de utilizadas las dejaba como se deja un trapo viejo, sucio y en el suelo.

Romax reflexionaba: "las mujeres deben ser estúpidas, tontas, ingenuas o se las quieren llevar de inteligentes". Ellas saben que mi primo esta casado, que tiene hijos y que no las respetaba. Las ve como un objeto de placer, que se toma y luego se deja. Siempre terminan de la misma manera: llorando detrás de él o embarazadas sin la esperanza de un padre responsable.

A Romax le daba lástima ver a tanta chica bonita que se dejaba engatusar fácilmente y luego quedar llorando como una Magdalena. El primo nunca era honesto y su objetivo era hacer el amor a cuanta mujer pasara por sus manos. Éste no hacía ningún tipo de elección, lo único que le importaba era que fuera mujer. Decía que muchas primas habían aprendido de él algunas técnicas a escondidas, pero solamente quedaban en palabras, lo que sí le constaba a Romax era que muchas casadas habían pasado por sus armas.

En ese entonces, el chico había aprendido muchas mañas con el primo y también había hecho su colección de enamoradas, aunque como decía el maestro: "tienes un corazón muy bueno y con las mujeres uno tiene que ser sinvergüenza". Por esta razón el muchacho perdía muchas oportunidades que cualquiera hubiera deseado tener. Éste nunca quiso acostarse con ninguna prometiéndole cosas que no podía cumplir y mucho menos, ofreciéndoles dinero porque no tenía lo suficiente para tirarlo de esa manera. Su familiar le decía: "no tienes que dárselo, promételo y luego te olvidas". El chico prefería que si obtenía algo de una mujer debería de ser porque ella lo desería, de lo contrario prefería abstenerse.

Romax tuvo algo con una profesora del mencionado pueblo. Éste estaba en la cima de una montaña y por ende la temperatura era muy agradable. Su primo se había conseguido a una prima de la susodicha y aprovechando una visita dominguera para una fiesta del lugar, se quedaron a dormir en la casa que alquilaba la docente.

La profesora los presentó como familiares a los conocidos para despistarlos porque quería cuidar su reputación. Por la noche, se fueron a bailar como simples amigos y al amanecer todos regresaron a la casa muy contentos y con algunos tragos encima.

La maestra era una mujer mayor que Romax, pero se diría que escondía muy bien su edad, quizás porque su contextura no era muy fuerte. Según el muchacho, ésta andaba rozando los treinta. Ella, según los comentarios de la prima, había estado casada, pero se había divorciado porque le resultó un borracho el marido.

La novia de su primo les había dicho que desde su separación nunca había tenido otro hombre. La mujer estaba tan hermosa que hasta el primo quería comérsela, pero la presencia de la supuesta novia, no se lo permitía. Éste le advirtió, "Si no te la comes ahora, mañana vengo por ella."

Durante el baile, Romax fue la pareja de la profesora y mientras bailaban, en las canciones pegadas, éste fue tentando el terreno. Es decir que cada vez iba ganando puntos al aventurarse en su cuerpo. Al inicio la tomó muy ceremonioso, pero con forme se iban acoplando los cuerpos se iban pegando. La mujer nunca se inmutó de los avances del joven e incluso se le acomodaba mejor. Los tragos tenían mucho que ver en esa situación. Romax para probar sus límites se permitió meter una pierna en medio de la de ella y mientras bailaba la apretó contra él. La profesora al principio lo aceptó, pero luego se mantuvo a distancia poniendo sus manos en el pecho de éste. Desde ese momento, Romax no intentó otro acercamiento.

Mientras bailaron establecieron una conversación muy amena y el hecho de que su padre hubiera sido profesor les abrió mucha temática. El joven sintió que la profesora puso cierto reparo en continuar ese tipo de dialogo y, éste, no quiso forzar la situación, se dedicaron a hablar de cosas sin importancia. El resto del baile la pasaron tranquilos y regresaron a la casa de la anfitriona a eso de la media noche. Cada mujer se acostó en un cuarto separado y los chicos se quedaron en la sala durmiendo en unas hamacas. El primo de Romax no duró mucho tiempo en el sitio porque se deslizó como gato a oscuras y se metió al cuarto de su novia.

Al buen rato, los quejidos y los resortes de la cama comenzaron a salir sutilmente. Romax se puso inquieto, pero no se atrevió a meterse sin permiso al cuarto de la profesora. La acción de los amantes hizo calentar el ambiente y el sonido estéreo de la actividad sexual provocó que la docente no aguantara mucho tiempo en su habitación. Ésta salió de ella sudando y pidiendo a gritos ser amada. Se levantó buscando un vaso con agua y lo encontró a tientas, sin encender las luces. Luego, medio abrió la puerta trasera de la casa que daba a un patio muy grande lleno de plantas y árboles. Quería respirar aire fresco para calmar su calentura.

Una mano sostenía la puerta y con su cuerpo se recostada sobre un lado del marco, se tomaba tranquilamente el agua mientras escuchaba la música que continuaba en el baile. En el fondo deseaba que Romax se metiera en el juego y se convirtiera en protagonista de una escena de amor teniéndola como estrella principal.

El chico que no era ajeno a la situación, vio claramente todos los movimientos de la mujer y sabía de dónde venía la fuente del problema. Desde su hamaca, el muchacho veía la luz de la luna entrar por la puerta medio abierta y con ello descubrir el cuerpo de la profesora. La tela del camisón que le llegaba una cuarta debajo de sus nalgas, no era lo suficiente gruesa para impedir descubrir el cuerpo de la dama.

Hubo una pausa en la habitación de los amantes, pero luego comenzaron con más fuga y la profesora no pudo más. Volteó a ver hacia la hamaca como indicando que esperas, te estoy esperando. Luego abrió la puerta por completo y viendo al exterior de la casa se comenzó a refrescar los senos con el agua.

Esa fue la señal y éste se levantó de su sitio dirigiéndose a ella. No hubieron palabras de introducción ni preaviso para comenzar, se acercó por atrás muy suave. Ella lo escuchó levantarse y lo esperaba con los brazos abiertos. Tampoco deseaba escuchar palabras, ella solamente espera ser amada.

Una canción en ingles muy romántica comenzó a sonar en la distancia y ella se dedicó a medio murmurarla. El muchacho la tomó por la cintura por detrás y se le pegó al cuerpo. Ella no quitó sus manos de sus pechos y se limitó a moverse suavemente. Él comenzó a besarle suave por detrás los hombros y el contorno de su cuello; logró en pocos minutos encender las brazas que sólo esperaban ser sopladas. El vestido transparente cayó por simple gravedad, las manos del joven se distribuyeron entre los pechos y las partes nobles de ella. Ahí hicieron por primera vez el amor, en el patio de la casa con la luna vigilándolos. Luego siguieron su largo metraje sexual en la habitación de la chica, ambas parejas se turnaban para motivarse.

A la mañana siguiente, después de desayunar, se despidieron con la promesa de volverse a ver, pero nunca más se volvieron a ver las caras. Esa era la única duda que tenía el muchacho referente a si podía haber dejado un hijo por allí.

Éste se había prometido así mismo que no dejaría ningún hijo suyo tirado por cualquier lugar y por eso, evitaba lo más que podía hacerlo con cualquier mujer. El hecho de tener una profesión universitaria era un atractivo más para las del sexo opuesto. Romax, quien era muy observador, aprendió a conocer las intenciones de éstas y no le daba importancia a todas aquellas que lo veían como una simple oportunidad. Las trataba como un simple pasatiempo y una ocasión para aprender a tratar a una mujer para cuando llegara el verdadero momento. Comenzaba a sentirse un poco sinvergüenza.

Con su primo, aprendió a tomar cerveza y a no emborracharse. "Nunca se debe hacer muy rápido y siempre hay que estar comiendo algo sólido para que el alcohol no caiga en estomago seco", le decía. Sus camaradas de juerga decían que era como un ladrillo seco porque siempre dejaba a los demás tirados en el suelo y no se emborrachaba.

El muchacho se había jurado no hacer el ridículo de quedar tirado borracho en alguna parte; por eso, cuando se comenzaba a sentir mareado, se iba a orinar para que se le pasara y luego, ya calmado, se incorporaba al grupo. Pero un día que amanecieron tomando, la mayoría se había quedado dormido, una de su tías, que lo quería como su hijo, le dijo: "Romax, yo quiero mucho a mi hijo, pero no se junte con él porque éste lo va a perder."

Para el joven, estas palabras fueron muy duras porque una madre raramente habla así de sus hijos. Sintió como si su madre le estuviera hablando y a partir de ese día, se puso un límite para tomar. Máximo cinco cervezas en una reunión.

Sus tíos le aconsejaban que ya estaba en edad de formar un hogar, y aunque no le gustaba las tácticas de ellos para conseguir mujeres, por ser muy bruscas, deseaba encontrar una mujer para formalizar su vida.

Romax pensaba: "ya tengo una profesión y mis hermanos están todos mayores. Creo que es justo que comience a pensar en realizar mi vida como hombre."

Sus tíos le comentaban que, en su tiempo, ellos iban de compras a la capital de Guatemala en burros y caballos. En estos viajes, pasaban por ríos donde las indígenas de esos lugares lavaban sus ropas. Ellos, simplemente, si alguna de ellas les gustaba, la tomaban a la fuerza y ahí mismo le hacían el amor. Ellos decían que las mujeres no se desistían y la que lo hacía terminaba aceptando la situación. Ellos concluían que era un honor para una mujer indígena ser tomada en cuenta por un mestizo, su machismo no les permitía ver más allá de sus narices.

Ellos sostenían la tesis que la mujer no se tiene que comprender, porque al tratar de comprenderla, el hombre se complica la vida; por eso, simplemente hay que amarla. "¡Nunca lograrás comprender a una mujer aunque te dediques toda una vida! Cuando el hombre dice blanco, ella dice negro y viceversa," afirmaban los sabios de la familia.

Los escuchaba pero le parecía que esa teoría estaba sacada del puro machismo. Él se imaginaba siguiendo esos ejemplos y le resultaba imposible poder tomar a una chica a la fuerza para hacerle el amor. No estaba en su personalidad.

El chico soñaba, como buen romántico, poder encontrar una y a través de la amistad llegar a enamorarse de ella. Según éste, la mejor manera de lograr una relación duradera era siguiendo los pasos de la amistad porque si el amor fallaba o caía en algún bache, ésta podría ayudar a mantener a flote la barca, mientras se cargaban las baterías para volver a despertar el amor.

Una de las relaciones en la cual Romax no comenzó como un simple amigo se dio en su pueblo natal. Ahí era visto como alguien muy importante y aseguraban que la mujer que se casara con él, sería muy afortunada. Esa parte le molestaba e incomodaba mucho y por eso sus visitas al lugar eran esporádicas. "La gente me está poniendo en un pedestal y eso no me gusta porque al menor error me van a bajar corriendo", aseguraba.

En esa localidad, había una joven muy hermosa físicamente que pertenecía a una familia de renombre; ella estudiaba en la ciudad más cercana, Sonsonate, el bachillerato. Rubia, piel blanca, ojos gateados y cuerpo muy bien formado; estaba demás decir que era codiciada por muchos. La razón era que según las autoridades del distrito, él era el primer muchacho que se graduaba de una universidad y su mérito era mayor porque lo había hecho sin la ayuda de sus padres. Para todos, había sido toda una hazaña. Por eso lo admiraban y ponían como ejemplo a seguir.

Nuestro héroe comenzó a frecuentar las fiestas patronales y fue ahí que sus vidas se cruzaron, no tardó mucho tiempo para que las murmuraciones comenzaran a salir tratando de armar un romance. Se puede decir que le facilitaron las cosas, la familia lo conocía y las invitaciones comenzaron llegar; por su parte, la joven colaboraba de buena gana para provocar algo.

Ni lento ni perezoso, el muchacho se aprovechaba de la situación y trataba de averiguar hasta donde le permitían llegar. Las veces que quedaron solos las utilizaba de buena manera y la muchacha no se quejaba en absoluto. Romax se había prometido respetarla hasta donde pudiera y por esa razón no se atrevía a romper el cántaro, algo le decía que mantuviera su cordura.

La familia de Romax estaba dividida, unos decían que hacían buena pareja y otros que ella era muy poca cosa para él. A Romax, como siempre, no le importaba los dires de los otros y se dejaba guiar por su corazón.

Él se decía: "ya es hora de sentar cabeza" y pensó que la susodicha no estaba mal. Físicamente estaba muy bien dotada. La idea del matrimonio le comenzó a flotar en la cabeza y para ello, tenía que dar el primer paso: pedir su noviazgo formal. Estaba decidido a tomar la relación en serio, pero cada vez que tocaba el tema, ella terminaba llevándolo por otros caminos. Poco a poco, fueron entrando en juego pequeños detalles que al joven, por ser perceptivo, le fueron poniendo dudas.

Éste trabajaba en la capital y viajaba todos los fines de semana con el propósito de compartir su tiempo con ella. Ésta estudiaba durante la semana y regresaba los sábados a su casa, por alguna razón no lo hacía los viernes como la mayoría.

El día que Romax se dispuso a pedirle a su enamorada que pusieran una fecha para la boda, un primo, que vivía en el pueblo, lo invitó a tomarse unas cervezas para hablar de algo delicado. Ahí, éste le hizo ver que la seleccionada para ser su esposa lo estaba engañando, que no era un chisme porque él mismo la había visto con otro entrando a un motel de la ciudad.

A Romax le dolió mucho esa verdad porque le tiraba al suelo todo un sueño. Pero no le tomó rencor al primo, al contrario le agradeció que le contara eso. En su interior se decía: "cuando el río suena, es que piedras lleva". En ese instante decidió enfrentar al toro por los cuernos y se fue a buscar a la prometida sin preámbulos para sacarle la verdad.

En el camino pensaba: "tanto que me costó tomar la decisión, y lo hice con la persona equivocada; por suerte fue antes y no después."

Al enfrentar a la joven, ésta no negó lo ocurrido. Un poco altanera le dijo que en verdad nunca lo había querido y que era mejor que todo saliera a la luz, de esa forma la dejarían en paz.

Romax no dijo nada y pensó para sí: "que gran error iba a cometer, y pensar que quería que fuera mi mujer." Cerró sus puños, respiró fuerte y se marchó de su casa porque él sabía que un hombre escolarizado podía cometer muchos daños irreparables. Su primo lo estaba esperando y juntos se fueron a apagar la desdicha con el licor.

Romax no volvió al pueblo hasta que le pasó la rabia que no duró mucho, pero para no dar explicaciones a sus familiares y amigos optó por poner distancia. Para consolarse se decía: "es mejor que lo haya sabido ahora y no después de casado; me duele, pero ya me pasará."

En ese lapso de oscuridad sentimental, Romax se consoló con su amiga, la guía turística, quien para que éste respirara otros aires se lo llevó en sus viajes a conocer muchos lugares turísticos del país. Fue así que conoció la ruta indígena, el camino de las flores, las mejores playas del oriente (El Espino y El tamarindo) y los parques nacionales (Montecristo, El Imposible, El cerro Verde, etc.).

La amiga que era guía de turistas celebró su fiesta de aniversario a finales del año de una manera informal, a ella no le agradaban las grandes fiestas. Romax que deseaba ofrecerle algo especial se inventó un regalo que de seguro le agradaría a la festejada, la invitó a cenar a un restaurante especializado en carnes. Ésta al recibir la invitación, la aceptó de buen agrado.

Ellos en ese entonces eran muy buenos amigos porque ninguno de los dos tenía pareja y juntos se habían aprendido a consolar. Se llevaban tan bien que los amigos comenzaron a murmurar que entre los dos había algo, es decir una relación de pareja. Ambos habían aclarado ese malentendido porque no deseaban romper la buena amistad que los unía.

El restaurante escogido se llamaba: "Doña Mercedes", cerca del Boulevard de los Héroes en la capital salvadoreña. Ese día, Romax le había sugerido que se vistiese muy elegante porque la ocasión lo meritaba; por su parte, él ya había reservado su vestimenta.

Romax tenía todo muy bien planificado porque deseaba que esa fecha quedara grabada en la memoria positiva de la dama. Él había reservado una mesa para dos, comprado un lirio amarillo, pedido que un trío de guitarristas le cantase las mañanitas y una cadena de plata pura con un dije en forma de luna.

Cuando la festejada llegó al lugar, la recibió un mesero y la condujo a la mesa donde la esperaba Romax muy elegante con su traje negro. Desde que llegó, la belleza de la mujer le impactó mucho y un cierto nerviosismo le recorrió su cuerpo. Muy caballeroso, él la recibió muy sonriente, la beso en la mejilla, le apartó la silla y cuando estaba sentada le ofreció el lirio amarillo. Él tenía una sonrisa pícara, la misma que sacaba cuando el niño travieso que habita dentro de su ser, salía a la luz del sol.

Ella llevaba un traje negro de dos piezas muy ajustado a su cuerpo, con un escote pequeño donde una medalla de la virgen colgaba de una cadena sencilla en oro. Una blusa blanca con encajes y delgados se escondían bajo la chaqueta negra. La falda le llegaba casi hasta las rodillas y conjugaba muy bien con sus zapatos negros de tacón alto. Su maquillaje discreto le hacía resaltar la hermosura de sus ojos claros que se matizaban perfectamente con sus labios de color rubí.

En pocas palabras, ambos se impresionaron porque normalmente se veían en ropa casual. A los dos no les agradaba mucho la formalidad de la vida de alta sociedad y preferían la simplicidad de la vida cotidiana.

Romax no pudo evitar dejar escapar de su pensamiento frases que expresaban fielmente la belleza de su compañera. El se decía: "¡Guau! ¿Dónde he estado metido para no descubrir tanta belleza? ¡Que hermosa es! No deseo que mis ojos me traicionen porque sus atractivos me roban la mirada". Él trataba de mantener la mirada en los ojos claros de la mujer, pero los labios y el escote lo atraían como un imán. Sin contar que la sonrisa maliciosa de la dama le enmielaba el alma.

Por su parte, ella pensaba: "¡Qué agradable sorpresa! No pensé que fuera tan guapo, me fascina su atención. Que lindo es sentirse apreciada, él es un hombre maravilloso. ¡Siempre lo he pensado así!, pero ahora tiene algo especial. Me gustan sus labios gruesos y su sonrisa de niño inocente. Me gustaría que mi pareja me tratase así. ¿Le gustará como estoy vestida? ¡Quizás no! No ha dicho nada y me mira muy fijamente.

Al inicio, la conversación se limitó a conocer los pormenores de la preparación y los halagos de rigor. El mesero se acercó con el menú y confirmó lo que comerían. Mientras esperaban brindaron por su amistad y el deseo mutuo de encontrar la felicidad en alguien que los sepa apreciar. La muchacha no estaba acostumbrada a tomar licor por lo que la bebida del brindis se le subió rápidamente a la cabeza y su rostro mostró los efectos del alcohol, un rosado en sus pómulos, un brillo en sus ojos y una sonrisa coqueta en su boca.

Las pequeñas entradas que les sirvieron, aguacate con tostadas de maíz, ayudaron a estabilizar el estómago de la muchacha y su cuerpo se normalizó poco a poco. La conversación entró en una etapa más íntima y las confesiones no se hicieron esperar. Romax le dio la noticia de su posible partida del país y la necesidad de mantener secreta esa información porque la vida de los suyos estaba en juego; ella por su parte, le confesó la existencia de varios pretendientes de los cuales uno de ellos le llamaba la atención, pero que en ese momento lo que más deseaba era darse tiempo.

El trío de mariachis se acercó a la mesa cantando una mezcla de canciones románticas. Eran las canciones preferidas de ella, ésta pensaba que la sorpresa era esa, además de la cena, claro. Pero ahí no había terminado todo porque la velada apenas comenzaba. La sacó a bailar, le musitó palabras al oído y la hizo sentirse una princesa. Cenaron y al terminar, un grupo de meseros llegaron con un pedazo de pastel cantando "las mañanitas". Después que ella apagó las velas, Romax le obsequió la cadena y las colocó en su cuello.

Ella pareció sentirse un poco mal por tanta atención, el joven parecía que estaba traspasando la línea divisoria de la amistad. Un vacío de confusión le tocó el espíritu a ella y su rostro lo sacó a relucir. Él se percató y trató de apagar el fuego antes de que se convirtiera en incendio imposible de detener.

"¡Espero que no te moleste tanta atención! Mi objetivo esta noche es que te sientas la mujer más hermosa, sabes de sobra que te aprecio mucho y me duele que te hayan hecho sufrir. Por favor, no pienses otra cosa."

Ella sonrió porque el muchacho parecía que había leído su pensamiento y agradecida de darle paz a su espíritu le contestó: "la verdad ya comenzaba a dudar de tanta atención, pero el placer de sentirme querida me dominaba. Te agradezco de todo corazón esta velada, te juro que es la primera vez que alguien me trata de esta forma."

Él sonrió y agregó: "¡Qué bueno que todo está bien porque esto no termina aquí! ¿Te acuerdas que te dije que también había un regalo especial, una sorpresa?". La joven sonrió y le dijo: "¡Otro más! pensé que había sido la música y la cena. No deberías de preocuparte tanto." "No me preocupo, me encanta hacer esto. Tú sabes que te tengo mucho aprecio, te considero como mi mejor amiga", le tomó de una mano.

Las palabras tocaron el corazón de la festejada y en un gesto de agradecimiento estiró su mano para colocarla sobre la de él. "Yo también te quiero mucho y te considero como mi mejor amigo". La verdad era que la amistad entre los dos estaba a punto de traspasar los límites permitidos.

"El regalo que quiero darte es algo muy especial, pero requiere que me tengas mucha confianza, demasiada diría. Te juro que si no lo deseas, lo puedes parar en cualquier momento." Él se había puesto algo serio para que no pensara que estaba bromeando con ella.

"La curiosidad mató al gato", dice el dicho. La joven en ese momento lo único que deseaba era conocer la sorpresa y se esperaba algo mejor porque cada gesto ofrecido le colmaba un poco más su orgullo de mujer. Por eso le respondió: "¡Yo te tengo entera confianza! Y creo que no hay nada que pueda reprocharte hasta la fecha. Lo peor y que en verdad no sé si lo sea, sería que hiciéramos el amor." Una sonrisa maliciosa brotó de sus labios como lanzando un mensaje.

"¡En verdad, tienes que tener entera confianza para esto! No estás tan lejos de lo que dijiste, pero no es exactamente eso. ¿Aceptas el reto de vivir esta aventura por un mundo mágico y romántico?" Se lo dijo con un brillo de picardía en su voz y en sus ojos.

La respuesta de ella fue afirmativa y él para desviar la atención pidió que le llevaran la cuenta. Salieron del restaurante y se dirigieron a un hotel muy famoso que la chica adoraba porque muchas veces había ido a recoger a los turistas allí, "El camino Real".

Por el camino, éste le aseguró que no se trataba de hacer el amor pero que tenía mucho contenido sexual. Romax había estudiado muchos libros sobre cómo hacer masajes e incluso había ido a que le hicieran algunos para aprender a realizarlos. Ya había tenido una experiencia en las montañas del "Imposible" en "la poza del olvido."

En ese lapso del camino, la chica comenzó a recordar la vez que su amigo le sirvió de paño de lágrimas: "ella estaba pasando por una situación sentimental especial; su novio que se había marchado hacía tres años para Nueva York había roto su relación porque tenía otra pareja. Fue un día viernes por la noche que le llamó buscando consuelo y Romax la escuchó con mucha paciencia durante dos horas; trató de motivarla haciéndole ver que en la vida habían cosas más importantes que una ruptura amorosa.

Al día siguiente, ella tenía un trabajo que cumplir, era guía turista del Instituto de turismo, y no se sentía con ánimos de hacerlo e inclusive no le importaba si lo perdía. El chico que no estaba de acuerdo en perder un trabajo por dejadez, insistió mucho para que no se dejara doblegar por esa situación personal.

El viaje era para un lugar llamado vulgarmente "la herradura del encanto" porque era un lugar que tenía una entrada de mar en forma de arco. A los lados, estaba resguardado por una montaña de peñascos que se introducían al mar como medio kilómetro de distancia. Su entrada estaba cubierta por una vegetación inmensa que bajaba por una pendiente muy inclinada hasta llegar a una playa muy hermosa llena de coco e icacos.

Él había escuchado hablar de este lugar porque era un sitio que pertenecía al círculo militar donde solamente militares y familiares de éstos podían entrar. Este sitio estaba dotado de un hotel y todas sus comodidades, muchas cabañas y una hermosa playa que cuando el mar estaba vaciante, se podía caminar como dos kilómetros mar adentro con el agua hasta la rodilla, máximo. Ese lugar lo prestaban al ISTU dos veces al año y en tiempos fuera de vacaciones.

En su deseo por ayudarla, Romax se auto invitó al viaje para acompañarla y con ello matar dos pájaros con una piedra: acompañarla en su dolor y conocer el lugar. Ella aceptó encantada la sugerencia. Desde que se encontraron en el lugar establecido, un centro comercial de la ciudad, él la notó diferente, quizás las lágrimas y las palabras habían ayudado a sofocar el fuego de la desolación.

Cuando llegaron al lugar, a eso de las diez de la mañana, unos soldados los recibieron pidiendo los papeles del carro y el permiso de entrada. Al comprobar la veracidad de los documentos, el autobús se introdujo por una carretera sin pavimentar en medio de mucha maleza y árboles. Más o menos a dos cuadras de camino, pendiente abajo, llegaron a una zona de parqueo y ahí descendieron todos.

Hasta el momento, no lo impresionaba para nada el lugar, inclusive lo veía de baja calidad. Luego la guía los dirigió por un camino con escaleras de ladrillo y madera que descendía entre rocas y árboles. Cada vez que se acercaban al hotel, el ruido de las olas del mar se intensificaba. El eco del golpe del agua contra las rocas provocaba entusiasmo entre los turistas. Poco a poco el panorama iba cambiando de normal a hermoso. Cuando llegaron al pie del camino, un edificio sacado de un cuento de niños se elevó sobre las copas de los árboles; era el hotel que se erguía más alto que la foresta.

Desde ahí se podía apreciar el mar en la distancia porque su playa la cubría la vegetación de cocos, icacos, palmeras y otro tipo de árboles. Los visitantes se dividieron en dos grupos: unos se metieron de inmediato a la piscina y otros se fueron al mar después de las precauciones dadas.

Cada quien almorzó a su manera, la amiga se había dedicado a arreglar algunos detalles con las autoridades del sitio y Romax a descubrir la zona. Éste después de comer se fue a la playa a cortar icacos, que eran uno de los frutos que más amaba y que en cierta manera le recordaban cuando iba con su padre a cobrar las cuotas de los seguros de vida por lo manglares de la zona de Barra de Santiago.

La mayoría de turistas se fue primero al mar y luego terminó en la piscina del hotel. La playa casi quedó desierta como a eso de las tres de la tarde y el sol comenzó a buscar los labios del horizonte. Romax sintió el deseo de introducirse lo más que pudiera para observar el atardecer a solas. Ni siquiera se quitó la camiseta que portaba y siguió su instinto, muy despacio por precaución. Después de caminar como una cuadra mar adentro, se acostó boca abajo en el mar, sacando a flote solamente la cabeza. Se puso en dirección del horizonte para ver cómo las gaviotas y las pequeñas embarcaciones surcaban el poco espacio de visión que dejaban ver las puntas de las dos montañas que lo acompañaban lado a lado. En eso estaba cuando un deseo interior lo hizo volver la vista hacia la playa. En la distancia vio a su amiga que caminaba solitaria sobre la arena en dirección de unas rocas muy grandes. Ella vestía una calzoneta de una sola pieza de color azul, llevaba puesta una toalla en su cintura y parecía ir recogiendo conchas.

La muchacha no parecía una salvadoreña porque tenía una piel más blanca y unos ojos gateados que con el día podían cambiar de verde a azul claro. Su pelo castaño lacio le llegaba abajo de los hombros y se le movía con la brisa del mar. Su cuerpo era un poco relleno pero por ser alta se veía delgada. Algo especial en ella eran sus pechos muy voluminosos en comparación con sus nalgas planas.

A Romax siempre le había encantado la personalidad de ella y en cierta manera la admiraba por su franqueza en sus relaciones. Desde el inicio ponía las reglas del juego muy claras. Entre los dos se estableció una relación de amistad y respeto puesto que ambos conocían sus parejas respectivas o sus relaciones amorosas.

Desde la noche anterior no habían tenido la oportunidad de hablar a solas porque la muchacha se había metido en sus obligaciones de trabajo desde que se encontraron. En ese momento, Romax se levantó de donde estaba acostado y decidió seguirla, casi la alcanzó cuando ésta estaba llegando a las rocas.

Le gritó para que lo esperara y ella se detuvo hasta que le dio alcance. Cuando estuvieron juntos, lo invitó a seguirla porque le mostraría un tesoro escondido del lugar. Lo guió por un camino entre las rocas y agua de mar, pareció meterse en una especie de cueva entre la montaña. Desde afuera, la cueva parecía muy oscura pero la seguridad de la joven le dio a él confianza. Dentro del lugar, los ojos se adaptaron poco a poco y descubrieron la belleza natural que se escondía debajo de la montaña de rocas.

El agua apenas les cubría los pies del chico y seguía extasiado con tanta hermosura que se olvidó de la existencia de su amiga. La luz que entraba por otro extremo de la cueva dejaba ver a las jaibas, estrellas de mar y algunos pescados plateados deslizarse por el agua. La chica que iba por delante dobló por unos callejones y se perdió de su vista porque éste se había quedado observando un arco iris. Al querer continuar se descubrió solo y por instinto trató se encontrar a la joven. Él terminó saliendo de la cueva por otro extremo, detrás de la montaña. Era otro mar donde no había playa porque el mar topaba con una especie de muralla de rocas muy altas que se extendía muy lejos.

La muchacha se había introducido al mar y se había sentado sobre una roca para ver el horizonte. Romax decidió unírsele y caminó en su dirección. Al llegar dijo: "¡Guau!" En símbolo de admiración. Ella simplemente sonrió. El muchacho se quitó la camiseta y caminó como unos veinte pasos mar adentro para acostarse sobre el mar que apenas tenía una cuarta de agua.

A los pocos minutos, ella se estaba sentando a su lado sin decir palabra, parecía que no deseaba romper la magia del momento. Romax había notado la tristeza en los ojos de ella, pero no se había atrevido a preguntar nada. Él pensaba que la compañía era suficiente para ayudarle y si ella deseaba hablar, ésta debería comenzar el dialogo.

Para cambiar de dinámica, a él se le ocurrió jugar un poco. Se comenzó a deslizar sobre el agua como un lagarto con la cabeza sobre el agua, su intención era hacerla sonreír. La rodeo varias veces y luego se le colocó enfrente, ella encogió sus piernas y colocó sus manos sobre las rodillas para luego poner su barbilla sobre ellas.

Sus ojos se encontraron y las lágrimas comenzaron a brotar de ella. Romax decidió acerarse para consolarla y ella aceptaba la iniciativa, pero también observó una ola más se acercaba detrás del chico. Éste no se había dado cuenta, pero vio la expresión de sorpresa en la mujer. La ola lo lanzó en su dirección y la chica para que no se golpeara contra sus piernas las abrió para recibirlo con los brazos abiertos.

Romax terminó acostado sobre ella un poco asustado y algo avergonzado, pero de inmediato colocó sus manos sobre la arena para poner distancia entre los cuerpos. Él no deseó que ella interpretara mal ese gesto, le pidió disculpas de automático.

Ella sonrió y le dijo poniendo las manos en el pecho del joven: "¡No te preocupes! Fue divertido. Ella se secó, de los ojos, las lágrimas que se habían mezclado con el agua del mar.

Él se le quedó mirando un poco serio y le preguntó: "¿Te duele verdad? No tengas vergüenza porque todos pasamos por eso, pero te aseguro que pronto pasará". Ella le sonrió y le respondió con una voz quebradiza: "¡Lo sé, pero no puedo evitarlo!"

No había terminado de decir la frase cuando las lágrimas comenzaron a brotar impunemente. Él no tuvo otra opción que acostarse sobre ella y se abrazaron sin decir nada. De ese modo pasaron varios minutos callados, solamente el sol que comenzaba tocar el horizonte era el testigo silencioso del momento.

De repente ella dijo: "¿Por qué me tratas de usted?". Esa pregunta dejó en el aire a Romax porque parecía como la continuación de una conversación de la cual había perdido el hilo inicial.

Ella continuó hablando: "si nos conocemos hace mucho porque me tratas así con mucho respeto". El muchacho sonrió y agregó: "¡Es verdad! Debe ser que siempre he querido respetarla, digo respetarte". La mujer se quedó pensando unos segundos y dijo: "respetarme quiere decir no enamorarme o tocarme más de lo debido", agregó en signo de comprensión. "Más o menos, pero más creo que he tenido miedo de enamorarme de ti y por eso puse esa barrera para recordarme que estabas comprometida. De ese modo no atravesaría la línea divisoria."

Ella se quedó pensando y agregó sin más: "sabes, no se verdaderamente que es lo que más me duele: haber terminado o saber que es feliz con otra. Yo no soy tonta y lo sospechaba desde el momento en que las cartas comenzaron a distanciarse en el tiempo." Mientras ella continua hablando, él no decía nada y se dedicaba a escucharla.

En un momento dado, las lágrimas volvieron a resurgir de lo profundo de ella y en esa ocasión fueron los labios del joven que comenzaron a secarlas. Instintivamente las bocas se unieron, ella abrió las piernas y se acomodó al cuerpo de su amigo.

La chica había dejado de llorar y simplemente sollozaba en silencio mientras se besaban. Era ella la que se apretaba a él y éste se dejaba atrapar. La excitación llegó a tal grado que ninguno de los dos hubiera puesto reparo en hacer el amor como verdaderos enamorados, pero se limitaron acariciarse. La razón era que ella sabía que solamente era un desahogo corporal. Después de la tormenta llegó la calma, pero ninguno de los dos quiso entrar en detalles. Desde ese día, la relación entre los dos creció una pulgada más en la escalera de valores de ambos.

La reflexión la había llevado a las puertas de un magnífico hotel, cuando llegaron, él pidió la llave en la recepción y se presentó como el señor y la señora "liberté", porque había leído en un libro que en francés significa libertad. Ella sonrió porque tenía conocimientos del idioma de "Molière" y comprendía la sutileza de la palabra.

Ellos subieron hasta el décimo piso y al llegar a la puerta, él le preguntó: "¿Tienes tiempo para arrepentirte? Te juro que no te pasará nada y puedes detenerme en cualquier momento", lo dijo muy serio.

—"¡Me aseguras que lo que harás puedo pararlo en cualquier momento! —Se le quedó mirando fijo a los ojos. Él sonrió y agregó: "sí, pero casi estoy seguro de que no lo harás."

Ella mostrando un rostro de aceptación le dijo: "¡No he venido hasta aquí para quedarme en la entrada de la puerta! ¡Acepto la invitación y sus consecuencias!"

—"Eso me agrada de ti, tú determinación. No te preocupes que no es nada peligroso, es algo que pienso te va a gustar mucho".

—"¿De qué se trata? ¡Anda dímelo! Me tienes en ascuas", lanzó ella muy ansiosa.

Él tomándose el tiempo le dijo: "es un regalo muy especial que deseo darte, espero no defraudarte". Abrió la puerta de la inmensa habitación donde estaba una gran cama matrimonial y un tocador con un espejo inmenso.

Romax cerró la puerta y desenvolvió el regalo con sus palabras. "El regalo que deseo ofrecerte es una sesión de masaje. No es nada del otro mundo, pero necesitaba tu aprobación. Aquí comienzas a decidir si sigo o paro, la decisión es tuya."

La mujer se sintió un poco decepcionada, pero no quiso hacerlo sentir mal por todo el mal que se había hecho en la preparación. "¡Un masaje! ¡Guau! ¡En verdad lo necesito! Pero ¿quién me lo dará? —Soltó sin pensarlo y reaccionó de inmediato. ¡Perdón! Lógico, no hay nadie más que tú."

—"Te soy sincero, no tengo mucha experiencia, pero he estudiado el tema y me he ofrecido varias sesiones para comprender la materia muy bien. Bien entendido, también será un placer acariciarte."

—"El reto es inmenso, espero que la camisa no te quede muy grande. Me gusta la idea de darte una oportunidad de comenzar una nueva carrera", sonrió. "¿Habrá algo de beber en este lugar porque eso me ayudaría un poco a relajarme?

—"¡Creo que sí!" —Respondió el joven dirigiéndose a un pequeño congelador que estaba en una esquina. Sacó una botella pequeña de ron "flor de caña" y la mezcló con coca cola y hielo.

Entre curiosa y contenta se dijo: "lo peor que pudiera suceder esta noche sería que termináramos haciendo el amor". Era la segunda vez que lo mencionaba y la idea cada vez le gustaba más.

Él le ofreció la bebida y juntos la saborearon tranquilamente. Ella sintió los efectos muy rápidamente y una corriente de calor le comenzó a subir por el interior.

—"¡Estoy lista!" —Lo dijo dispuesta a recibir lo que fuera.

—"Recuerda, lo importante en esto es la confianza. Me paras en el momento que lo desees y lo único que tienes que hacer es disfrutar el momento; no valen palabras de tu parte y si deseas algo, es a través de tus manos que tienes que enviar el mensaje." —Lo dijo entre serio y pícaro.

—"¡Se que gozarás esto tanto como yo! —Le golpeo suave el hombre al joven. Antes de comenzar quiero preguntarte algo, lo vio la los ojos y dijo: "¿Estás enamorado de mí? ¿Te gusto como mujer?"

—"¡Guau! Son preguntas que ya me he hecho antes y te responderé siguiendo los sentimientos que poseo en este momento. ¡No estoy enamorado de ti, pero me fascinas como mujer!

Ella sonrió y dijo: "eso era exactamente lo que quería saber, ¡Gracias! ¡Soy toda tuya!"

—"Lo primero que necesito es vendarte los ojos", sacó un pañuelo y se lo colocó. Luego la sentó sobre el borde de la cama y le dijo que se mantuviera quieta escuchando porque tenía que preparar la pieza. Sacó una bolsa de pétalos de rosa y los lanzó por todo el lugar, el olor se comenzó a sentir. Encendió un poco de incienso y puso música instrumental de "Richard Clayderman".

Ella seguía bebiendo el ron y sus sentidos se comenzaron a impregnar de un aroma romántico. La cama había quedado cubierta con pétalos de distintos colores dándole un tinte típico al lugar.

La mujer siguiendo las indicaciones se puso de pie y comenzó a moverse al ritmo de la música, no tardó mucho para que el muchacho se le uniera al comprender el mensaje. Al unísono se unieron a la canción y ella comenzó a extender sus alas de la imaginación. Él, por su parte, con sus manos le comenzó a acariciar el cuerpo sobre el vestido y, en un momento dado, el cierre de éste se fue deslizando buscando la punta de la columna vertebral.

Bailaban tan lento y suave que no eran capaces de moverse de un ladrillo, se diría que sólo los cuerpos se movían tratando de encontrar la adaptación perfecta. Los tirantes que sostenía la blusa comenzaron a deslizarse por los hombros de ella y el escote se extendía lento sobre los pechos que sobresalían al estar apretados al pecho del joven.

La mujer sonreía porque estaba pendiente de los detalles y gozaba de la sutileza de cada gesto. Las manos del chico bajaron hasta la cintura y el cierre de la falda comenzó su descenso sin retorno. Ella sintió una ligereza en su ropa y, sin pensarlo, en un movimiento de cadera la falda fue deslizándose poco a poco por sus piernas hasta terminar en los pies de la dama. Fue ella misma quien sacó sus pies de los trapos, pero continuaba con su calzado de tacones altos.

Romax no dejaba de acariciarla con delicadeza y para deshacerse de la blusa se separó de ella unos milímetros, fue sin reparos que la blusa blanca bajo hasta que los tirantes quedaron atrapados en las manos de la mujer. Ella se deshizo de ellos con dulzura. En esos momentos, la chica estaba en ropas menores y a expensas de su amigo.

—"¡Tengo sed!", dijo ella. Él se separó de inmediato y fue a buscar otra bebida alcohólica. "¡Me vas a emborrachar!", le dijo al tomar el primer trago. "No es mi intención porque deseo que estés consciente de cada gesto", replicó suave.

—"¡Huelo a rosas, incienso y cuerpo de hombre!", lanzó al aire la muchacha. "Recuerda que no tienes derecho a hablar", le recriminó él. "¡Perdón! Estoy emocionada". El chico se quedó en silencio.

—"Desde ahora en adelante, no tienes derecho a decir ninguna palabra; salvo si deseas que pare", le dio la última directiva. Él la abrazó suavemente pegándose a su cuerpo y ella lo siguió con sus brazos sobre su cuello; se abrazó muy fuerte.

Romax le dijo al oído: "¡Voy a acostarte sobre la cama boca a bajo!" Le dio media vuelta y la acercó a la cama. Ella al tocarla se subió suavemente y se acostó boca abajo en medio de ésta sobre los pétalos.

Por su parte, él siguió el contorno de la cama para sentarse al lado de la muchacha que esperaba ansiosa el próximo paso a seguir. Se quitó la corbata y el saco, se arrolló la camisa. Sacó de una gaveta unos aceites aromáticos y se preparó para comenzar su masaje.

Como la dama tenía puestas unas medias de seda, éste se las fue quitando con delicadeza. La mujer aprovechó para sacarse los zapatos que seguían apretando los pies. Mientras él se ejecutaba, ella se movía dulcemente para facilitarle la tarea. El chico comenzó a recitar poemas que parecían murmuros en la noche que se unían a la música que no había parado de sonar.

Romax se separó de la cama para observar el bello cuerpo de la mujer semi desnudo, lo admiró por unos segundos. Sus miembros sensibles comenzaron a excitarse, pero se aseguró que se calmaran para poder continuar trabajando.

Ella, por su parte, se sentía observaba y movía sus pantorrillas de arriba abajo, una y otra vez. En ese momento estaba dispuesta a todo y deseaba que pasara algo más que un simple masaje.

La sesión comenzó con un suave y delicado movimiento en los pies, los aceites aromáticos facilitaban el contacto. Acto seguido fueron las pantorrillas y las piernas, un momento de hesitación fue el contacto con le calzón. Él no sabía si meter las manos o simplemente hacer el masaje sobre éste.

Romax se recordó de las instrucciones dadas y se dijo que si no le gustaba, ella se lo haría saber. Éste comenzó a jugar con los bordes de la prenda íntima y terminó metiendo la mano por completo en ella. La joven, por su parte, lejos de molestarse gozaba el juego y su mente un poco alcoholizaba le pedía más atrevimiento al muchacho.

La próxima etapa era la espalda y Romax decidió subirse sobre el cuerpo de la dama para hacer más fuerza. Un calor comenzó a sofocar al chico y su ropa también terminó dejando el cuerpo sudoroso del trabajador. Ella al sentir la presión varonil, gemía de placer y se abandonaba a la aventura.

Le quitó el brasier y completó su masaje en la espalada, luego le dio media vuelta para dar inicio a la parte frontal. En ese momento, ella estaba excitadísima. Él utilizó el mismo recorrido, pero en esta ocasión se unieron al trabajo los labios carnosos que sacaron más de una vez quejidos de placer. La primera vez que obtuvo su primer orgasmo fue cuando la boca del trabajador se puso a besar los contornos del calzón y las manos apretaban suavemente los pezones de sus pechos.

Él al descubrir las partes sensibles de ella tomó nota de esa información para utilizarla en los momentos oportunos. Fueron varias veces que la fuerza de la naturaleza invadió el cuerpo de la mujer queriendo explotar con sus fuegos artificiales. Ella sudo como si estuviera en pleno verano tostándose en una playa del país.

Al terminar el masaje, Romax la invitó a ponerse de pie y a bailar como al inicio Él estaba sin camisa y ella sólo con calzón. Luego de unos segundos, éste empezó a ponerle una a una las prendas que le había quitado con la misma delicadeza que lo había hecho al comenzar. Al terminar de vestirla, él se acomodó su ropa y se dispuso a quitarle la última prenda, la venda de sus ojos.

Cuando Romax se disponía a quitarle la prenda, ella no aguantó más la emoción y se colgó literalmente de éste; luego se puso a llorar. El joven se asustó y le preguntó: "¿Qué te pasa? ¡Ya puedes hablar! ¿Te sientes mal?" —Él estaba angustiado.

Entre sollozos y llanto, ella respondió: "¡No, estoy feliz! —Respondió emocionada. Él la abrazó fuerte y le dijo: "¡Ya casi terminamos!" Luego, para confundirla, la llevó fuera del apartamento y le quitó la venda.

Romax le dijo: "ese era mi regalo que deseaba darte". Ella lo miró, se vio y una curiosidad le llegó a la mente, se preguntó: "¿Sería un sueño?" Ésta le sonrió y le preguntó: "¿Puedo entrar?" "¡Claro! —Le respondió de manera pícara y le abrió la puerta.

Ella entró curiosa a la habitación que estaba llena de pétalos, olía riquísimo, la música continuaba a sonar muy bajo, la cama estaba deshecha y los vasos sobre la mesita de noche.

La mujer se dio media vuelta y al verlo sonreír, lo abrazó muy efusiva. "¡Gracias!" —Le dijo dándole un beso muy fuerte en la mejilla y otro en la boca. Él la abrazó y le dijo: "fue un verdadero placer, espero que te haya gustado." "¿Gustarme? ¡Me encantó!" —Se abrazó a él como quien se abraza al amor de su vida.

La muchacha se dio media vuelta, se quitó los zapatos altos para caminar como una niña sobre los pétalos, se dirigió a la ventana para ver la ciudad de noche pero como no se veía bien, Romax apagó las luces para que ésta disfrutara del paisaje. Él se sentó sobre el borde de la cama para contemplarla en su felicidad. El panorama mágico de las luces de la ciudad daba un toque especial a la velada.

Ella se dio media vuelta llorando de alegría buscándolo y lo encontró tranquilo, cansado y muy contento de la proeza que había hecho. Ella se le lanzó sobre él para abrazarlo muy emocionada con los ojos llorosos. Ambos cayeron sobre la cama y ahí permanecieron por un buen rato.

Romax le dijo: "como se que trabajas mañana, si quieres puedo pedirte un taxi". Ella se le quedó mirando y le preguntó: "¿Y tú que harás?" Él le respondió sonriendo: "me quedaré para disfrutar de esta pieza y mañana la limpiaré para dejarla arreglada."

Ella se dio media vuelta y se quedó observando al techo de la habitación y luego preguntó: "¿Y yo tengo derecho a quedarme?" Él, que miraba igualmente el techo, respondió con un brindis de picardía: "¡Claro que sí! Esta habitación la alquilé para ti, pero no sabía si deseabas quedarte a dormir."

La mujer sonrió y respondió: "antes lo hubiera pensado dos veces, pero después de todo lo que he vivido contigo creo que no tengo nada que ocultarte, conoces mi cuerpo de punta a punta. ¡Quiero disfrutar de esto hasta la última gota porque me parece como un sueño muy lindo el cual no deseo terminar! No sabía el tesoro de hombre que eres."

Él sonrió por los halagos y se sintió orgulloso de haber logrado su objetivo, hacer sentir mujer a su amiga. "Muy bien, acepto que te quedes pero te recuerdo que te quedas sin ninguna garantía y promesa de mi parte. Ya suficiente he sufrido en tocarte y no amarte", sonrió de buena gana.

La festejada se acercó y lo besó en el pómulo cerca de los labios. Luego le dijo: "lo sé, desde que entré a esta habitación y acepté el reto con todas las consecuencias que ello conlleva. Antes lo pensé, ahora no deseo pensarlo y deseo disfrutar todo lo que me ofrezcas como amigo y hombre." Ella dejó abierta las puertas de su vida y le entregó las llaves para que no le permitiera dar marcha atrás.

Ellos entraron en una conversación interesante y fue él quien calló rendido completamente dormido. El cansancio lo dominó. Ella lo besó suavemente en los labios y se levantó para ir al baño. Ahí refrescó su cuerpo con agua tibia y se descubrió una mujer satisfecha. A su regreso, al verlo doblado sobre la cama, le quitó la ropa y lo puso recto de espaldas, le acomodó una almohada sobre la cabeza. Cuando ella se iba a acostar a su lado, lo pensó dos veces y sonriendo se quitó el vestido para acostarse a su lado.

Ella lo estaba descubriendo como hombre, se quitó el brasier y se acomodó sobre el pecho desnudo del bello durmiente que al sentir lo cálido del cuerpo femenino reaccionó abrazándola con mucha ternura.

Por la madrugada, Romax comenzó a soñar muy rico. Él comenzó a acariciarla muy eróticamente y ella le respondió con la misma emoción. Ambos, entre dormidos y despiertos se amaron muy intensamente hasta caer extenuados.

Por la mañana, ella se despertó muy temprano, se dio un baño y se vistió para luego marcharse. Ésta dejó una nota que decía: "gracias, fue algo genial; nos vemos al rato, mil gracias por lo de anoche; nunca lo olvidaré."

Romax se despertó muy tarde y cuando fue a buscarla ya se habían marchado. Durante la semana, apenas se pudieron comunicar por teléfono para saber cómo andaban. Se volvieron a ver un mes después y fue para confirmarle que se marcharía del país dentro de pocos días.

Ella no se atrevió a decirle que se había enamorado de él por miedo a que se repitiera la misma historia. La chica quiso darle una despedida especial para decirle que lo amaba y planificó un viaje, pero como dice el dicho "uno pone y Dios dispone". Todo se vino al suelo porque la familia de Romax recibió la notificación que se iban del país antes de lo planeado, éste no tuvo otra opción que renunciar al viaje y arreglar los últimos detalles del viaje, es decir: vender lo que pudieran y regalar el resto.

Era la época de Pascuas, Romax y sus hermanos decidieron despedirse de todos sus familiares que se repartían entre El Salvador y Guatemala. En ese mes no tuvieron tiempo de hacer grandes cosas porque el tiempo era su peor enemigo, la salida del país llegó a pasos agigantados.

Romax y su amiga no pudieron verdaderamente hablar de sus cosas porque siempre pasó algo que les impidió realizarlo. Éstos lograron verse solamente una semana antes de marcharse del país. Este fue un encuentro de declaraciones y promesas sin dejar ataduras entre los dos. Fue un encuentro donde el deseo de estar juntos, aunque fuera una última vez, los llevó a tirar muchas barreras y a intentar aventuras personales

De todas estas historias románticas, saldría a la luz una de las mariposas de papel que llevaba el nombre de "Cuando mi corazón quiere hablar de amor" y decía así:

Bastaría una gota de miel
para que mi alma se endulce de esperanza y bondad;
Bastaría saberte cerca de mí
para sentirme un ser completo y feliz;
Bastaría una simple mirada
para escaparme en el espacio de tu vivir;
Bastaría saber que me amas
para pertenecerte por la eternidad.

Mi alma reboza de gozo y mi corazón respira vida;
Mis días se han convertido en tus días;
Mi tiempo en tu tiempo; mi vida en tu vida.

Soy simplemente un eco de tu amor;
Soy la respuesta que busca afanosa tu compañía;

Soy lo que has estado buscando como el calor de tu vida;
Soy la guarida que espera tu venida.

Quiero hablarte de amor porque tú eres mi amor;
Quiero decirte mi vida porque eres parte de mi vida;
Quiero entregarme completo porque de ti soy el secreto;
Quiero saberme tuyo porque de ti soy el murmullo.

Deseo que entre tú y yo seamos un solo corazón,
Que el amor se dé cita en nuestro existir,
Que nuestro vivir brille por nuestra ilusión,
Que esta ilusión nos enseñe a sobrevivir.
Desearía darte más de lo que tengo y lo que soy,
Tengo sólo mi vida para ofrecerte mi caminar,
Soy el fruto de mi historia y es mi tesoro a compartir,
Camino mi destino y en el camino forjaré mi destino.

Te ofrezco una ruta compartida,
Una fruta para dos, un amor sin medida,
Una historia para construir una vida.

2.10 Una salida inesperada.

A finales de los ochenta, los acontecimientos políticos del país no presagiaban nada bueno para el futuro, la guerra se había trasladado del campo a la ciudad, la situación económica cada más precaria y la inseguridad social estaba en aumento.

La familia de Romax había sido el objeto de varias visitas por parte de los soldados sin haber dejado mayores consecuencias, pero la última de ellas los había dejado con una sensación de muerte volando sobre sus cabezas. En esa ocasión, los militares llegaron de improviso como en las películas de acción y entraron por todos lados de la casa: puertas, ventanas, por atrás, por delante y hasta por el techo.

Ese día se habían dado sita al lugar dos grupos de estudiantes: uno de medicina y otro de administración. En ese momento estaban repartidos en varias habitaciones: la sala, el comedor y en algunos dormitorios. Todo comenzó como a las siete de la noche, un apagón eléctrico oscureció la colonia y en menos de decir "¡está pasando algo!" Los ruidos de las armas cargándose entraron por todas partes.

Los jóvenes estudiantes ni siquiera pudieron moverse de sus lugares cuando ya estaban boca abajo sin saber que pasaba. Los tiraron al suelo y comenzaron a registrar de arriba hacia abajo, ellos buscaban pruebas que pudieran incriminarlos, es decir: armas, publicidad contra el gobierno, ropa o alguna droga.

Los visitantes nocturnos pusieron la casa patas arriba, pero no encontraron nada que pudiera inculparlos. Al final, ese susto no pasó a mayores consecuencias de manera inmediata; sin embargo, la milicia se llevó los nombres, teléfonos y direcciones de todos los miembros de la casa, amigos y familiares. Es decir, los pusieron en una especie de lista negra y a partir de ese momento sus vidas dependían de una decisión arbitraria.

Romax y la hermana mayor no estaban en ese momento, pero al llegar se dieron cuenta de lo sucedido. Desde ese día, ellos sabían que tenían que buscar otro lugar para vivir porque la situación en su hogar se había puesto color de hormigas, no estaba para juegos. Las reuniones estudiantiles y familiares quedaron anuladas, la posibilidad de dejar los estudios se puso sobre la mesa y la opción de salir del país salió por primera vez a relucir en la boca de los huérfanos.

La hermana mayor en su afán por buscar una salida, comenzó a pedir sugerencias a sus amigos y familiares. Una compañera de trabajo le sugirió que hiciera una aplicación a una organización de ayuda internacional llamada "Organización Internacional de las Migraciones (OIM)", porque uno de sus familiares había viajado a Australia por ese medio. Se informó sobre el programa y habló con sus hermanos sobre esa oportunidad; decidieron aplicar para saber si había alguna posibilidad, pero cautos en sus movimientos no le dieron mayor importancia al asunto y siguieron sus vidas normalmente.

El organismo en cuestión ofrecía la oportunidad de salir del país para aquellos que estaban en peligro de muerte en los países en guerra. Éste favorecía las familias jóvenes, con buen nivel educativo y con buena salud física porque necesitaban manos fuertes para el trabajo y dispuestos procrear. En ese momento, sólo existían tres opciones: Suecia, Australia y Canadá.

El proceso, como tal, era muy largo y tedioso. La hermana mayor depositó, uno a uno, la información necesaria que el organismo exigía y en la aplicación escogió el único país del continente americano, Canadá. Ellos pensaban que si las cosas no salían como se esperaba se tenía la posibilidad de regresar al terruño querido aunque sea caminando. Ella creía que lo hacía en nombre de toda la familia, es decir, sus hermanos. La historia le demostraría que el concepto de familia difiere mucho de un país al otro.

Romax, mientras tanto, trabajaba como agente vendedor de seguros de vida en una empresa internacional, pero buscaba muy afanoso un empleo más inclinado a la administración de empresas. De alguna manera, que él no lograba comprender, la vida le estaba llevando por un sendero muy diferente al que éste deseaba seguir; parecía como si lo preparara para algo especial. En ese momento, se sentía un poco confundido porque nada le estaba saliendo bien.

La hermana recibió la notificación para una entrevista seis meses después, casi fue como un regalo de cumpleaños porque la cita cayó en su propio día, eso le presagiaba algo bueno. Ella fue al encuentro por curiosidad, pero solamente sirvió para terminar de llenar unos papeles que estaban incompletos. Después de eso, la siguiente etapa era una entrevista con la responsable de la embajada; sólo se tenía que esperar la fecha.

Mientras tanto, en ese tiempo, la habilidad literaria de Romax no se había detenido en ningún momento, sus escritos seguían llenando los libros, agendas y bolsas de sus pantalones. Las servilletas y el lapicero nunca lo abandonaban, él sabía que en cualquier momento la inspiración le llegaba y ahí donde estuviera tenía que dejarlo plasmado, porque sino se perderían para siempre.

Poco a poco, la música se había ido metiendo en su alma y sus poemas se iban pareciendo cada día más a canciones románticas. El único problema era que no podía retener la melodía, inventaba una canción con una linda armonía pero al buen rato se le había esfumado. Esta situación lo frustraba mucho y se había prometido a sí mismo aprender a tocar guitarra para llenar este vacío artístico.

Un día que visitaba a sus familiares en el pueblo, uno de sus tíos le dio un concierto de requinto que jamás olvidó. Fueron las viejas canciones del trío "Los Panchos" que le hicieron crecer el deseo de practicar ese instrumento de música para pintar de amor sus palabras. Cuando oía musitar sinfonías de placer saliendo de cuerdas de seda, en su alma se despertaba una musa mañanera que le reclamaba muy fuerte una oportunidad para volar.

El muchacho se propuso comprar lo más pronto posible una hermosa y sensual guitarra acústica. Era color caramelo en la parte frontal y caoba en sus contornos, un tono aplomado en sus cejillas y sus manijas lucían un blanco hueso. Un deseo travieso de sacar de inmediato lindas melodías le quemaban el alma y la pasión, pero quedó en un simple humo de neón toda la intención de hacer maravillas sus sencillas mariposas de papel.

El abuelo le dijo un día: "es de sabios comprar antes el deseo que la ocasión porque todo puede quedar en una simple ilusión". Él tenía razón porque para aprender a tocar guitarra o cualquier otro instrumento es necesario mucha práctica, deseo de aprender y mucha habilidad manual. Como dice el dicho de la calle "la práctica hace al maestro". Romax lo comprobó rápidamente y su amada dama color caramelo quedó colgada en una de las paredes de su cuarto como una prueba de su fracaso artístico. Cada vez que la veía le recordaba que no había puesto mucho esmero y que un día debería retomar el camino para seguir el sendero del que se había apartado por cobardía.

Unos meses después, una situación especial comenzó a poner el tiempo en una cuenta regresiva para la familia. Ellos tenían como vecinos a una familia muy querida que siempre les ayudó en los apuros que pasaron. Esta familia estaba compuesta con varias mujeres y un solo hombre que formaba parte de la fuerza armada. Casi nunca se le veía por casa y nunca avisaba la hora de llegada por temor a los enemigos que le habían puesto precio a su cabeza, Romax lo vio muy pocas veces en los años que tenían viviendo ahí.

Un día, este joven militar se presentó a su casa en un carro deportivo de vidrios polarizados y al salir de su vehículo, unos individuos enmascarados llegaron como ráfagas y lo mataron a sangre fría frente al portal de la casa de su madre. Según le contaron sus hermanos, éstos estaban en la sala y al escuchar que los perros ladraban en dirección de la entrada salieron a ver por la ventana lo que sucedía. En ese momento, unos disparos con sonido hueco se escucharon y un gemido de dolor salió del alma de un cuerpo. El hermano que se precipito a ver por las persianas logró observar como dos enmascarados le gritaban a un tercero que terminara el trabajo. El individuo que observaba el cuerpo caído los vio y se volteó para dar el tiro de gracias, luego rápidamente se metió al vehiculo que salió muy de prisa del lugar. Por suerte para el hermano de Romax, la ventana estaba cubierta con una planta muy frondosa que no permitía ver desde afuera hacia adentro.

La madre del muchacho presintiendo lo sucedido se asomó a los segundos de haber ocurrido el incidente y gritó como loca para pedir auxilio para salvar a su hijo, pero el mal ya estaba hecho. El hermano de Romax había quedado traumatizado por la situación, pero contó la versión de lo sucedido a los policías que investigaron el caso. Toda la familia tuvo que rendir su declaración y aunque no tenían nada que temer, sintieron que serían un buen chivo expiatorio si alguien deseaba hacerles daño. La tensión y el miedo aumentó de manera exponencial en la vida cotidiana de los jóvenes.

Era noviembre y los rumores de un ataque masivo a la capital se fueron intensificando cada día más. Toda la gente trataba de acumular víveres para alguna emergencia, es decir: maíz, fríjol, arroz, aceite, huevos, agua y muchas latas de conserva. Romax y los suyos no podían hacer mucho porque no tenían el dinero suficiente y se conformaban con ir sobreviviendo.

Fue a mediados de diciembre cuando estalló lo que los subversivos llamaban "la última gran ofensiva". Atacaron por varios lugares estratégicos y dejaron casi paralizada toda la capital. El ejercito, que se vio sorprendido, poco a poco fue recobrándose y recuperando terreno. La zona más peligrosa fue precisamente el sector donde vivían Romax y sus hermanos, cerca del volcán de San Salvador.

En la casa, solamente estaban Romax, sus hermanos menores y un amigo del pueblo que se alojaba con ellos, porque estudiaba con su hermano menor. La hermana mayor se había quedado atrapada en casa de una amiga del trabajo. La guerra estaba tan intensa que los combates eran muy fuertes entre el ejército y la guerrilla; ésta los atacaba desde puntos estratégicos con francotiradores muy bien colocados.

Las balas y las ametralladoras se convirtieron en la música cotidiana durante una semana. Hasta los helicópteros y los tanques hicieron su aparición en el espectáculo, sembrando el pánico en la ciudad con cada bomba que dejaban salir.

Frente de la casa de Romax, cerca del jardín, habían varios árboles muy grandes. También, frente a la colonia, estaba una pequeña finca de cafetales y árboles frutales; desde ahí disparaban los francotiradores de la guerrilla. Los soldados se apostaron frente a la casa del chico para responderles y el intercambio de balas no se hizo esperar. La colonia completa se vio bañada por una lluvia de balas que comenzaron a tocar techos y paredes.

Romax y sus hermanos, para protegerse, hicieron una especie de trinchera en el cuarto que estaba al fondo de la casa. Pusieron los colchones de algodón como protección, se metieron todos debajo de ellos; se movían solamente por necesidad. Pasaron ahí mucho tiempo hablando en voz baja o en completo silencio. A los tres días, se les acabaron los víveres y el agua; la luz eléctrica llegaba por momentos y la situación no parecía mejorar para nada. Por suerte para ellos, sus vecinos siempre les dieron la mano y fueron ellos quienes les estuvieron pasando comida de vez en cuando.

No hay nada peor que la incomunicación y los rumores en una situación de crisis, decía el abuelo del chico. Ellos pensaban que toda la ciudad estaba en el mismo estado y los rumores decían que los subversivos se metían en las colonias y para no salir a la calle, hacían huecos de casa en casa para hacerse camino y sorprender a los soldados. El pánico se instaló en el hogar y el miedo les puso los nervios de punta.

Al sexto día, los soldados pasaron anunciando que atacarían sin piedad la mañana siguiente y que aquellos que tuvieran la oportunidad de dejar sus hogares lo hicieran al amanecer, que solamente llevaran un trapo blanco para indicar que no eran subversivos. Esa noche, Romax y sus hermanos tomaron la decisión de dejar su hogar. Se marcharían con los primeros valientes que tomaran el camino del exilio. Se lograron comunicar con su hermana mayor, que estaba en otra zona de la capital muerta de miedo y se pusieron de acuerdo para reunirse en la estación de buses de occidente que los conduciría hasta su pueblo natal.

Solamente salieron con la ropa que tenían puesta. Cuando la gente comenzó a salir de sus casas, éstos se unieron a ellos. Eran como las seis de la mañana, todos llevaban un pañuelo blanco en su mano y caminaban agachados, deslizándose por las paredes de las casas en fila india. Para colmo de males, cuando pasaron cerca de una base militar, los enfrentamientos comenzaron y todo el mundo que huía se tuvo que tirar de estómago contra el suelo. Luego como lagartos se comenzaron a mover porque estaban en medio del fuego; como pudieron se pusieron a cuclillas y se fueron alejando del lugar, pero un subversivo se fue a colocar justo sobre una roca en un paredón arriba de ellos y los disparos de ambos lados comenzaron a sonar sobre sus cabezas. Las mujeres gritaron de pánico y miedo. La hermana menor de Romax se quiso desmayar y fue éste quien se la colocó en su hombro; tuvo que gritarle muy fuerte para que se controlara. Este le dijo: "¡Tranquila! No ha pasado nada. ¡No te me vayas a desmayar! ¡Pronto saldremos de aquí! ¡Vamos, tú puedes! ¡Camina!"

Ella le decía: "¡Mis piernas no me responden!" El joven, que también estaba con miedo, casi la arrastraba y al mismo tiempo le pedía a los hermanos menores que no se detuvieran. Él no podía demostrar flaqueza ni cobardía en esos instantes y como un buen general dirigió con mano firme a sus hermanos a la salvación. Todos avanzaban agachados, hasta los perros se adaptaban a la situación. La hermana menor, poco a poco, fue recobrando sus fuerzas y se logró incorporar para continuar llorando de miedo por todo el camino.

Después de veinte minutos, para su sorpresa, salieron a otra colonia de la capital donde parecía que no pasaba nada. La gente les preguntaba asombrada si venían de la zona en conflicto, cómo si fuera algo que sucediera a mil kilómetros de distancia. Romax sintió, en su interior, un enojo inexplicable y se preguntaba: "¿Cómo era posible que ellos hubieran estado sufriendo durante una semana y solamente a pocas cuadras de distancia se encontrara la tranquilidad añorada? Desde ese momento, Romax deseó de todo corazón salir del país y no volver jamás, él no deseaba vivir en un mundo donde la inseguridad y el estrés formaran parte de la vida normal de una persona. Sin saberlo, su deseo sería cumplido en menos de lo que él lo hubiera sospechado.

En el autobús que los llevaba hasta su pueblo, escucharon por la radio de que habían matado a unos jesuitas; al principio decían que eran los subversivos, pero después de unas semanas los rumores decían que habían sido los soldados. Ésta información fue confirmada años más tarde. Cuando comenzaron a mencionar los nombres, Romax no dejó de sentir mucha tristeza al reconocer las personas implicadas, sus antiguos profesores universitarios. Entre los muertos mencionaron al rector Ignacio Ellacuría, quien le había ayudado mucho a ingresar y obtener su diploma; a los profesores Segundo Montes, Ignacio Martín Baró, Amando López, Juan Moreno y Joaquín López y López. Dijeron también que en el atentado murieron la domestica Elba Ramos y su hija Cecilia. Ese 16 de noviembre de 1989 quedó grabado en la memoria de muchos salvadoreños como un hecho histórico que rebasaba el vaso de la tolerancia humana y la guerra civil había alcanzado un nivel inaceptable a nivel mundial. La lista negra era inmensa y cada día se sumaban muchos inocentes que nunca tuvieron la oportunidad de saber la causa real de su muerte. Años después saldría a la luz que la masacre fue realizada por un escuadrón del Batallón Atlacatl de la Fuerza Armada de El Salvador.

Este acontecimiento movió a la comunidad internacional y los llamados a la paz venían de todas partes. La OIM agilizó los procesos de las personas que solicitaban asilo y refugio político por lo que el caso de la familia de Romax fue resuelto favorablemente.

Romax y sus hermanos pasaron las fiestas de fin de año en el campo y luego volvieron a la capital, no sin el temor de la muerte acechándolos. El miedo de otra ofensiva estaba latente en la ciudad, pero la necesidad obligaba a seguir luchando; se tenía que endurecer el corazón para no doblegarse al sufrimiento cotidiano que provocaba el conflicto armado.

Al marcharse por varias semanas a su pueblo, Romax perdió su trabajo en la compañía de seguros. Esto le sirvió de incentivo para dedicarse a buscar en su verdadera profesión, pero la situación económica no estaba para juegos y parecía que la suerte le había abandonado. Después de cierto tiempo, una empresa internacional buscaba un administrador para su sucursal en Honduras. Romax había aplicado y había sido seleccionado entre los diez candidatos para pasar una serie de exámenes orales y escritos. Una luz de esperanza se comenzaba a vislumbrar al final del túnel y el joven creía firmemente que si lograba obtener ese trabajo, su vida cambiaría.

En esos días, la hermana mayor de Romax recibió la tan ansiada cita para que presentara su caso ante el representante de la embajada de Canadá. Según ella, la cita era para todos y se prepararon para la entrevista. Ellos no sabían que una sorpresa les esperaba a su llegada, la cónsul llamó sólo a la hermana mayor y al resto les dijo que ellos no tenían nada que hacer ahí por lo que se quedaron esperando un poco confundidos en la sala de recepción.

La señora habló con la hermana mayor y le dijo que la habían aceptado en el programa para emigrar a Canadá. La muchacha no entendió muy bien la información porque la responsable hablaba de manera singular, dejando de lado a sus hermanos.

Ésta le preguntó: "¿Quiere decir que nos han aceptado para ir a vivir a Canadá?" La embajadora le sonrió y contestó: "¡No!, la hemos aceptado a usted." La chica muy intrigada, preguntó: "¿Y mis hermanos se quedan? Me disculpa pero yo no me muevo de mi país sin ellos. Yo pensé que había pedido para todos, no sólo para mí. El problema en el que estamos no es sólo mío, todos estamos metidos en él. Como usted bien sabe, somos huérfanos de padre y madre desde hace diez años; hemos vivido en las buenas y en las malas juntos, y yo no pienso abandonarlos ahora. Me moriría estando sola y lejos, prefiero morir en su compañía. Le agradezco la oportunidad que me da de salir, pero en esos términos no me interesa." Se puso de pie y se alejó rumbo a la puerta de salida de la oficina con la convicción de que hacía lo correcto.

Las palabras de la joven impactaron a la responsable y antes de que ésta llegase a la puerta le dijo: "¡Espera un momento por favor!" Con su español aprendido le dio un toque gracioso. "¿En verdad no te interesa marcharte? Pero tu vida corre peligro. La muchacha se detuvo y con una cara de conocer su destino le contestó: "lo sé, pero mis hermanos son mi única familia y por ellos estoy dispuesta a dar mi vida si es necesario."

La mujer la miró y dijo: "entiendo". Luego agregó: "el problema es que para nosotros ustedes no son una familia completa", pero al escuchar sus propias palabras reflexionó del error que estaba cometiendo. Se acercó a la joven, le abrió la puerta y al ver al resto de los hermanos que se paraban para recibir a la hermana muy contentos, una luz se le iluminó.

Les sonrió y preguntó: "¿Qué edad tiene el menor? ¿Es mayor de edad?" Preguntó. Todos respondieron con una afirmación de cabeza, bajándola. "Me gustaría hablar con ellos", los invitó a seguirla a su oficina. La hermana mayor se quedó confusa esperando porque no veía la pertinencia de ello, la oferta había sido rechazada.

Cuando estaban adentro, la cónsul les pidió que le contaran su historia. Romax por ser el mayor tomó la palabra y haciendo uso de toda su capacidad literaria y de oratoria relató el mismo drama que estaban viviendo con lujo de detalles. Éste, inclusive, le puso un toque de picante a su narración que hasta sorprendió a sus mismos hermanos. Al final, la responsable llamó a la hermana mayor y les dijo: "vamos a hacer una excepción con ustedes. En mi país se considera una familia la composición de padres e hijos, los hijos solos no forman una familia, pero ustedes por ser jóvenes y al estar viviendo juntos durante muchos años, me han demostrado que forman un buen ejemplo de unidad familiar. Mi país necesita ese tipo de gente. La única opción que veo es que los acepte individualmente." Verificó los datos personales y agregó: "¿Necesito que llenen unos formularios y que me den algunas fotografías? ¿Tienen algunas?" Los chicos comenzaron a buscar en sus respectivas carteras y efectivamente encontraron las necesarias. Allí mismo llenaron los formularios exigidos y ella firmó la aceptación frente a ellos.

Luego les preguntó: "¿A qué provincia de Canadá quieren ir?" Ellos se vieron las caras porque no les había pasado por la mente esa idea. No sabían que Canadá era el segundo país más grande, en territorio, del mundo.

Romax contestó: "¡Montreal!", porque él seguía el béisbol de las grandes ligas y ahí había oído hablar de los "Expos de Montreal". Además, esta ciudad había sido muy importante porque en ella se habían celebrado los juegos olímpicos de 1976 donde una tal Nadia Comanechi había hecho historia en Gimnasia.

La cónsul respondió: "¡Québec!" Romax volvió a decir: "¡No, Montreal!" La señora sonrió y les dijo: "¡Montreal está en la provincia de Québec!" El chico aceptó reconociendo su ignorancia en geografía.

Al final, al despedirse la embajadora les deseó suerte y les dijo: "¿Espero que les guste el francés?" Todos sonrieron y respondieron: "¡Sí! —Porque pensaban que se referiría al pan que comían todas las mañanas y no a la lengua de Platini, el jugador de fútbol francés.

Se hicieron los exámenes médicos exigidos y unos meses después, les llegó la noticia de su salida, justo antes de la Semana Santa. A penas les dieron un mes de preparación y éste pasó volando. En ese momento, muy pocos sabían de la decisión de dejar el país.

Cuando realizaron el peso de la decisión tomada, algunos de los hermanos comenzaron a cuestionar dicha acción y querían echarse para atrás. Unos ponían como pretexto sus perros y otro su novia. Romax, quien tenía los mejores motivos para quedarse, estaba seguro de marcharse del país porque sabía que esa vida no era para alguien que buscaba superarse y vivir en paz. Como responsable de sus hermanos creía firmemente que sería más fácil para ellos en el exterior. La vida le demostraría que ellos fueron el pretexto para sacarlo de su terruño querido.

A partir de ese día, comenzaron a vender sus cosas pero nadie les quiso dar mucho dinero, así que decidieron dejar todos sus bienes con la promesa de pago en el futuro que, por supuesto, jamás se hizo realidad. Solamente lograron reunir veinte dólares para cada uno.

Los familiares se sintieron tristes de verlos partir, pero orgullosos a la vez porque con ello salvaban sus vidas y tenían la oportunidad de tener una mejor vida lejos del peligro de la guerra. Les llamaban cariñosamente: "los sobrinos viajeros" y se preguntaban ¿hasta dónde los iba a llevar ese deseo de ir más allá?, buscando siempre la superación personal. Ellos se despidieron de los familiares y amigos de manera discreta para evitar levantar polvo y provocar algo negativo.

Una semana antes de marcharse, Romax logró encontrarse con su amiga, la guía de turistas. Ésta había andado muy ocupada en su trabajo, pero logró darse un tiempo para encontrarse con el chico porque el deseo de hablar todavía estaba vigente. Necesitaba, al menos, decirle sus sentimientos antes de que se marchara. Ella fue a visitarlo con el pretexto de buscar a su amiga, la prima del chico, pero en verdad, ella había llegado por verlo. Nadie sospechaba que entre los dos había nacido un gran amor. Ese día, no pudieron hablar porque la casa estaba congestionada con algunos familiares y amigos. Fue en la despedida que ella metió una nota en la bolsa de la camisa de él para darle una fecha con hora y lugar incluido. Ésta decía: "sé que te marchas y me gustaría verte por última vez; te invito a una cena de despedida. Post data: hay sorpresa incluida." El chico al leerla sonrió y aceptó con un guiño de ojo.

En esa ocasión, ellos no estaban vestidos con ropas elegantes, más bien, de forma casual. Fue en un centro comercial llamado "Metro Centro", donde se encontraron y ahí ella le dijo: "el sitio adonde quiero que vayamos a comer es al hotel de la montaña de San Jacinto". Abordaron un taxi y se dirigieron al lugar de embarcadero porque para subir se necesitaba tomar un monocular tirado por cables de acero.

La vista panorámica desde la cima de la montaña era maravillosa, sobre todo de noche, y era exclusivo para gente de dinero. También existía un parque de atracciones y muchos restaurantes típicos. Llegaron casi al anochecer y se dirigieron a un pequeño restaurante hecho de madera y palma llamado: "el rinconcito". Ella deseaba que su amigo comiera en esa ocasión solamente productos propios del país, es decir: pupusas, nuégados, pastelitos de carne, empanadas y su plato preferido: "frijoles fritos con plátanos, crema, queso y aguacates". Pidieron todos los platillos y los combinaron. Inclusive ella, que no bebía licor, pidió una cerveza "Pilsener" para tomarla juntos.

Como a las ocho de la noche, Romax pensó que era mejor bajar de la montaña porque el último viaje salía a las diez y había toque de queda. Arriba, el clima era diferente y el frío se hacía un poco penetrante. Cuando éste le insinuó la posibilidad de marcharse, ésta le dijo: "no te preocupes, hoy nos quedaremos en el hotel de aquí. Allí te tengo la sorpresa". El muchacho se sorprendió mucho y trató de persuadirla de no hacerlo porque sabía que el hotel era muy caro. Ésta le respondió: "el hecho de ser guía de turistas tiene sus ventajas. Ellos me debían una y les dije que traería a mi pareja para una noche especial. No tengo que pagar nada." Eso tranquilizó al joven. Desde el hotel llamó a sus hermanos para decirles que no llegaría a dormir esa noche.

Ambos se sorprendieron cuando les dieron la habitación. Era un cuarto para recién casados con rosas, champaña y música incluida. La vista era preciosa. Los dos se dedicaron, desde que entraron, a descubrir el local. La muchacha había llevado un maletín con anticipación y éste la esperaba en el lugar. Lo tomó y se metió al baño. Él no iba preparado para la ocasión y decidió buscar la ventaba para contemplar el paisaje. Al llegar a la ventana, se quedó mirando la belleza del panorama que tenía frente a él. La ciudad de San Salvador brillaba con luces de muchos colores, los vehículos eran pequeñas luceros encendidas que provocaban líneas intermitentes dirigiéndose en sentido opuesto. El cielo estrellado no lograba apagarse por las luces de la ciudad y se extendía majestuoso por las montañas que mostraban su silueta bajo la oscuridad de la noche. Romax se puso a recitar un poema "Ascensión", del poeta salvadoreño Alfredo Espino que decía así:

"Dos alas!... ¿Quién tuviera dos alas para el vuelo?
Esta tarde, en la cumbre, casi las he tenido.
Desde aquí veo el mar, tan azul, tan dormido,
que si no fuera un mar, ¡Bien sería otro cielo!...

En ese momento la joven estaba saliendo del baño y al escucharlo se acercó silenciosa por detrás y se abrazó muy fuerte a él. Cuando éste terminó de recitar, ella le dijo: "¿No sabía que te gustara recitar?" Él sonrió y respondió: "normalmente lo hago en silencio, pero hoy me ganó el romanticismo del paisaje".

Sin separarse de él, la mujer dijo: "¡Espérame aquí! que para darte la sorpresa necesito prepararme. Regresó al baño y al buen rato salió transformada completamente. Al verla, él se sorprendió agradablemente: "¡Guau!" —Exclamó encantado. Ella vestía un traje de noche muy elegante y sensual, con un escote muy pronunciado y muy ceñido al cuerpo. Se había peinado con un moño en la cabeza, su cara estaba pintada muy suave pero de forma que hacía resaltar sus lindos ojos; sus labios tenían esta vez un color caramelo oscuro y los tacones altos le daban una elegancia espectacular.

El joven al verla dijo en voz alta: "¡Creo que no estoy vestido a tu altura! Ella le sonrió y le respondió cariñosamente: "no te preocupes que esto es sólo parte de la sorpresa que quiero darte. "¡Aún hay más!" —Agregó maliciosa. Ella se puso a modelarle su cuerpo y coqueteándole se dirigió a su maletín.

Al estar cerca del objeto, muy ceremoniosa fue sacando un regalo cuadrado, no muy grande. "¡Esto es para ti! ¡Espero te guste!" —Le dijo muy contenta entregándoselo.

Era una colección de botellas de licor del país. "¡Gracias! —Le dijo un poco decepcionado, él se esperaba algo con más creatividad. Le dio un beso en la mejilla y se sentó al borde de la cama para observar el regalo.

Ella sonrió de buena manera y respirando profundo le dijo: "para hacer lo que debo hacer necesito que me ayudes a realizar un deseo". El muchacho levantó su rostro y un poco desconcertado se le quedó mirando. "¡Siempre he querido emborracharme para saber de que se trata!" —Lanzó como queriendo sacarse una espina del pecho. Le mostró una botella de ron guatemalteco de muy buena calidad llamado: "centenario". "¡Emborracharte! —Le respondió sonriendo.

Ésta al ver su reacción reformuló su deseo: "quiero decir que me gustaría calentar mi espíritu porque necesito sentirme un poco liberada, más extrovertida para hacer lo que tengo que hacer". El muchacho no le entendió mucho, pero igualmente accedió a su deseo, le preparó un trago.

Después de dos rondas, los efectos del alcohol se comenzaron a notar en ella porque una sonrisa pícara le brotó en el rostro. Cuando sintió que sus orejas se le ponían calientes se levantó y le dijo: "es la hora de la sorpresa que te tenía preparada". Lo levantó y lo fue a sentar al borde de la cama. "¡Quédate aquí!" —Le dijo. Ella buscó una silla y la colocó delante de él, como a dos pasos. Luego, le dijo: "todavía me recuerdo de la sorpresa que me diste, hoy trataré de darte algo de tu propia medicina" Puso música romántica en la radio y comenzó a bailarle muy sensual. "¡Esta noche quiero bailarte sensualmente!" El muchacho sonrió de buena gana, pero ella le dijo que no se burlara y éste se contuvo.

Ella cerró sus ojos y trató de seguir la armonía de la canción con su cuerpo, Romax por su parte la miraba atentamente sin perderle un detalle. La joven parecía concentrarse en lo que estaba haciendo y, poco a poco, se metía en su personaje teatral que se asemejaba a una bailarina árabe bailando para un príncipe.

La primera cosa que ésta hizo fue acariciarse el cuerpo con sus manos, de abajo hasta la cabeza; se desató el peinado y el cabello cayó suavemente. Lo movió de lado a lado y ese balanceo lo trasladó a toda su estructura corporal. Ella utilizaba la silla como un centro sobre el cual giraba, con delicados movimientos, para realizar sus figuras eróticas.

Los primeros accesorios que salieron de su cuerpo fueron los zapatos altos, luego los aretes y en tercero fue un cinturón negro que cortaba la cintura de guitarra de la mujer en dos.

La escena estaba montada para seguir al siguiente acto, ella colocó un pie sobre la silla y metiéndose la mano debajo de su vestido se sacó poco a poco su primera media de seda, para luego continuar con la otra. Con un balanceo de hombros, hizo bajar los tirantes de su vestido y éste parecía condenado a caer al infinito sin protección alguna. Ella coquetamente apretó sus antebrazos para atraparlo y al mismo tiempo, hizo que sus grandes pechos florecieron como volcanes a punto de hacer erupción. Eran dos melones peleando por querer ver el sol de un anochecer.

Romax había quedado en suspenso y ella lo sabía, sus miradas tocaron un punto común, sonrieron. Ambos parecieron leerse la mente y una sonrisa maliciosa daba libertad al guión de la película. Cuando la mujer se disponía a continuar, un apagón de luces sucedió como por arte de magia. El vestido cayó súbitamente y la mujer quedó cubierta por una bata transparente muy corta y sensual.

La realidad los había atrapado, otro enfrentamiento entre militares y rebeldes se desató en toda la capital. Ambos se dirigieron a la ventana para tratar de ver que sucedía. El silencio en la montaña era pesado e inhabitual. En la distancia se observaban la capital y las luces de los vehículos tratando de llegar lo más pronto posible a sus hogares. Las luces de las balas y el sonido estridente de las bombas se observaban con claridad cuando salían de la ciudad o de la montaña del volcán de San Salvador.

Ambos se abrazaron instintivamente tratando de reconfortarse. Ella le dijo: "me alegró que puedas irte de este lugar de locos, parece que nunca lograremos tener un poco de paz". Romax se limitó a aceptar la opinión con su silencio.

Después de un momento de observación, pareció que ambos se convencieron que no podían hacer nada para cambiar el mundo exterior. Cerraron la ventana y se fueron a sentar sobre la cama, luego se tiraron de espaldas, uno al lado del otro, y continuaron hablando.

Durante la conversación, el chico quiso tocar un tema muy personal y se puso a hablar como quien conversa con el tiempo. "¡Sabes, siempre te he admirado!, tú amistad es muy importante para mí. Me comencé a fijar en ti por tu sonrisa, fresca y agradable. En cierto momento tuve envidia de cómo le sonreías a tu novio, hubiera deseado estar en su lugar."

La mujer se dio media vuelta y le colocó una mano sobre su pecho para decirle: "¡Yo deseo decirte algo!" Él pareció no escucharla porque siguió hablando. "Te veía tan cerca y a la vez tan lejos que nunca pensé ni siquiera por un momento en ser tu amigo. La vida es indescifrable, es imposible saber su próximo paso; por esa razón, es importante vivirla según su ritmo".

Ella se volteó de nuevo para ponerse boca arriba. "¡Es verdad! Nunca pensé que nuestra relación llegara a este punto del camino. Por mi parte, te diré que siempre me agradaste, inclusive se lo hice saber a tu prima. En esa pose de serio, sabía que había un chico muy sensible. Tu historia y manera de actuar me decían el gran corazón que poseías. Como toda mujer, la curiosidad de saber si te atraía me hormigueaba el alma. Cuando bailábamos pegados me sentía súper bien contigo, parecía que nuestros cuerpos se llevaban de maravilla."

Una nostalgia los atrapó y se fueron a recorrer cada momento que vivieron juntos. Luego. él dijo: "¡Sé que debo marcharme porque si no lo hago, alguno de mis hermanos se vería tentado a quedarse!" Dejo un breve silencio.

Ella volteó su rostro y le dijo: "¡Haz lo que tu corazón te indique y no mires atrás! En la vida hay ocasiones que tenemos que tomar decisiones y la duda nos cubre los ojos, por eso déjate guiar por tu corazón."

Romax se dio media vuelta y la abrazó fuerte: ¡Me harás falta!, le dijo. Ambos se abrazaron fuerte. Ella no quiso decirle en ese momento que estaba enamorada de él y que deseaba de todo corazón que se quedara.

En la madrugada, después que hicieron el amor, la joven le dijo: "quiero que sepas algo… ¡Me enamoré de ti! No quiero que te enojes, ni que me prometas nada. Si te lo digo es para que sepas que no eres cualquier cosa para mí. He tratado de decírtelo, pero siempre ha pasado algo que me lo ha impedido."

El chico permaneció callado como pensando la respuesta a formular, luego le preguntó con tono simple: "¿Desde cuándo lo sabes?"

Ella sonrió y agregó: "¡No lo sé! Creo que desde la noche que estuvimos juntos, ahí supe que habías dejado de ser mi amigo.

Él musitó una sonrisa y dijo: "tu siempre me has gustado, desde el día en que te conocí, pero siempre te creí inalcanzable; pensé que jamás te fijarías en mí. ¡Te llevo ventaja!" —Continuó sonriendo.

La muchacha le acarició el rostro suavemente, luego dijo al oído: "¡He sido ciega! porque te he tenido cerca y no te descubrí; eres el tipo de hombre que siempre deseé encontrar. ¡Cuantos momentos bonitos hubiéramos tenido!", suspiro profundo y le besó el pómulo. "Te tengo y debo dejarte marchar. Yo sé lo que piensas de los amores a distancia y lo comparto contigo. No pretendo que te quedes ni que me prometas nada".

Romax le dijo muy sereno: "yo he disfrutado cada oportunidad que me diste sin saberlo: cuando bailabas conmigo y seguías mis locuras; las conversaciones que teníamos al caminar y el momento más hermoso fue cuando lloraste sobre mi espalda en la playa. Ahí, en calzoneta, te aferraste a mi cuerpo como si yo fuera tu salvavidas, no te importó que nuestros cuerpos se tocaran; la cereza del pastel fue cuando me dejaste que te besara. No te imaginas cuantas noches seguí soñando con ese beso, yo sabía que no eras a mi a quien besabas sino a tu ex. La noche de tu cumpleaños no pensé que atravesáramos la línea de la amistad porque no era esa mi intención. Desde ese momento no he dejado de pensar en ti y la decisión de partir ha salido muchas veces a la luz para mezclarme los sentimientos."

Ella muy tranquila le dijo: "creo que nos hemos saltado una etapa, primero tuvimos que ser novios para luego entrar en la cama. Esta separación puede ayudarnos a esclarecer los sentimientos y como siempre he pensado, nadie pierde nada si no le pertenece. Tú no me perteneces, yo no te pertenezco. Dejemos a la vida decidir nuestra relación."

Romax aceptaba las palabras de la joven como propias porque era exactamente la manera que él pensaba. El silencio los envolvió suavemente. El joven se había prometido que en cuanto pudiera volvería al país para formalizar su amor. Entre los dos no quedó ninguna promesa escrita ni dicha, pero ambos sabían que se amaban por lo que se deseaban lo mejor. Romax volvería a los tres años, pero la historia, en ese momento, ya había escrito otro presente.

Fue un 10 de mayo, día de las madres, que Romax y su familia salían cada uno con dos maletas, una llena de libros y la otra con su ropa, rumbo a la embajada de Canadá. La razón por la cual había decidido llevarse los libros era porque en sus aspiraciones futuras estaba el deseo de continuar sus respectivas carreras profesionales. Una noche antes no habían dormido nada porque sus familiares más cercanos habían llegado para despedirse, fue muy doloroso para ambos grupos romper los lazos sentimentales.

Por su parte, Romax había decidido no continuar sus estudios porque ya estaba hasta cierto punto harto de estudiar. Su intención era meterse al campo laboral lo más pronto posible y en cierta manara dedicarse a realizar otra meta, formar una familia propia. Al escoger los libros y cuadernos de notas que se llevaría, se llevó una agradable sorpresa: sus libros estaban llenos de escritos suyos, los poemas salían a relucir vigorosamente como renaciendo de las cenizas. Él se detenía a leer cada poema que encontraba y se transportaba exactamente al momento que lo escribió. Un sentimiento de nostalgia combinado a una melancolía extraña le invadió el alma y en la calma de su habitación se preguntaba: "¿Por qué tanto deseo de escribir? ¿Qué es lo que la vida me quiere decir? ¿Es un mecanismo de autoprotección o una expresión de mi vocación?" —Esa palabras parecieron estrellas en una noche oscura que palpitaban como mariposas enmieladas de una extraña locura.

Al finalizar de sacar sus escritos, la cuenta le llevó a llenar una caja de zapatos. Eran más de quinientos poemas, unas veinte del PEDO, otro tanto del DEDO. Se agregaban a esta producción literaria las reflexiones, fábulas y cuentos. Romax tenía frente a él una prueba de su destino que no lograba descifrar.

Metió todo en una bolsa plástica para protegerlos del tiempo y la humedad, guardó su más valioso tesoro en el fondo de su valija. Él al ver tanta expresión de su corazón se dijo así mismo: "un día saldrán a la luz del mundo mis queridas mariposas, porque hoy he descubierto que mi cuerpo tiene alma de escritor." Esa frase se volvió una bandera que ondeaba en silencio en lo profundo de su alma.

Se tenían que presentar a las oficinas de la embajada a las tres de la mañana y de la casa hasta el lugar no se tardaban más de veinte minutos. Por precaución y porque la situación política estaba delicada, decidieron salir a las dos y media de la madrugada. Romax no les había comentado a sus hermanas del anónimo que había recibido ese mismo día, en el cual decía que sus vidas estaban en peligro de muerte por ser una célula guerrillera.

Romax había decidido callar esa nota por no poner en miedo a sus hermanos; de todas maneras pronto dejarían el país y su maldita guerra. Salieron en un solo vehículo, las chicas iban adelante y los hombres al exterior, en la parte trasera del pick up. El trayecto los hacía pasar obligatoriamente por los límites de La Universidad Nacional y, por considerarla un semillero de revoltosos, siempre estaba vigilada por los soldados.

Cuando el vehículo circulaba por esa zona, una patrulla de soldados les dio alcance y les hizo la señal de detenerse. Romax se asustó porque creyó que podría tener relación con el anónimo recibido. Les pidieron los papeles de identificación personal, les preguntaron para dónde iban y verificaron el equipaje con la mirada. La hermana mayor, sabiamente, respondió que iban a viajar muy temprano y su rumbo era el aeropuerto. Por suerte, estos no preguntaron por los boletos de avión, sólo se limitaron a ver las maletas. Después de unos diez minutos, los dejaron continuar su camino.

Se presentaron a las tres de la mañana en punto al edificio, allí los estaban esperando con algunos papeles a finalizar y para recolectar los pasaportes salvadoreños; los metieron en unos buses especiales donde habían otras familias que también abandonaban la patria. El bus salió muy lento y se deslizó por las calles de la capital como un ladrón que no desea ser descubierto. Dentro del vehículo nadie decía nada, todos iban callados. Las lágrimas brotaban de los ojos de las hermanas de Romax y los varones, que no querían llorar, apretaban sus puños y dejaban perder la mirada a través de la ventana.

EL día anterior por la mañana, Romax había recibido la noticia de que había sido escogido para el puesto de gerente en Honduras y había tenido que renunciar porque si él se quedaba podía dar pie para que uno de sus hermanos quisiera quedarse. No podía negarle a su familia una oportunidad de salir de la guerra y ofrecerles una mejor vida. Juntos habían estado en las buenas y en las malas, y juntos tendrían que seguir para salir adelante en un país que no conocían. Comenzar de cero no le molestaba porque esa había sido su eterna historia, lo importante era que estaban unidos.

En el aeropuerto de internacional de El Salvador, ellos no tuvieron que hacer ningún trámite porque los pasaron muy rápido por las puertas de seguridad y los subieron a un avión comercial de las aerolíneas TACA. Todo parecía como una película: policías y hombres de civil los vigilaban con armas en sus manos.

Cuando el avión comenzó a alzar vuelo, Romax no sabía si era por causa del mismo pero le parecía que un gran peso se le caía de los hombros y una tranquilidad lo envolvió de repente. No sabía que estaba muy estresado y que cargaba un peso enorme callado en su sufrimiento.

Por la ventana se veía cómo su pasado se alejaba a pasos agigantados. No sabía si volvería algún día, aunque le había prometido a su enamorada que volvería para formalizar su relación. El único sentimiento de culpa que lo atormentaba era el no saber si había tomado la decisión correcta con respecto a sus hermanos. Él siempre pensó que un día dejaría el país para conocer otros lugares, pero en ellos esa idea no estaba definida. El futuro le daría la respuesta correcta y descubriría que Dios no actúa como cualquier humano.

Otra etapa más en la vida de Romax se estaba cerrando ante sus ojos. ¿Cuál sería su futuro? y ¿qué era lo que les esperaba al otro lado de ese viaje? Eran dos preguntas que inquietaban a cada miembro de la familia. Uno Sabe de donde vine pero no sabían a dónde va, solamente Dios tiene la verdadera respuesta. Durante ese vuelo nació la última reflexión de EL DEDO: "Mis raíces". Ella surgió como solían aparecer sus mariposas, en el silencio de una mirada. Un nudo en su garganta le indicaba que deseaba llorar, pero no sabía por qué. Una paz interior le decía que todo estaba correcto y al ver las montañas de su lindo país una nostalgia melancólica le invadió el espíritu.

El último poema que escribió Romax, fue cuando el avión se estabilizaba en el aire y las nubes comenzaban a verse como pedazos de algodón sacando su cara a la luz del sol. Y este decía así:

"Nadie sabe cómo ni cuándo llega su final,
éste está marcado con letras imborrables.
De nada valen las luchas y oraciones de perdón,
nada ni nadie puede cambiar los destinos.
Ni un solo segundo, ni un día, ni una vida.
Lo que el cielo ha escrito con tinta eterna
permanece por los siglos de los siglos en la viña,
en la memoria del tiempo y la nostalgia, que nos condena.
Ya no hay más hojas para escribir,
Ya no hay más tinta en el tintero callado.
Todo libro tiene su final marcado y sellado,
Sólo basta decir adiós y … sonreír.
Lo escrito, escrito está.
Ya no hay más palabras que agregar,
Ni comas que quitar.
La vida es así, y así siempre será.
El final de todo
puede ser al mismo tiempo el principio… de algo".

2.11 Entre el cielo y la tierra

Romax volaba rumbo a lo desconocido; se encontraba en ese momento entre el cielo y la tierra. Junto a él sus hermanos, su mejor tesoro eran los testigos presentes de esa nueva aventura que se les abría en el horizonte.

Su corazón no sabía si reír o llorar pero su alma experimentaba una paz infinita. Se sentía raro porque en lugar de estar triste quería gritar, pero no sabía la razón. Él veía a sus acompañantes de viaje y éstos parecían llevar un dolor en su espíritu, éste trataba de reconfortarlos pero al final decidió mantenerse ausente y dejar que ellos mismos lograran pasar por el duelo de dejar su patria y sus raíces.

Todas las decisiones, hasta ese momento, se tomaban en bien de la familia y no en el de una persona. El chico se había sometido a esa regla familiar. En ese momento, él creía que si Dios existía era un ser injusto porque siempre le quitaba lo que más quería. En esa oportunidad les exigía que renunciaran a su terruño querido, antes fueron su pueblo, sus familiares y padres.

Diez años después de la muerte de sus seres queridos, él no le perdonaba la decisión de dejarlos solos, de imponerle una carga familiar extremadamente grande y de cortarle las alas de su juventud. A veces, sentía que el peso sobre sus hombros era demasiado grande, pero a pesar de ello nunca renunció a cargar su cruz. Él sabía muy bien que si sus hermanos no hubieran estado a su lado, su vida habría tomado otro rumbo y quizás no habría sido el mejor. Para bien o para mal, sus hermanos se habían convertido en el objetivo principal de su existir, aunque nunca se los había dicho.

Desde que quedaron solos, Romax se fue descubriendo como un ser sensible que se dejaba impregnar por los acontecimientos que sucedían a su alrededor. Aunque para protegerse tuvo que adoptar una aptitud de hermetismo y seriedad hacia el exterior, su ser interior hervía de deseos por ser diferente. Su fuego creativo se fue formando paulatinamente y fueron surgiendo sus mejores expresiones en la soledad de su vida. Muchos sueños, esperanzas y ambiciones salieron a la luz bajo la máscara de "EL DEDO, EL PEDO y sus Mariposas de Papel". Ellos se fueron acumulando como pequeñas orugas en el corazón de sus libros que escuchaba solamente su padre en el silencio de su alma.

Romax a pesar de parecer un ser que pisaba sólido sobre la tierra, su interior aún buscaba respuestas a su existencia. Las preguntas existenciales aún no habían sido contestadas a cabalidad y algunos vacíos espirituales lo hacían desestabilizarse de vez en cuando. Durante ese tiempo no había tenido espacio para cuestionarse a sí mismo si lo que hacía era lo que verdaderamente él deseaba o simplemente se dejaba guiar por los hechos.

El tiempo, como en todos los casos, tendría en sus manos la respuesta del destino de Romax y sus hermanos. Éste daría razón a su proceder en la nueva vida que se le presentaba en la punta de sus narices. Aún los principios de unión, respeto y amor fraterno serían las bases para sobrevivir en su nuevo país adoptivo. El hombre de corazón tendría una oportunidad más de hacerse valer y convertirse en el ser especial que el abuelo siempre profetizó.

Entre el cielo y la tierra, Romax dejó escapar su pensamiento para recorrer parte de su vida que expresó en el siguiente poema:

"He aprendido"

He aprendido que
el tiempo no es más que un momento en nuestra existencia,
que para amar es necesario tener amor,
que para existir hay que saber vivir
y que para ser es necesario estar.
He aprendido que
la vida es más que un simple despertar,
que para recibir hay que dar,
que para vivir hay que saber morir,
que para morir hay que nacer,
y que para terminar hay que comenzar.

He aprendido que
el amor no es un simple verbo a conjugar,
que el amar es cosa personal,
que todos podemos amar
y que el amor es un don de Dios.
He aprendido que

Dios es más que un concepto a comprender,
que a veces la palabra es demasiado grande para pronunciar,
que nos gusta escuchar solamente lo que deseamos entender.
He aprendido que
somos arte y parte de nuestra propia historia,
que recordamos lo que nos conviene recordar,
que olvidamos fácilmente cómo aprendemos,
que nosotros mismos somos los artífices de nuestra propia gloria.

He aprendido que
mi hermano es capaz de pensar y razonar,
que cada semejante es un mundo diferente,
que no importa en dónde se haya nacido,
todos somos bienvenidos.
He aprendido que
los límites los establecen los débiles.
Que el cielo y el infierno están aquí en la tierra,
que cada quien escoge su tierra prometida,
que la salida tiene más de cincuenta entradas
y que la alborada es el preludio de un nuevo día.

He aprendido que
uno no es lo que la gente ve,
que tenemos más de un rostro en nuestro caminar,
que entre más me conozco menos me reconozco,
que las etiquetas no son para las personas sino para las cosas.
He aprendido que
soy el resultado de mi caminar
porque en el camino aprendo a ser lo que soy.
Y el hoy, es lo único que me pertenece.

EPILOGO

Una historia a compartir

La vida solamente se comprende después de haber caminado una larga distancia y al final nos damos cuenta de que somos el fruto de nuestra propia historia; de que actuamos según los principios que nos rigen; de que somos lo que hemos querido ser, conciente o inconscientemente; de que la mayoría de las veces hacemos lo que odiamos hacer y no hacemos lo que nos gustaría hacer; de que nuestro orgullo muchas veces sobrepasa las fronteras; de que la verdad se viste de pordiosero y la mentira de dominguero; de que no es justo imponer secretos que nosotros mismos somos incapaces de guardar; de que nuestros actos, buenos y malos, siempre tienen consecuencias que se multiplican; de que muchas veces cargamos la cruz de los demás, sin necesidad.

Cada vida es una historia a compartir, un poema de amor a eternizar, una oportunidad de mejorar un pasado, una consecuencia de la perfección del tiempo. Cada uno traemos riquezas y bondades a ofrecer, sueños e ilusiones a perseguir; caminos y senderos a descubrir, montañas y desiertos que pasar; días y noches a deshojar. Somos una estrella en la inmensidad de las estrellas y nuestra luz brillará según el fuego que habite en nuestro interior; somos una obra de arte de la cual el autor está orgulloso de su creación porque aunque existan otras parecidas, nadie se nos puede comparar. Somos únicos, pero al mismo tiempo no estamos solos en este mundo porque compartimos espacio en el lienzo sagrado con otras obras; hablo de nuestros semejantes, las plantas, animales y peces. En otras palabras, somos parte la perfección de la naturaleza y en la realeza de tener una opinión podemos cambiar de posición.

Tenemos que ser conscientes de que existe un ser que nos ha creado, a él le llamamos "Dios", que puede ser el Dios de nuestros padres o aquel que hemos conocido por amor. El Dios de la creación no es malo, porque solamente aquel que es capaz de crear cosas bellas es el que tiene amor en su interior. Por ese simple hecho, haber tenido la oportunidad de formar parte de esta maravilla que llamamos universo es justo rendirle tributo y darle gracias, como decía Jesús: "hay que darle al Cesar lo que es del Cesar y a Dios lo que es de Dios".

Somos libres desde antes de nacer y es la sociedad quien nos pone cadenas en nuestro existir porque el egoísmo humano busca siempre su conveniencia. Todos somos libres de elegir el camino a seguir, teniendo en cuenta de que nuestra libertad no depende de la represión de la libertad de los demás.

En la historia de cada uno hay muchos que han llegado para dar una mano, otros para estar un rato; algunos para caminar un tramo de la ruta y otros para ser mis compañeros de un camino. Todos llegamos y aparecemos para aprender y enseñar algo; para ayudar a pasar un desierto, para ser peldaño de una escalera; para ser una escalera de muchos peldaños. El amor es el hilo que nos conduce por el sendero de la luz, nos ayuda a perdonar los errores cometidos; a amarnos de verdad para poder amar a los demás, a sentir la pena y el dolor de nuestros semejantes por pequeña o grande que ésta sea. A luchar a pesar de no tener fuerzas ni posibilidades de vencer; a creer que todo es posible, si se ama de verdad; a amar sin medida, ni final.

En algún momento de nuestra carretera tenemos que volver a comenzar de cero quizás porque la vida se ha dado cuenta de que nuestro camino se ha desviado de nuestro destino; quizás porque no hemos aprendido la lección que teníamos que aprender y perfeccionar; porque hay alguien o algo que tenemos que ayudar o que tiene que ayudarnos. Cada cosa, cada persona, cada situación, al final de cuentas se confabulan para realizar tu vocación en la vida. Y una vocación no es más que el verdadero sentido de nuestro pasar en este mundo. En ella, la persona se ve realizada. En ella, la persona se siente cómoda y feliz. En ella, Dios se hace vida para el bien de los demás. Nadie puede huir de su destino, nadie puede escapar por la eternidad; nadie puede vencer la muerte, si no lo hace por amor a los demás. Somos seres que nacemos, vivimos y morimos. Tenemos alma, que es el cuerpo de Dios; y espíritu, que es el vino del vivir.

Romax es la expresión de una vida que solamente ha sido comprendida después de tanto caminar. Es la historia de un hombre común como la de cualquiera, no mejor ni peor que las demás. Cada persona tiene una linda historia de amor a compartir y dejar para la posteridad. En esta obra, detrás de cada canción, hay una historia; de cada poema, un amor; de cada cuento, una realidad escondida; de cada fábula, una lección a compartir; de cada carta, una reflexión a meditar, de cada mariposa, una espina menos en el espíritu y una estrella más en el cielo del amor.

Todos somos en algún momento de nuestra vida "un caite de Judas", por nuestras travesuras de niños; todos tenemos la necesidad en algún momento de nuestro existir, de "mariposas de papel" para echarlas a volar y ver como brillan en la eternidad, que no es otra cosa que la expresión de la juventud; todos nos convertimos en "hombres de corazón", cuando encontramos el verdadero sentido de nuestra vivir a través del amor de Dios y llegamos a la edad adulta.

El padre de Romax una vez le dijo: "cuando llegues a comprender que el principio es el final, y el final el principio, habrás encontrado la verdadera libertad de la vida". Al prepararse para poner el punto final de su obra, Romax comprendía que solamente comenzaba el camino hacia una nueva aventura.

"Un sueño es como una mariposa:
libre, aventurera y hermosa.
Es una frágil moza
que te seduce a distancia
y te enloquece con su fragancia.
Es como un horizonte:
te llama, te enamora y te suplica;
te espera, te guía y te implica;
te besa en los labios y en la frente.
Es fiel, perenne y duradero;
sutil, reservado y valiente;
un rebelde con causa prisionero.

Recuerda…los sueños nunca mueren."

Robert Maximiliam

"Breve descripción del Escritor"

Robert Maximiliam,

Seudónimo de Herbert Roberto Lemus Rivera, salvadoreño de nacimiento y canadiense por opción personal. Vivió en El Salvador hasta comienzos de los años noventa y tuvo que emigrar, como muchos compatriotas, por causa de la guerra civil. Canadá le abrió sus brazos para ofrecerle una nueva oportunidad de encontrar la paz tan añorada, su fe perdida y su vocación de escritor.

Su quehacer literario comienza a la edad de quince años, bajo la sombra del dolor de la pérdida de sus padres. Su inquietud de niño travieso se transforma en silencio bohemio de una juventud perdida. La necesidad de sacar de su alma las tristezas y alegrías, lo vuelcan a buscar un instrumento de expresión personal por donde pueda dar rienda suelta, en toda libertad, a su naciente romanticismo. La escritura nace, entonces, como la solución ideal que va forjando la personalidad literaria del autor.

Robert Maximiliam, además de incursionar en el género de la novela lo hace de igual manera en el cuento, la poesía, la fábula, la canción y las cartas abiertas.

ROMAX, una historia de amor. Es en sí, un extracto de varias obras resumidas en un solo volumen. Ahí aparece "El caite de Judas", "Mariposas de papel' y "Un hombre de corazón". Esta obra es solamente el sombrero con el cual el escritor saluda al mundo literario, sus treinta años vividos bajo el embrujo de las palabras guardan mariposas que esperan su turno para lanzarse a volar.

OTRAS OBRAS DE LA COLECCIÓN

EL CAITE DE JUDAS
UN HOMBRE DE CORAZON

www.ingramcontent.com/pod-product-compliance
Lightning Source LLC
Chambersburg PA
CBHW021151130626
46554CB00005B/1766